戲非戲171

武當道士那些年

仐三 著

高寶書版集團

卷四·城中詭事

目錄

第五十二章　血腥閣樓

無論心底那絲恐懼是怎麼來的，到底意味著什麼，但任務總是要進行下去的，爬牆對於我和老回來說，並不是一件多困難的事兒，幾乎沒有什麼耽擱的，也沒有任何意外，我和老回在幾分鐘以後就爬上了樓頂。

在這個樓頂上，和別的人家喜歡弄點兒植物不同，除了那小閣樓，幾乎就是空無一物，也就意味著沒有任何遮擋，害得我和老回只敢蹲在樓頂上微微喘息，不敢站起來，就怕忽然從屋子裡出來一人，抬頭就看見我和老回。

但好在這樓頂在夏日的白天經過了一日曝晒，在這深夜，竟然沒有多少地氣兒上升，一點兒也讓人感覺不到那種屬於樓頂特殊的燥熱，還能讓人坐下，不至於燙屁股。

「這樓頂倒是不熱。」老回小聲地跟我說。

「你覺得是好事兒嗎？身為一個道士，一地兒在夏日都偏陰冷，你難道就沒個判斷嗎？」我略微喘息地說道。

「行了，我是不願意去想那些事兒，剛才爬牆的時候，我還差點兒掉下去，爬上來的時候，都是一直忍著心底那絲不舒服的感覺，不然能這麼累？」老回說話也有些喘息。

永遠不要小看心理壓力給人帶來的疲憊感，我和老回就是典型。

略微休息了幾分鐘，我們開始在樓頂上摸索查探，手電筒是不敢開的，而且鄉村的夜晚由於沒有路燈，特別的黑暗，我和老回在樓頂上輕手輕腳的摸索，查探了很久，竟然都沒有找到下去的出口。

老回對我比了一個手勢，表示必須進閣樓去看看了，我無奈點頭。

其實我和老回是不願意多生事非進閣樓查探的，畢竟我們的看法是一致的，那就是這棟樓有地下室，祕密就應該藏在地下室內，其它屋子裡有什麼，都不是問題的關鍵。

況且，一上這個樓頂，多待了一會兒，我就有一種不舒服的感覺沒說出來，總覺得這裡有一絲若有似無的血腥味兒，而且在心底我對進入那個閣樓是抗拒的。

關於這個血腥味兒的問題，老回沒說，我也就沒說，我一直告訴自己，我又不是小北，沒有那麼靈的鼻子，說不定是我的心理錯覺，畢竟這血腥味兒只是若有似無，無法確切捕捉到。

我和老回小心翼翼地挪到閣樓，越是靠近這裡我心底抗拒的感覺也就越嚴重，我沒和老回交換什麼意見，那也是徒勞增加心理壓力，而且老回此時代替了趙洪的角色，正在用一根類似於鐵絲的專門工具，專心地捅著門鎖，我不想讓他分心。

「幸好就是一般的門鎖，要是那種高級鎖，就比如說電子鎖什麼的，我就沒辦法了，需要趙洪那種高級人才。」或許也是緩解心底的壓力，老回一邊開鎖一邊和我囉嗦著。

我蹲在旁邊問道：「你咋啥都會啊？」

「廢話，任務執行得多了，生死經歷得多了，你就知道啥叫技多不壓身了，恨不得什麼都會點兒。」老回這樣對我說道，話裡倒是有幾分滄桑的意思。

而在說話間，一聲「啪嗒」的聲音傳來，這個聲音意味著鎖被老回捅開了。

收起工具，輕輕拉開門，我和老回在瞬間就同時捂住了嘴，因為一股刺鼻的味兒傳來，讓我和老回忍不住都乾嘔咳嗽了起來，但我們不能弄出太大的響動，就只能捂住嘴。

事實證明，我聞到的那絲若有似無的血腥味兒不是假的，在這門打開以後，衝出來的味道就是那種血腥味兒，還伴隨著一種腐朽的味道，直衝人的大腦，根本沒辦法形容那是有多難聞。

壓根兒就不是人能待的地方，估計這棟樓裡的人也很少進這個閣樓，除非他們的鼻子失靈了。

我和老回不敢立刻進去，而是打開門，讓這個閣樓散了好一會兒的氣，才進入這個閣樓。

老回是先進去的人，待到我在後面把門輕輕關上的時候，老回同時打亮了手電筒，只是看了一眼，我就聽見老回聲音顫抖地小聲罵了一句：「我×！」

老回算是心理素質很穩定的人，能讓他看一眼就這樣罵的事兒不算多，在好奇之下，我第一時間轉過了頭，在看了一眼閣樓裡的情景後，我也忍不住罵了一句和老回同樣的「我×」！

沒有辦法不罵，因為這閣樓裡堆積的都是屍體！不是人的屍體，而是亂七八糟的動物屍體，並且根本無法拼湊，因為都是些屍體塊兒，雞鴨的、貓狗的，甚至還有被擰成幾段的蛇……最完整的就是一條被撕成兩半的黑狗屍體，就這樣堆了一地！而且血液也流了一地，因為夏季的原因，已經成為了一種暗紅、黏膩的油漆狀糊在地面。

看得出來，這些動物的死亡時間不會太久，畢竟在如此炎熱的情況下，還沒有開始腐爛，只是散發出一種難聞的味兒，比屠宰場難聞幾倍！至於那腐朽的味兒，我的判斷是，在這裡曾經重複發生這樣的事兒，久了，也就有了那種死亡太多形成的特有的腐朽味兒。

「這是虐殺。」老回只說了一句話，就打了一個乾嘔，沒辦法，這樣的環境就算嗜血的變態也是待不下去的。

我不敢深吸氣來平復自己的心情，只是對老回比了一個手勢，示意老回快點兒找出口，在這裡我一句話也不想說，一說就怕那味兒衝進我的嘴裡，可是我的心底卻充滿了疑問，到底是什麼東西虐殺了這麼多動物？如果真的小鬼在這裡，難道是小鬼？

不，不會的，小鬼就算再厲害，它也是鬼物，就算氣場已經強大到能影響物質了，但也不可能有如此大的威力，去虐殺如此多的動物。

除非小鬼上了別人的身去做這些事情，但問題是誰能承受得住小鬼上身？被小鬼上身的人，下場只有一個，就是我和慧根兒曾經看過的那場幻境，那個男主人的下場！

換個說法，小鬼就算刻意的不害它們，只要上了身，它自身帶著的戾氣，也會把被上身的人影響到發瘋發狂。

所以，以上的問題，讓我的心中怎麼不充滿疑問？難道這裡還有別的怪物？

閣樓不大，在思考間，老回已經找到了向下的出口，被一塊類似於下水道蓋子的鐵蓋子遮擋著，他輕輕的提起了鐵蓋子，示意我先下去。

我一刻也不願意在這個閣樓裡多待，毫不客氣的走在了前面，輕手輕腳的下著樓梯，老回走在我身後，又輕輕的關上了鐵蓋子。

順利的下到了三樓，我和老回都半遮著嘴，倚在牆上輕輕喘息，我在心裡吶喊，能呼吸到正常而新鮮的空氣，真是一件太他媽幸福的事兒了！

「七個人，各個擊破。」稍微適應了一陣兒，老回在我耳邊小聲地說道。

我點頭，那七個人應該就是我和老回最後的障礙，沒有多餘的廢話，我們快速而小心的下到了二樓，一路上，我和老回都要經過別的房間，很不可思議的是，別的房間倒是很乾淨而整潔的，非常正常，而且進到了這屋裡，什麼陰冷的感覺啊，血腥味兒啊全都不見了，我和老回身為道士都沒有感覺到什麼不對勁兒，就覺得是一個正常的房間。

對於這個，我只有一個看法，C公司的實力真的不容小覷，竟然把氣息外引，不影響屋內的人，卻又把氣息控制在一定的範圍內，不影響這個村子的人，這事兒看似簡單，實則對於布置的人來說非常考校功力和經驗，說它實力不容小視，也就是說，這是高人才能有的手筆！

這讓我不自覺的想起了那個顏逸！他出手到底是什麼程度，我簡直不敢去想……

蹲在二樓的角落，我和老回等著第一個上鉤的人！

第五十三章　你要活著

對於我來說，從道士進化到特工，其實只要能做得好三點就算成功了。第一，多一點兒耐心。第二，裝得了君子，演得了流氓。第三，那就是對人下得起黑手。

站在二樓的某個房間裡，望著被扯破的床單綁得結結實實的七條大漢，我心中油然生起一種成就感，我陳承一從今天起就是一個合格的特工了，我朝著〇〇七這條充滿著帥氣與光芒的大道上越走越順了。

該問的老回已經通過一些手段問出來了，他回頭望著我一隻腳踩在床沿上，一隻手插在褲袋裡，嘴裡叼著菸，做思索深沉的樣子特別無語，他說道：「走吧，該問的已經問出來了，你別擺造型了，看著不像〇〇七，比較像欠揍的癟三。」

「老回，其實我覺得下黑手，把人打趴下是有癮的，我剛才是在回味那種感覺。」跟上老回，我嘴裡嚷嚷著。

「要〇〇七知道你崇拜他，他會哭的。」老回頭也不回地說道。

「狗日的。」我撵上老回，笑罵了一句，並順道在他肚子上搥了一拳。

魯凡明在地下室，地下室有很多祕密，除了魯凡明等幾個高層，閒雜人等是絕對不能進入地下室的。

這間屋子很怪異，不管白天還是深夜，總是會在不規律的時間裡出現怪異的聲音，就比如小孩子的笑聲，沉悶的皮球聲……

再比如，這間屋子總是保持著五個人以上在這裡「執勤」，但不會超過十個人，具體「執勤」要做什麼也沒人太清楚，總之就是在這屋子裡守著。

最後，有一個人會有地下室的鑰匙，但是就是每天負責在幾個核心高層不在的時候，往裡面放一些東西，絕對不深入，聽聞深入的都「悲劇」了，總之再也沒見出來過。其次，其實這個執勤看似輕鬆，卻很詭異，因為每個月都會死上一兩個人。

「這裡有執勤的任務，一共有三個月了，真的，已經死了四個人。」這是其中一個人的情報，看他的樣子好像給我們情報，更深層次的意思是為了解脫，解脫出這個執勤任務的陰影。

三個月死四個人看起來不多，事實上，對於熟悉的人脈圈子來說，這絕對是難以承受的壓力！

以上，就是我們問出來的全部情報，外加一串打開地下室大門的鑰匙，這群人其實知道的很少，還沒有我和老回多，他們甚至連每天在地下室裡放的是什麼都不知道，可我和老回卻判斷出來了一個可怕的結果，那就是小鬼有百分之八十以上的可能在這裡。

當然也有怪異得解釋不通的地方，那就是屋頂那個血腥閣樓是怎麼回事兒。

可是，我和老回已經沒有多餘的心思去想這些了，知道小鬼大有可能在這裡的壓力是巨大的，巨大到我們沒辦法思考，只有辦法去開不好笑的玩笑，來放鬆自己的心情。

我們誰都沒有開口說，任務至此，我們回去吧，帶大家來，因為在我心裡有一個想法，如果很危險的話，真的沒必要帶大家來，讓大家集體去送死；再自私一點兒，我很愛惜慧根兒和強子，就是如此。

至於老回，可能理由和我差不多吧。

所以，我們倆只有不回頭的去繼續執行任務，老回告訴我，證據是一件嚴肅的事情，並不是指推測和猜測，特別是要引發「地震」般的雷霆行動的時候，更是如此。說這話的時候，老回在調試他的手錶，這裡面暗藏有卡片相機，嗯，電視上的裝備！

地下室的入口藏在客廳那個異常顯眼的座鐘背後，那座鐘看著就像一件兒藝術品，可是背後是可怕而罪惡滔天之地。

在移開座鐘的時候，老回說道：「其實說起來，小鬼並不是這世間上最頂尖的可怕存在，就比如我曾經在××山（一著名風景旅遊區）執行任務時，我看見了更可怕的存在，神話傳說裡的存在，只是驚鴻一瞥，但我認為它不可怕，比不了小鬼。」

「你覺得是全副武裝的恐怖分子可怕，還是拿著電鋸的變態殺手可怕？不許思考，一秒鐘快速給我答案。」我一下子按在座鐘上，阻止老回把它移開，嚴肅地問道。

「拿著電鋸的變態殺手可怕。」老回不看我的臉，而是望著天花板這樣說道，其實現在我們彼此的眼神都很畏懼，怕是對望一眼，心理上就崩潰了。

自己要堅強，就最好不要看見對方害怕的眼神，這樣還可以鼓勵自己說，我還有一個戰友可以依靠，這是簡單的戰場心理學。

「是的，小鬼就是變態的，沒有感情的，何況它比變態電鋸殺手可怕的地方在於，它是有真本事的。老回，其實，我最想說的是我們都活著出來。相處時間不在於長短，我當你是戰友，是兄弟。」說完，我拿開了摁在座鐘上的手。

「其實，我開始這麼說，也是為了說這個，小鬼很可怕，我希望在鬼市最風光的年輕一代陳承一能活著出來。」老回望著我笑了。

「原來你知道啊？」我很驚奇。

「很轟動的，我一直都知道。」老回說話的時候笑了，我看出來了，那是自豪的笑容，誰會為自己自豪？親人！愛人！兄弟！

我也笑了，而這時，老回已經移開了座鐘，座鐘背後是一個黑洞洞的洞口，樓梯傾斜著向下，老回邁步就要進去，我一把拉開他，自己走在了前面。

「你……」老回在背後，說這個字的時候，聲音有些顫抖。

「其實我只是習慣背後有人，這樣我會比較安心，特別背後是我兄弟的時候。」我頭也不回朝下走著，努力不去理會心中那種顫慄的感覺，是的，一進入這洞口，感覺就完全不同了，這世間很少有讓我覺得毛骨悚然的事情，可是這裡一進來，很自然的就讓我覺得毛骨悚然。

但我真的不想去想。

「我們會活著出來的，但在這之前，我們也得做好準備，我皮帶上有一個信號發射器，可以每隔半分鐘就朝最近的部門指揮部發射一次信號，這種信號表示是有緊急情況，剛才我啟動了它，它可以工作半個小時的時間，如果我們死……」老回有些吞吞吐吐地說道。

「其實，這些傢伙會影響信號的發射，也就是說明——我們死不了。」下去的樓梯不長，此時我們已經站在了一個鐵門的面前，我對老回如此說道。

我沒有說謊，在荒村的時候，不就是如此嗎？老村長曾經全面封鎖了我們。

老回沒有說話，而我拿出鑰匙，手有些顫抖地伸向了鐵門，只是輕巧的一下，鐵門的門鎖就開了，我深吸了一口氣，一下子就拉開了鐵門，「吱呀」一聲迴響，迴盪在這空蕩的地下室。

我和老回誰也沒邁動步子，不知道是因為心理壓力，還是因為這裡的戾氣已經化形而逆天，在鐵門打開的一瞬間，我彷彿看見了鐵門背後有一片血海正在咆哮，血光沖天，煞氣沖天！

那只是瞬間的感覺，一切在剎那又恢復了平靜，鐵門背後就是一個通道，在通道頂上，有著光芒慘澹的日光燈。

我也不知道是不是我眼睛出了問題，總覺得那燈光是青茫茫的。

「你看見了什麼？」老回忽然開口了。

「血海！」我回答的簡單。

「想起了那個要培育小鬼的傳說嗎？」老回故意讓自己的語氣顯得輕鬆。

可是，真的輕鬆嗎？我在地上看見了一個包，很眼熟，那是魯凡明帶上摩托車的背包！

第五十四章　瘋狂地下室

我沒有急著去探查那個背包，也沒有什麼好探查的了，因為它開著，空著，歪七扭八地立在那裡，像一道撕裂的口子，裡面是深紅的顏色，不用想，那是血跡，但是是什麼血我麻木的沒想去猜。

我把目光從那個包上移開，本能地想起看見這個包以後，莫名對魯凡明的厭惡感和憤怒感，嘴上幾乎是不帶感情的說了一句話：「我還記得那個傳說，每一個小鬼都要用血池來培養，無數人的，充滿怨氣的，鮮血……」

原諒我，不敢帶有感情，我怕帶上感情以後，我的情緒就失控了，被血色點燃全部的憤怒。

老回看起來比我冷靜一點兒，他蹲下去，用手指沾了一點兒包裡的血跡，聞了聞，然後站起來沉默了一下，之後就是望著我苦笑，我沒說話，因為答案已經很明顯了——人血。

「走吧。」我緩緩吐了一口氣，讓自己的語氣和情緒儘量平靜。

老回搖頭歎息了一聲，對我說道：「恐怕剛剛魯凡明出來的那個屋子，每天都在上演凶殺案。」

沒防備的樣子？」

我沒開口，只是有些木然地朝前走著，老回跟在了我的身後，喃喃自語：「這個地下室怎麼

這也是我的疑惑，可是既然到了這裡，回頭已是不可能了，江一跟我說過，這件事情就只能我去查，除非有了確鑿的證據，他們才能出手。

則就是前功盡棄，打草驚蛇。

我還能有什麼選擇？我和老回原本只是來踩點兒，事情卻逼得我們只能一步步的查下去，否

和來八個人沒有任何的區別，如果小鬼在這裡，後果就只有一個——死！

我們也沒有後援，或者是——我們捨不得叫隊友來一同面對危險，在這種情況下，來兩個人

我，我得自己面對。

這是我第一次離死亡如此接近，再也沒有像山一般的長輩擋在我的前面，照顧我，保護

我幾乎已經忘記了，我原本的目的只是想要找到師傅的線索與足跡，我本能的只想阻止小鬼的存在，哪怕是用生命去阻止。

或許，有很多人不理解，在這個已經不流行「英雄」的時代，怎麼會有如此「聖父」的人？可是將心比心，當災難發生在自己面前的時候，你會不會從心底渴望有一個人來拯救？因果輪迴，我只能說，你在渴望他人拯救的時候，不妨在平日裡用你的力量去拯救他人，哪怕是在你看來微不足道的一個善意笑容，一句鼓勵的話，甚至是一百塊錢，也可能是他人生命裡的一次拯救。

這個世界不該如此絕望，正面的能量需要一個源頭，更需要一個流動的途徑，才會變成滾滾

的洪流。

我不偉大，可是在看著如此凶戾的傢伙可能真的存在的時候，我就忘記了自己的危險，心中，只有一句話在迴盪，那就是師傅常說的，人，總是需要一點兒大義的。

就如，在戰場上，你的大義是身後的那片土地和在這片土地上生存的人們……

通道不長，很快就走到了盡頭，在盡頭是一扇冰冷而厚重的鐵門，而在鐵門的旁邊，有一扇鑲著鐵絲網的小窗，就像電影裡演的那樣，是一扇觀察「危險存在」情況的小窗。

從那個小窗散發著濃重的，讓人窒息的血腥味兒，其實走在通道裡的時候，我和老回就已經發現了，這個通道刻滿了複雜的陣紋，非常奢侈的使用頂級的畫陣材料，因為那陣紋散發出的是一種寶石般的光澤，這種畫陣紋的顏料，我曾經用過一次，那一次是用來畫銀色的符籙，在顏料裡加有真正的紅寶石粉末。

如果是小北在的話，估計會對這個陣法看出一點兒端倪來吧？可是我和老回卻看不懂，在我看來，這個陣法太過高深複雜，估計是一個複合陣法，作用不明，但就是如此，它竟然也擋不住從那個窗戶散發出來的濃重血腥味。

我和老回站在窗面前，只是一眼，就看到了窗內的情形，在此刻，我們倆全身忍不住顫抖，這種顫抖到底是害怕、恐懼，還是憤怒，我已經分不清楚了。

因為，我們終於看見了小鬼的「肉身」，以及更多的事情，用不可思議或者恐怖來形容，只能說這兩個形容詞不夠格。

窗戶是在比較高的位置，在窗戶下十米，是一個巨大的地下室，那才是真正的地下室，如果光看這個地下室，普通的人會瘋狂，這個瘋狂沒有其它任何的意思，就是單純的為財物、寶藏那種瘋狂。

因為這個地下室的牆上全部貼滿了一層金箔，在金箔上雕刻著各種詭異的圖騰，這些圖騰對華夏人或者會很陌生，就算一些南洋圈子裡的人也認不出來，只有極少數的人可以認出來這些圖騰，它們可以解釋為「邪神」或者「庇佑黑暗的」、「賜予力量，帶來征服」的。

這些圖騰刻畫在金箔上栩栩如生，眼眶裡的眼睛無不是用一種血紅色的璀璨迷人的石頭鑲嵌，但這是紅寶石嗎？顯然不是，這其實是用祕法炮製的一種石頭，這種石頭本身是一種沒有顏色的透明石頭，很是美麗，但是用人的鮮血加以祕法炮製過後，就能成為這種比紅寶石還豔麗的「詭石」。

如果只是普通人的鮮血，無意中浸泡了這種石頭，那會形成另外一種美麗的石頭，曾經有一個大家都在童年聽過，後來卻不再當真的傳說，說的就是這種石頭——雨花石，英雄的鮮血浸潤了它，讓它鮮紅而美麗。

可是雨花石美麗，象徵意義也美好，但這種「詭石」就只是美麗，普通人要是沾染了一顆這樣的石頭，會被石頭上附帶的詛咒和負面氣場直接帶來厄運，甚至死亡。

因為它的象徵是邪惡的、無限的力量！它是用充滿著極大怨氣的鮮血還有祕法炮製而成的。

原本，這一切我也認不出來，可是師傅的藏書駁雜，包羅萬象，也有一些講解南洋巫術、甚至是一些極小圈子的流派祕法，所以我認出了這一切。

據說，如果想讓一個邪惡的存在，得以「健康的成長」，就需要帶有力量的邪神庇佑，在很多召喚或者培養恐怖存在的儀式上，這樣的圖騰就會出現，而怎麼樣才能讓這些圖騰是真正意義上有力量的圖騰？那畫龍點睛之筆就是這「詭石」。

瘋狂嗎？真正的金牆！不要以為那只是一層薄薄的金箔，從雕刻紋路的厚度來看，那金箔是絕對不薄的。

金子、寶石，普通人看見這個，如何能不瘋狂？

如果你以為這樣就結束了，那是不可能的，在這個地下室內，充滿了黃金，點著特製蠟燭的金色燭臺，金色的盆子、金色的掛鉤……這些全部都是真正的金子！

是的，所以說小鬼逆天，一般人，就算是普通的富豪，也根本沒有能力去培養一個小鬼，因為真正意義上的小鬼，所需的全套工具必須是真正的純金打造，為什麼？因為取五行之金的意思！不然，小鬼的煞氣是從何而來？

要知道，在五行中，煞氣是從金屬性的東西上來的，就如在枕頭下放一把剪刀，來應付「髒東西」，要的就是那剪刀本身的煞氣來破除負面氣場。

因為煞氣無氣場不破！

如果想要再厲害一點兒，就用帶血的金屬物品，這血一般是指宰殺之血，這種血或多或少帶著一點點怨氣，遇見煞氣，就不是一加一這麼簡單了，就好比煞氣是火，而那怨氣就是加入火中的油。

可是，煞氣無物不破，對正面的氣場也會有影響，如果不是萬不得已，不要用枕頭下放這等東西的辦法，對人也是會有影響的。

但是，培育小鬼，卻是要把這些發揮到極致，而且過程極其殘忍，就如此刻我和老回看見的……

第五十五章　真實的殘酷

整個地下室燈火通明，按照一定的方位擺放的，十幾根兒臂粗，一米高的蠟燭在燃燒，那蠟燭的顏色詭異，就像豬油，但是不知道什麼原因，我們聞不到那蠟燭的味道。

魯凡明在忙碌，動作很優雅，但是是那麼的一絲不苟，有條不紊。

老回也在忙碌，他終於調整好情緒，舉起了他的手錶，一張一張地在拍照。

「手穩點兒，免得照出來一片模糊。」我隨意地對老回說道，可是放在褲兜裡的手卻在顫抖，我的聲音不小，也不大，很平常的說話，在這安靜的地下室，魯凡明一定是聽見了，可是我已經不在乎這個，在我們站在窗戶的時候，魯凡明就抬頭看了我們一眼，嘴角的笑容詭異。

然後他繼續忙碌，並沒有理會我們。

很有把握的樣子。

「放心，很先進，防抖動的。」老回是這樣回答我的，他的語氣輕鬆，可是面對地下室的那一幕，我想他和我一樣不輕鬆。

十米的高度俯瞰下去，魯凡明就像一個小人兒，但那裡燈火通明，所以並不影響我們看清楚魯凡明的一舉一動。

在地下室的正中央掛著一個小孩，由於太過瘦小，也就看不出年紀，但我知道，培育小鬼一般年紀不會超過五歲，也不會低於兩歲，也就是說，這個時候的小孩兒，剛剛有了一點兒思考能力，偏偏性格還沒有完全形成，是最好的，可以人工的給他抹上任何的色彩。

要多狠，就可以多狠！

此時，這個小孩就被掛在地下室的正中央，穿過他鎖骨的，是兩根細細的金鉤子，當然他也沒有完全懸空，是被放在一個金盆子裡的，盆子裡裝著的是一盆黑紅黑紅的液體，剛好覆蓋到小孩兒的鎖骨位置。

那液體裡具體的成分是什麼，我不知道，但能是啥好玩意兒嗎？因為我看見那小孩兒每隔幾秒就會抽搐一下，神情痛苦，那液體一定有很強的刺激作用，要知道他的鎖骨被穿了兩根金鉤子，那裡是有傷口的啊。

可憐的孩子，我此刻的心情只能用這五個字來形容，我甚至有一種衝動，去打破這扇鐵門，衝進去，然後阻止這慘絕人寰的悲劇，只因為我清楚，這孩子還是活著的，連成年人也許都承受不了的折磨，為什麼要加身於一個如此稚嫩的孩子身上？就為了培育逆天的小鬼？

如果可以承受的，他將在七七四十九天的各種折磨下才會徹底死去，如果還可以承受，再有一個七七四十九天也行，因為能承受的時間越久，小鬼也就越加的厲害！

最多的輪迴，是九個七七四十九天！

你們可以想像每一天比十八層地獄還慘的日子嗎？而且還是一個原本心思純淨的孩子來承受？他連一個為什麼都不能去問！

魯凡明的步伐帶著一種舞蹈般的節奏，他彷彿很沉溺於這種忙碌，他剛剛在那盆液體裡加了不明物，此刻又去拿了幾件兒東西過來，竟然還仔仔細細收在金製的托盤裡，宛如他在給別人準備一場盛宴。

我看不清楚魯凡明在盆子裡加了什麼，也不太看得清楚他的托盤裡是什麼，因為畢竟隔著十米的距離。

可下一刻，我就明白他拿了什麼，是要做什麼了，他變態的穿上了一件白大褂，然後動作就像一個專業醫生一般的拿出那孩子的手臂，開始拍拍打打，不是很滿意的樣子，他是在找血管。

小孩子的血管本來就細，每天被扎一針，那感覺一定是很痛苦的吧。

我有些難受地看不下去，想閉上眼睛，可是我必須得看下去，仇恨更深一點兒，也許等一下我就更能忘記自己的生命，我舉起拳頭，狠狠咬住了它，讓疼痛支撐我看下去。

為什麼我會知道他是在找血管？只因為，我知道，小鬼的培育中，有一個很重要的環節，接受怨氣之血！

終究還是不滿意的吧，魯凡明很是惋惜地歎息了一聲，那歎息聲在空曠的地下室迴盪，猶如魔鬼的歎息，他拿過針頭，插進了孩子的脖子裡，那裡有明顯的血管不是嗎？

針頭的那一頭連著的是一袋鮮血，魯凡明把它掛好，很是平靜慈愛地說道：「孩子，好好吸收吧，爸爸帶你走向永生啊……」

當然不要相信，魯凡明就是孩子的爸爸，一般培育小鬼，都會自稱是它的爸爸，這是為了以後的祕術「偷龍轉鳳」做準備。

孩子發出了一聲微弱的呻吟，就像小貓在叫，可憐又讓人心悸，一定是很疼吧，那麼粗的針頭生生扎進去，況且他原本就在承受痛苦！

「魯凡明，你TM的給我住手！」我終於忍不住怒吼了一聲，一拳狠狠砸在那個小窗上，卻不想那小窗上看似不怎樣的鐵網，竟然是堅硬如斯，我的拳頭被擦到出了鮮血，可我不覺得疼痛，只有無盡的憤怒。

「魯凡明，你一定會有報應的。」一向冷靜的老回也忍不住怒吼了一句。

魯凡明抬頭看了一眼我們，很是神經質，變態地豎起一根手指，在嘴邊比了一個「噓」的手勢，然後繼續埋頭，拿出一套看似很精細的金製工具，然後一根一根插進了孩子的手指頭裡……

孩子哭了，有氣無力，像是一隻虛弱的貓咪連續的呻吟，一張臉呈一種不正常的青紫色，而魯凡明很是滿意的看見，一滴一滴暗紅色的血從那套工具和手指的連接點滴出，神色滿意……

他做出一副很慈愛的樣子，把手放在孩子的腦袋上，一下一下地撫摸，說道：「兒子，受苦是為了以後的強大，爸爸看著也心疼啊……知道嗎？你的血是廢血，是髒血，是需要全部放掉的。」說到這裡的時候，魯凡明的聲音變得急促而尖厲起來，他對著孩子大吼道：「為了收集和你同血型的血，你知道爸爸有多辛苦嗎？何況，爸爸還要準備，要各種的準備，就是為了這血鮮美，能合乎你的要求……」

他說話太過激動，以至於他的那隻手是狠狠捏在孩子的腦袋上，伴隨著他神經質一般尖厲聲音的，是孩子那虛弱的如呻吟般的哭聲。

這哭聲，打在我的心口，讓我有些痛苦地微微彎腰，這絕對是人世間最慘的一幕之一，那種無能為力的感覺更是讓我窒息，窒息到、痛苦到我要彎腰，才能勉強使自己站住。

魯凡明當然不介意用各種方法折磨這個孩子，在這過程中，折磨得越慘，小鬼成形時，也就越厲害，在他眼裡，這哪兒是一條生命，只是厲害的武器吧？

「所以，表面偽裝越厲害的人，內心深處也就越是一個十惡不赦的變態，這條規律屢試不爽。」老回的話是從牙縫裡面擠出來的。

小鬼逆天，為圈子所不接受！

而培育小鬼更為整個圈子所不容，也就是這殘忍到了極點的原因，而我所看見的也只是冰山一角。

能想像其中一個步驟嗎？每天放掉在生命邊緣承受的鮮血，然後每天又同時補充同血型卻是被虐殺之人的鮮血，那鮮血是在被虐殺之人死掉的前一刻取出身體的，當然補充的比放出的少那麼一些。

到最後，整個身體裡全是這樣充滿了負面情緒的血液，對靈魂那是怎樣的影響？何況，每天還要接受「酷刑」？求死都不能！

至於怎麼死掉？當然是到最後，一天天的放掉血液，而補充的再也跟不上了，就死去了。

這個節奏，邪術之人自會掌握，他們會控制小鬼在指定的時間內死亡。

這就是小鬼的培育過程，難以成功，因為很多孩子承受不住死去了，但沒死去的，不是更痛苦嗎？

第五十六章　唯一的理由

「讓我們進去！」人的承受能力是有極限的，就比如現在的我，已經瘋狂了，在賣力地拍打著那個小鐵窗，拳頭上已經是鮮血淋漓，可是我感覺不到疼痛。

我剛才試著使用術法，大不了就是拚了，可是在這時我才明白，這裡的陣法到底是做什麼用的，這是失傳已久的「禁法陣」，在這個地方你溝通不了天地，憑自身的功力，任何大術都使用不出來。

所以，我才發瘋了。

而老回他的臉看似冷靜，其實動作比我更瘋狂，他直接摸出了手槍，瞄準了魯凡明，這樣的攻擊更加有效直接，我很贊成老回此刻殺人。

只因為，我們是人，所以此刻才有那種對一個人非殺不可的心理！

我和老回沒有想過要逃跑，其實從魯凡明發現我們那刻開始，我們就知道要離開這裡是何其的困難，這個地下室不可能沒有防備，否則魯凡明不可能那麼輕鬆，他把我們看成了甕中之鱉。

老回在進來之前發出了緊急的訊號，也就是這個意思，那緊急訊號不能傳送什麼確切的消息，但事實上已經是一種肯定的情況了，我們拿到了證據之後，就可以讓全世界圈子裡的人來討伐這個逆天的行為。

如果……我們死在了這裡，自然也會有人收到緊急訊號來尋找證據！這是一個冒險的行為，其實我們當時也只是猜測，就這樣做了；如果不是，那就會錯失掉一次最好的機會，可事實證明，這個冒險行為是做對了，所以，此刻我們不要命了，也沒什麼可惜的了。

我不明白，我吼著我要進去到底有何意義，可是我只是想靠近那個可憐的孩子，我只是覺得我靠近了，那個可憐的孩子就會有一線生機了。

「砰」，老回開槍了，可是在下一刻，不可思議的事情發生了，我的肉眼幾乎不能捕捉到什麼，就看見在那個地下室正中間的血池內一陣翻騰，接下來一個怪物就趴在了窗戶上，衝著我和老回齜牙咧嘴的吼叫，我和老回如此膽大之人，竟然都被這怪物驚得倒退了一步！

「我×，這是什麼？」老回怒罵了一句！

而我在看清楚這個怪物以後，幾乎是忍不住大吼了一句：「怎麼可能？這不可能，怎麼可能？」

趴在窗戶上是一個小孩兒，或者應該叫小孩兒？你要我怎麼去形容它？好吧，如果一定要形容，它就是……就是小孩版的——老村長！

同樣是腐爛的肉和新生的肉交雜著，同樣是破爛的皮膚和新生的皮膚交雜著，頭皮掉了一些，沒掉的偏偏還生出新的黑色頭髮……不，它比老村長更恐怖，因為它的表情更扭曲猙獰，全身都是淋漓的鮮血，而它的眼睛則是純黑色，被怨氣覆蓋了的純黑色！

「傷……傷害伯伯……殺……殺殺……殺殺殺！」這幾個殺字一個比一個叫囂得猙獰，於此同時，它那腐爛卻又充滿著生機的拳頭砸在小鐵窗上，剛才那個把我的拳頭磨得鮮血淋漓的鐵網，竟然幾下就被它砸得變形，而在這個時候，我看見它手腕上的金環，我知道它是誰了，我見過它——那個虐殺那對夫婦的小鬼！

怎麼可能？我的腦子一片亂麻，小鬼是鬼物？怎麼可能化形為殭屍？這已經超出我的認知範疇，我是不敢相信，小鬼什麼時候能成實質了？

此刻，是我此生最痛苦的時候，連眼淚也忍不住流了下來，這不是矯情，而是我明白了一個事實，剛才我們看見的，是這幫該死的傢伙，要新培育一個小鬼，而這個小鬼是已經培育成功的！

那意味著，這背後是活生生的一座——屍山血海！而這痛苦的過程，只要是有良心的人都會流淚。

剛才老回打出的一顆子彈，嵌在這小鬼的手臂上，它幫魯凡明擋住了子彈，它的速度已經快到了極限，我的肉眼捕捉不到，也就是說，那是音速！

就算我不承認這是小鬼，但事實擺在我的眼前，這間公司做的事情，比培育小鬼更加逆天，他們在培育一種新的怪物，新的武器，曾經這也是很多所謂國家機器做過的事情，但是因為道德的約束、人性的問題放棄了，可是還有一幫這樣的傢伙在做，而且他們竟然很「成功」！

我流淚，除了自己的良心，還有一個原因，是因為我知道，楊晟，我已經不能原諒他了，就如他所說的——最後一次！這段情誼，從我看見這個開始，已經徹底的斬斷了……

「點點，回來。」魯凡明的聲音在空曠的地下室中響起，那個小鬼竟然聽話的一下子消失在了窗戶，或者，它不是小鬼？是小鬼殭屍？

點點，多好聽的名字，呵呵，可惜這殘忍能配得上這好名字嗎？

「槍，竟然沒用。」老回的聲音中帶有幾分頹廢，「啪」的一聲扔掉了槍。

我抹乾了眼淚，站了過去，此刻我有一種「變態」般的冷靜，就像是一種能量被壓縮到了極限，你反而感覺不到它的可怕了，但事實上，爆發起來的時候，那一定是毀天滅地的。

「讓我們進去。」我平靜地對魯凡明說道，此刻，那個殭屍小鬼就蹲在魯凡明的肩膀上，純黑色的眼眸裡除了殘忍，竟然還有對魯凡明的依賴，呵呵——偷龍轉鳳之術！

「別急，等我忙完，我怎麼可能放你們走，你們進來也好，陳承一，知道嗎？我挺需要你的。」魯凡明用一種我說不出來的語氣，對我說著，他需要我，我莫名地起了一身雞皮疙瘩。

說話間，魯凡明轉身去到了我們看不見的一個角落，等他再次出現時，手中拿著一包鮮紅的東西，他打開來，用刀開始把那些東西切成一片一片的，然後隨手扔到了血池裡。

我的胃在抽搐，我看清楚了那是什麼——人的內臟！

「你們很聰明，沒有逃跑，進來容易，出去可就難了。這裡呢，也不怕對你們兩個說，每走一步，都是機關，沒有活著出去的道理，這可都是你們華夏的高人布置的。想不到吧，你們華夏的高人和我們合作？」說話間，魯凡明抬頭，望著我和老回笑了笑，然後繼續低頭切著他手裡的東西：「這些東西還是切片比較好，比較容易熬化它，並且……」他隨手塞了一片在那小鬼殭屍的嘴裡，小鬼殭屍竟然吃得很香甜——吃人！老村長也沒有做過的事啊！

「點點也比較容易消化，一整塊吃著太難看了。」魯凡明繼續說道。

「哇……」老回已經吐了，而我的牙關緊咬，在這種人渣面前我一點點也不可能軟弱，我要進去，我要救那個孩子，就算他只有一線生機，就算要讓我用我的命來換，我已經把自己的生命看輕了，但我認為這值得。

我要動用真正的祕術，這個禁法陣難得住我嗎？師傅，你也會為我驕傲的吧？

「你不是華夏人？」我的語氣依然冷靜，果斷地抓住了重點。

魯凡明拿起一塊估計是肺的東西，陶醉地看了一眼，然後說道：「充滿了新鮮的怨氣，那深深的恨意，我都能嗅到，這是好東西。」然後抬頭看著我說道：「我怎麼可能是你們華夏人？笑話！我堂堂南洋大巫師，是你們華夏人？呵呵……」

果然，培育小鬼是南洋那邊的巫術，我一直疑惑，為什麼我大華夏的人會用這種禁術！原來，真的不是他們動手做的，可是南洋的巫術我不敢小瞧了，一樣的是厲害如斯！

魯凡明切著那些內臟，一片一片的扔進血池裡，這個血池看來可不單單是怨氣之血集成的，中間還包含著那麼多別的東西，估計比我在書籍上看見的血池更可怕，血池——小鬼生生不息的「動力之源」。

做完了這一切，魯凡明異常冷靜，帶著詭異的笑容望著我和老回：「先生們，你們可以進來了。」

我和老回幾乎沒有任何猶豫的就轉身等在了那鐵門前，等著進入這必死的恐怖之地！沒有別的理由，就算是為了那可憐的孩子，就算他只有一線生機，充滿了怨氣，可是我們也不想放棄他，就算拿命去拚！

第五十七章　詭異的接觸

隨著「嘩啦啦」的聲響，在我和老回面前的那扇鐵門終於打開了，那厚重的開門聲，在空蕩蕩的通道中迴響，總是有一種讓人心悸的恐懼。

可是我和老回卻沒有退縮，幾乎是沒有猶豫的就跨進了這扇厚重的鐵門。

鐵門內，是一條向下的狹窄樓梯，剛好可以兩人並行，老回走在我的身邊，開口說道：「真捨得本錢，那麼厚重的鐵門，一定是有什麼裝置控制的，這地下室，沒投資上千萬怕是修不出來。」

一邊說話，老回一邊取下了他的手錶，塞進了褲兜裡。

這話說得倒挺像是來旅遊觀光的，其實我心知肚明，老回是在提醒我，等下進去記得觀察一下開門的機關在哪兒，別到時候困死在這裡了。

抱有必死的信念去拚命，但是也不能放棄一絲生機，而且最好是救出孩子，這才是我們想要做的。

我摸出了一枝菸，點上，很無所謂的說了一句：「但願你的皮帶品質夠好。」

「世界一流！找不出比它品質更好的了。」老回也講得輕鬆，並從我嘴上奪下菸來，深深的吸了一口。他的意思也很簡單，在我說了厲害的傢伙能影響信號的傳遞之後，他還那麼說，就是告訴我，皮帶扣上的信號發射器是很強悍的，如果它還不行，世界上找不出比它行的了。

魯凡明應該是不知道皮帶扣的事兒，否則也不會讓我們如此「輕鬆」的拖延時間。

香菸的氣味遮蓋了這條通道內的異味兒，我之所以在空氣流動並不是那麼好，有些憋悶的通道如此著急的點菸，固然有借助香菸放鬆的意思，更多的原因，是因為這條通道內的味兒。

那是一種奇異的香氣混雜著灼熱的血腥味綜合起來的氣味兒，在通道內淡淡的飄散，我覺得比大糞的味兒還難聞，讓人聞了之後，心內有一種說不出的憋悶，所以我點了一枝菸來掩蓋它的氣味。

這裡比我和老回想像的更奢侈，在通道內走了沒幾步，就看見通道的兩旁同樣貼滿了金箔，布滿了詭異的雕刻，而且兩旁還鑲嵌有黃金的燭臺，上面點著那種像豬油的蠟燭，蠟燭燃燒的火焰很詭異也很美麗，是藍紫色，我敏感的發現那種奇異的香味兒來源就是它。

恍惚有熟悉的感覺，具體的卻又想不起來，這種情況倒是很少在記憶力很好的我身上發生。

可是想不起來也就不想了吧，畢竟到這裡來，是生死一線的事兒，比我以往經歷的任何事情都要危險，這些無關緊要的細節，我也就不在意了。

這條樓梯通道也不長，在我和老回隨意的聊天和胡思亂想中，就已經到了盡頭，穿過那扇門就是剛才我們在小窗看見的地下室。

從上面俯瞰，和真實的處在其中感覺是不同的，站在門口我們一眼就看到了整個地下室，很多小窗上沒有看見的角落也看見了。

就比如，在那邊角落裡，堆積著很多的雜物和骨頭，至於是什麼骨頭，我不忍心看，也不忍心想，而在另外一個角落，則詭異的被布置成一個起居室的樣子，有一大一小兩張床、有桌子，有一些我不認識的南洋法器什麼的、還有一些雜七雜八的東西，大多數是工具。

血池很大，長有四米，寬有三米，也不知道是不是有地熱系統，把血池保持在一定的溫度，總之那血池沒有沸騰，卻散發著一定的熱度，那種帶著熱氣兒的血腥味就是從這個血池裡發出的。

我和老回對望了一眼，儘量不去看那個孩子，走進了這恐怖的地下室，一進入地下室那詭異卻又銷魂的香味兒更加濃烈了。

我這時才發現，那些巨大的蠟燭燃燒的火焰也是藍紫色的，只不過在斜上方打了一盞小小的黃燈，所以站在上面一時間竟然沒有看出這火焰的顏色。

「這個『屠宰場』的蠟燭不會他媽的有毒吧？」我和老回站在原地沒有動，只是靜靜看著魯凡明，此刻的他正站在一根巨型的蠟燭面前，像撫摸稀世珍寶一樣的撫摸著蠟燭，這樣的動作自然讓我和老回不得不懷疑這蠟燭裡有「貓膩」。

只不過我還是忍不住感慨了一下，老回把這裡比做屠宰場，倒是挺貼切的。

老回並沒有壓低聲音，在這安靜封閉的環境下，平常聲音說的一句話，也被無限放大了，魯凡明自然也是聽見了，他轉過頭來，神情驚奇而扭曲的看著老回，說道：「有毒？你知不知道，這世界上有多少所謂的明星，都想弄到一點兒這個東西？你又知不知道這個東西在我們南洋的術法中是有多麼的重要？」

「這是什麼東西？」我眉頭微皺，說實話我忽然想到了一件兒東西，有些反胃，只不過我也沒有實際體驗過，不想證明我的猜測是對的。

魯凡明沒有回答我，而是轉身朝著他起居室樣的角落走去，他在桌子面前坐下了，然後對我和老回說道：「其實我太寂寞了，你們今天反正是必死之人了，不如來陪我吃個飯，聊聊天，在死之前過一段快樂的時光，如何？」

我和老回對望了一眼，顯然我們都不認為在這樣的地方吃飯聊天是什麼快樂的時光，可是時間拖延得越久對我們越有利，再說了，就算等不來救兵，我們也可以在這種貌似和平的情況下找機會做我們要做的事兒。

怕的就是我們一下來，魯凡明就叫那小鬼殭屍攻擊我們。

此刻的小鬼殭屍離我們不到五米，正在血池中浸泡著，很是自然的一浮一沉，看起來詭異又可怕。

終究，我和老回走到了魯凡明的另外一頭坐下了，隔著一張桌子的距離，看著這個惡魔，我只有一個想法，或許此刻神情怎麼看怎麼帶著一絲極端的變態意味的他，才是他的真面目吧。

很難和那個帶著老實憨厚笑容的魯凡明聯繫在一起，一個人的外表是如何或許不重要，他的神情和眼神才是一個人流露在相貌上重要的東西，這就是所謂的相由心生。

魯凡明這樣的「演技大師」，我很佩服他。

氣氛有些詭異，可是魯凡明得意又輕鬆，他在我和老回面前放了兩個水晶高腳杯，然後拿出一瓶紅酒，各自給我和老回倒上了那麼一些。

我和老回沒有動那酒，在這地方，面對著這樣的人，我們承認，不敢喝這個酒。

但是魯凡明很自在，他端起酒杯抿了一口紅酒，掀開了桌子上烤爐的蓋子，然後說道：「我一直覺得烤肉配紅酒，是非常美妙的，我說過你們必死，但是不會用下毒的手段，讓你們去死，那樣太玷汙我大巫師的名聲了。」

說話間，他又抿了一口紅酒，然後晃蕩著他手中那個水晶高腳杯說道：「不覺得很美麗嗎？鮮血的顏色，偏偏卻是冰涼的口感，喝紅酒能喝出一種美妙的絕望感，你們華夏的道士，是鄙視這種負面情緒的，可是你們真是愚昧啊？可知道負面的情緒才是人類前進的動力，就比如恨，可以讓一個人爆發出驚人的潛力，就比如絕望，可以讓一個人在生命結束前，發出煙火一般璀璨的光芒。負面的情緒能催生新的神，而那樣的神沒有顧忌，也不虛偽，人類是要需要前進的。」

這是什麼屁話？我原本端起那杯子，準備喝一口紅酒的，畢竟不能讓他這個南洋大巫師小看了我們華夏的道士，可是他媽的，你什麼不好形容，形容成血啊，絕望啊，老子還偏不喝了。

所以，我重重的把紅酒杯子放在了桌子上，然後說了一句：「我們大老爺們的，喝白酒，不成就灌啤酒，你那美妙的絕望還是別被我糟蹋了。」

我說完這句話，魯凡明忽然收起了他的笑容，用一種詭異的目光盯著我，我的心一下子提了起來，要動手了嗎？

第五十八章 憤怒

我緊張，老回也緊張了起來，我們是不怕那什麼南洋大巫師的，怕的只是那個詭異的小鬼殭屍，還有一件更詭異的事情，那就是小鬼的本體還沒有出現。

時間當然是能拖延一會兒是一會兒，因為按照老回的說法，部門如果能收到緊急資訊，最慢一個小時以內會派人查探，就算只是來查探，看見綁在屋子中的七個大漢，應該也會引起足夠的重視，然後上報……

這樣，就算沒有小鬼的確切證據，也可以給我和老回爭取到更多的生機以及救人和帶出證據的可能了。

所以，魯凡明陡然變了臉色，擔心的是我和老回。

但是魯凡明不愧是變臉大師，見我和老回緊張，他忽然哈哈大笑起來，看起來很是親和暢快的樣子，讓我和老回摸不清楚他葫蘆裡賣的是什麼藥，只得暗自防備，冷眼看著他。

笑完以後，他輕鬆地說道：「我說你們也不要那麼緊張吧，說過要你們陪我吃頓飯，聊聊天的，怎麼會那麼快就殺掉你們呢？陳承一，雖然我迫不及待的需要你的身體來做一件兒偉大的事，但是也不急在一時啊，哎……」說到這裡，魯凡明竟然歎息了一聲，臉上流露出落寞的表情，然後才說道：「我很寂寞，你們知道天才都是寂寞的。我和你們華夏的某些人合作，他們只是需要我的才能和成果，卻不能分享我的喜悅，我需要找人傾訴。」

傾訴你媽！這是我心裡的想法，你這種慘絕人寰的變態行徑，還能叫喜悅？我嚴重懷疑魯凡明根本不是人，他沒有人類的情感，可是我和老回為了拖時間，誰也沒說什麼，只是端坐在那裡沉默。

魯凡明卻不介意我們的沉默，站起來，走到那一邊的冰箱裡拿出了一片東西，然後放在了桌前，開始耐心的，仔細的擺放著碟子，那些碟子異常精美，魯凡明也擺放得很有美感。

我巴不得他再擺放得耐心一些，好給我和老回拖延一些時間，而魯凡明卻一邊擺放一邊說道：「你們知道的，我是一個美食家，我覺得人的一切欲望都是多餘的，唯有美食是可以存在的。因為吃飯是為了生存，其它的一切欲望都與生存無關，為了讓必要的生存變得更美妙一些，所以美食自然是可以存在的。」

他說的就跟他是苦行僧似的，事實上他也是，除了美食沒有任何不良的愛好，但就這樣的人是一個大變態，想著就很諷刺。

他很冠冕堂皇，像個演說家似的，可是我和老回的心思根本不在看他表演，而是在他手上，因為他正在打開從冰箱裡拿出的一包東西，我和老回很害怕又是什麼奇怪的東西。

我發誓，我絕對不要去參觀魯凡明的冰箱。

萬幸的是，不是什麼奇怪的東西，至少表面上看著不是，就是一些切得厚薄合適的肉食，還有一些蔬菜。

魯凡明同樣耐心的把這些東西擺放在盤子裡，才輕鬆地吐了一口氣，洗了一下手，坐了回來，打燃烤爐，開始一片一片的把燒烤的東西擺了上去。

很是專業小心的樣子。

「你說爺們要喝白酒，意思是你很爺們囉？」魯凡明似笑非笑地看著我。

「直說。」這個人太狡猾，我不想中了他的套兒，乾脆以不變應萬變。

「敢吃我的東西嗎？」魯凡明這樣說道。

「我才吃了夜宵，我不餓。」我很乾脆的拒絕了，他這裡的肉，我不敢吃，我還沒那本事兒認出這些薄片兒的肉具體是什麼？

「是牛肉和豬的內臟而已，很美味的。你們看怎麼辦？我要你們陪我吃飯，你們一個也不肯陪我吃，這可不是什麼好事兒啊？」魯凡明說話間去夾了一片兒肉，那片肉烤得不怎麼熟，上面還帶著血絲，他裹了一片青菜，隨意蘸了一點兒醬，就塞嘴裡了，可是眼神冰冷。

我的胃開始抽搐，旁邊是個人血池子，在這種地方悠閒地吃烤肉，還是烤得半生不熟的，我自問沒那麼強悍，我看見老回也在打乾嘔。

魯凡明閉上眼睛，似乎是在等我們陪他吃飯，又似乎是在享受烤肉的滋味，好半晌，他才睜開眼睛說道：「肉呢，不在味兒，在於肉的口感和質感，烤到這個程度的牛肉剛好，鮮嫩多汁，我說，你們到底吃不吃？」說到這句的時候，魯凡明的眼神變得凌厲起來，血池微微的響起翻滾的聲音。

我剛想說什麼，老回拿起了筷子，說道：「吃就吃，有啥了不起的，陪吃而已嘛，又不是叫大爺我陪你睡覺！」

魯凡明再一次掛上了他招牌似的憨厚笑容，不再說什麼，繼續吃了起來。

老回就像是在證明自己的勇氣，或者是在跟他賭氣似的，也是一筷子一筷子的吃，我看老回吃得痛苦，本著有難同當的心情，也想陪著老回一起吃。

可是老回卻摁住了我的手，小聲說道：「就算有毒，也不至於兩個人都倒下，這傢伙我不太相信。」

關於老回的這番言論，魯凡明像沒聽見似的，只管喝酒吃肉，吃到一半的時候，魯凡明說話了：「其實，你們認為人是什麼？關鍵的是靈魂還是肉體？」

我和老回不說話，反正這傢伙也只是為了發表一下他的「喜悅」不是嗎？

果然，我和老回的沉默他並不在意，夾起一片兒肉，慢慢地吃了，再抿了一口紅酒，開始說道：「我認為重要的是靈魂，肉體只是一個工具，懂嗎？我一直很想這樣打一個比喻，現在不是老是流行這樣的科幻小說，如果機器人有了智慧，就會怎麼樣，怎麼樣？我覺得人並無不同，靈魂就好比機器人的智慧，或者說是智慧，沒有了靈魂，肉體只是工具，是一堆破鐵而已，破鐵並不是說做成了機器人的零件，它的本質就不是破鐵了。」

「你想說什麼？」我皺起了眉頭，其實從本質上來說，魯凡明說得沒錯，就算我道家是唯一重生（注重生命，活著）的流派，也承認最大的錯誤在於重修輕性（重於功力的累積，輕心性的修行）。

魯凡明忽然說出那麼一番理智的話，我實在懷疑他到底想說什麼。

「這樣說吧，既然肉體的本質就是一堆破鐵，那麼在意肉體幹嘛？生死重要嗎？肉體上的折磨罪惡嗎？一切都是為了靈魂，既然肉體上的痛苦能帶來靈魂的昇華，肉體上的欲望得不到滿足，能帶來負面的情緒成為一切的動力，那麼我做的一切都是偉大的，我只是在面對一堆破鐵，可經過我的手，它誕生出了強悍的靈魂，難道不偉大嗎？只不過，天才都是寂寞的，都是不被人理解的，可是我願意這樣犧牲。」說著說著，魯凡明的眼神狂熱起來。

而我終於忍不住大罵了一句：「放屁！」

「怎麼？你不贊同？」魯凡明沒有生氣，卻是望著我玩味地笑著，接著說道：「你們這些華夏的道士和尚什麼的最是虛偽，包括和我合作的那些傢伙們，內心欲望滔天，明明是在利用我，可嘴上卻說太過殘忍，不忍直視，你說不是虛偽得發臭是什麼？」

「我，不知道別人怎麼虛偽，可是我今天卻要明明白白地告訴你，你真的是在放屁，多的我不想反駁你，我只是想給你說一句，無論是誰，都沒有權力左右他人的生命來滿足自己的欲望！你說肉體是一堆破鐵，可是它被賦予了靈魂以後，它也是人的一部分，你有什麼權利去殘害別人生命的一部分，又有什麼權利去主宰別人的靈魂？你覺得你偉大，你只是踩著別人，來滿足你自己的欲望，算什麼偉大？況且，人生是別人的，你這是在挾持！天道賦予每個人生存的權力和體驗人生的經歷，是好是苦，別人自有領悟，你記得，這才是天道！」我望著魯凡明認真地說道。

魯凡明輕輕搖頭，好像很是不屑我的說法，已經懶得理我的樣子，他望著老回說道：「肉好吃嗎？真的，我剛才忘記給你說一點了，帶著情緒的肉才是最美味的。」

「什麼意思？」老回正在吃著一片肉，忽然就這樣咬著肉，表情變了。

「也就是說充滿了憤怒和絕望的肉質，才是最美味的，不僅體會到了肉的質感，還體會到了深刻的情緒。這個肉——是人肉，哈哈哈……真好玩，讓你們這些所謂正道人士吃人肉，真是有樂趣啊，哈哈哈……」魯凡明笑得異常開心，看得出來他是真開心了。

「哇……」老回幾乎是馬上就開始嘔吐了。

是的，肉體折磨一個人算什麼，精神上的折磨才是最痛苦的，我怕老回一輩子都走不出這個陰影了，在那一瞬間，我幾乎是完全憤怒了，哪裡還管得了什麼拖延時間，一下子跳上了桌子，幾步就衝到了魯凡明的面前，嘴上爆了一句粗口：「我×你媽的！」

第五十九章 密室與瘋狂

有一種性格叫魯莽衝動，而有一種行為卻叫不得不……

是的，我不得不用暴力來發洩自己對魯凡明的憤怒，即便在我衝過去的兩秒時間內，我腦子裡閃過了無數的念頭，比如說小鬼殭屍過來了，它會在我背上咬一口吧？又比如拖延時間的計畫完蛋了……

但是又怎麼樣？魯凡明這種變態人渣，除了此刻暴力以對，我覺得沒有任何理由可以讓我克制，我得承認他是一個心理大師，很是善於激發人的負面情緒，而且他不留餘地，他連一個可以自我安慰的藉口都沒有留給老回，就比如我是被他逼著吃的人肉！

他是在從另外一個方面毀滅老回，就比如我和老回能活著出去，老回一想起他曾經在這裡吃過不少人肉，他就一直走不出這個陰影，時間久了，說不定就會崩潰。

不要小看人類心底那條道德約束的底線，一旦過界，那壓力是無法想像的。

而老回，我把他當成我的兄弟。

我的拳頭狠狠砸在了魯凡明的臉上，他的鼻血從鼻腔裡流出，溫熱的血液流在了他的臉上我的拳頭上，這種熱度的感應，反倒讓我的心裡有一種痛快的發洩感。

我想像中的小鬼並沒有撲過來，老回也應該安全，他的嘔吐聲依舊在我的身後響起。

我以為魯凡明會憤怒，繼而用他口中那偉大的南洋巫術和我鬥法，可是他沒有，面對著拳頭，他笑了，可說是痛快張揚的大笑，他嘶喊著：「對的，就是這樣，你們最好一個絕望，一個憤怒，盡情的燃燒吧，只有憤怒和絕望的人，才是那最好的材料啊！」

「燃燒你媽，老子又不是火鳥！」我幾乎被這憤怒沖昏了頭，躍下桌子，我又是一腳，狠狠踹向魯凡明。

「噗」的一聲，魯凡明的口中噴出了不明液體，他連人帶凳子，被我一腳起碼踹出了很遠，如果不是有牆擋著，或許會更遠，可見我的憤怒到達了怎樣的臨界點。

但是這樣夠嗎？這樣遠遠不夠，我又衝了過去，腦子裡只有一個念頭，打死他，打死他！如此暴力的念頭，我發誓我這一輩子只對魯凡明這樣的人渣產生過。

魯凡明有些痛苦地彎下了腰，在我衝過去的過程中，卻又打直了腰，他臉上還是帶著那種變態的笑容，忽然舒展開雙臂，像在迎接著太陽，對我大吼大叫：「來啊，盡情的打啊，用你的憤怒發洩啊，廢物肉體上的痛苦會給我帶來刻骨的仇恨，我會接近於神！」

說到最後，他閉上雙眼，神情竟然流露渴望，這噁心的表情讓我內心一陣毛躁，我衝過去，幾乎是不假思索的，用頭狠狠撞向魯凡明。

「砰」的一聲，我的腦袋暈乎乎的，可是無比痛苦，而魯凡明直接躺倒在了地上，半天回不過神來，我算看出來了，這傢伙如果是肉搏戰的話，就是個戰鬥力為零的渣渣。

但就算如此，他的臉上依然帶著笑容，我甩了甩腦袋，讓自己剛才用力過猛，暈乎乎的腦袋稍微清醒了一些，又站起來，衝過去，幾乎是不管不顧的無數腳就踢在了魯凡明身上。

可是魯凡明好像還是不滿足一般，他不停地刺激著我，雖然因為我的腳尖、拳頭，他說話是那麼的不流暢，可是他異常堅持地說著。

彷彿我越是憤怒他就越是滿意！

「你不是一直想問我蠟燭……蠟燭是什麼做的嗎？哈哈……嘔……哈哈，是屍油，新鮮的屍油，我親手採集的，我殺死的人。」

「對了，你知道培育上一個小鬼，我殺了多少人嗎？四百七十六個人，那些流浪漢啊，流浪少年少女啊，孤寡老人啊，沒人在意他們的行蹤。」

「還有，你知道我培育小鬼失敗了多少次嗎？十七次啊，真是可惜啊，培育小鬼的孩子需要特定的命格，竟然在我手上死掉了十七個，嘖嘖……有些小孩是偷出來的，多費勁兒啊！」

我覺得我要瘋了，由於太過用力，我自己已經是氣喘吁吁，但就算如此，我也不想停手，心裡那股被他點燃的憤怒越燒越烈，根本想讓我和他同歸於盡。

可是這傢伙怎麼那麼耐打，我敢保證，我這一頓拳腳，足以把一個生猛的漢子直接打到昏厥或者是殘廢，可是魯凡明除了痛苦的表情，幾乎顯得很輕鬆。

我這邊還沒說什麼，可是他竟然「憤怒」了，在我又是狠狠的一腳過後，他忽然爬了起來，大吼道：「不夠，不夠！你的憤怒還沒提升你的力量，竟然破不了我的『神打術』！」

神打術？我有聽說過這個術法，卻一直不怎麼瞭解，只知道少林和尚其實滿擅長的，說白了就是一種「耐揍」的術法，可惜真正的神打術在南洋那邊才是盛行的，沒想到魯凡明戰鬥力不怎麼樣，竟然還是一隻耐打的「烏龜」。

他瘋了一般地跑起來，而我在心裡惡狠狠地想著，打得不夠，是嗎？我直接提起了一根凳子，追在了他的身後，我不敢去拿刀子，我怕這傢伙一發現有性命威脅，就會召喚那個小鬼殭屍。

是的，我也許免不了和那個小鬼殭屍戰鬥，但在這之前，我能把魯凡明打到內傷，也是一件痛快的事情啊。

魯凡明不是真的要跑，他只是跑到了一個角落，按動了一個「邪神」雕像的眼睛，我沒想到那是一個機關，在他按動那個機關以後，那面牆竟然緩緩的朝兩邊一傾露出了一個暗門，門口是一個燈火通明的小密室！

密室裡，密密麻麻的全是人的脊椎骨的一小截！

「脊椎骨是不是很美麗？看，這是我的戰利品！」魯凡明瘋狂笑著。

我牙關緊咬，看著那密密麻麻的拼成各種藝術圖形的脊椎骨，竟然感覺到了沖天的怨氣和冤氣在流動，我忍不住被憤怒燒灼得一陣暈厥，提著凳子狠狠朝著魯凡明的腦袋砸去……

魯凡明倒退了兩步，血從他的額角流出，他再次有些暈沉，可他沾了一點兒自己的血放在嘴裡，對著我喊道：「有點意思了，就是這樣！」

說話間，他又按動了另外一個眼睛，地下室裡又一個暗門顯露出來，這一次，我顧不上再揍魯凡明了，因為我看見那個暗門裡站著一個又一個的「人」，但仔細一看，我倒吸了一口涼氣，倒退了幾步，因為這裡面的哪裡是「人」，分明是我在倉庫裡見過的那些「殭屍怪物」！

接著，魯凡明說出了一句幾乎讓我崩潰的話，他吼道：「你看見沒有，我這裡面的是精品，戰鬥力強悍，知道他們是什麼嗎？是我暗殺的你們華夏的道士，哈哈哈……真正有能的道士！」

華夏的道士，真正有能的道士，我把自己的牙齒咬出了血！我決定要拚命了！

「憤怒吧，我要保留最憤怒的你，在一瞬間殺死你，你將是我最珍愛的武器，華夏年輕的道士第一人。」魯凡明用一種類似於詠歎調的語氣對我說著話。

而這時，老回的聲音在我的身後響起，那聲音很是不對勁兒，帶著一股渾厚的，從胸腔迸發的力量，他喊道：「承一，準備拚命的術法，讓我來會會他！」

我一回頭，看見老回詭異的變化了，這種變化類似於慧大爺和慧根兒使用祕術時，肌肉力量膨脹所產生的變化，可是又那麼的不同，老回的皮膚呈一種詭異的藍紫色，我回頭的時候，那藍紫色還很淡，可只是瞬間，就越變越深了。

我忽然間想到了一個祕術！

第六十章　來吧，一戰

「合神術」，是一種聽起來很像正統請神術的術法，事實上原理也是差不多的，請神術，是請神上身，借用極小的一部分「神力」，「合神術」聽名字來說，也是請到什麼東西，然後合二為一。

但事實上，「合神術」和「請神術」卻是大相徑庭的，最簡單的說，「合神術」其實嚴格的歸類起來，應該算是邪術的一種！威力比「請神術」大了不止一籌！不，應該說它的威力很大！所以，它能被歸結為祕術！

為什麼要這麼說？因為「請神術」請到的是正神，簡單的說，就是有個名頭，有個牌位的，名正言順的神，這些所謂的「神」當然能力是極大的，但是說句不敬畏的話，也是極其「吝嗇」的，或許是怕請神之人亂來吧，總之，能動用的神力，只是極小極小的一部分。

但是「合神術」請來的就不一定是正神了，而是各種具有非凡功力的大能，就比如快要得道的「仙家」，就比如山魈河怪，再比如最普通不過，甚至沒有神位的山神也可以。

這種不同於請神術，它們被請來以後，起碼會借助五成以上的力量給請它們來之人，這樣大威力的能力，自然不能作用於外，只能合二為一才能發揮得出來，所以這就叫「合神術」！

被上身之人，一般面目表情會帶有上身之物的氣場、特徵、神態！就如被蛇類仙家找上之人的行動、動作，甚至日子一久，連臉型眼睛都會帶上蛇類的特徵。

合神之人，也會根據請來「合體之神」的威力大小，來決定特徵化多少。老回這一次身體變得魁梧雄壯，卻有些佝僂著背，連皮膚這種極少短時間會受影響的外部特徵都變了，說明請來的傢伙，能力不小！

可是這樣的老回卻讓我心疼不已，能被稱之為祕術的術法，一定都會有代價，何況是威力如此大的術法？我看著老回的額頭，那裡是最明顯的，果然有一條明顯的血痕，老回獻祭出了精血！

因為「合神術」，就是要以精血獻祭為代價，這是天道允許的，很公平！

但是精血是什麼，包含著一個人的精氣神，甚至是生命力，曾經高寧為了使母蟲加快進化，只取了我極少量的精血，都讓我師門用大代價給我進補，而且不一定完全補回來了，這一次老回……

可是，容不得我多想，老回發出了一聲震天的咆哮，雙拳狠狠揮出，帶著破空之聲，顯然是合神術已經進行完畢，暴漲的力量，讓他需要發洩！

「承一，不要怪我使用邪術。」老回那彷彿是從胸腔中發出的厚重聲音迴盪在地下室。

「沒有邪術，只有邪惡的人！」我如此說道，多餘的話卻不敢去說，只因為時間要緊，我要準備我一直想動用的拚命之術。

而老回很是自然的擋在了我的身前，我能認出來老回請的是一種傳說中的山裡的怪物——山魈，力大無窮，精通土行術法，且性情暴虐，好鬥，動作也十分敏捷。

土行術法早已失傳甚多，它在人間界的失傳，很奇異的也影響到了很多山精野怪，關於山魈，我師傅曾經那麼說過一句：「它們練五行術法的土行之法，比我們人類厲害很多，好笑的是，人類的術法失傳，它們也沒得練了，只能憑天賦摸索一些粗淺的術法了。」

「師傅，真有山魈這玩意兒嗎？你該不會說的就是那種奇形怪狀的猴子吧？」

「那猴子能配得上稱為山魈？有沒有山魈，我懶得和你說，只不過真有的話，得注意它的速度才是啊，它天生親近土行，縮地成寸這種傳說中的逆天土行術法，它自然不會用，但是粗鄙的，提升一些速度的，掩藏一些身形的，它自然是會的，所以它老是神出鬼沒的。」師傅就像說一般的山野傳說那般，給我講了一段兒關於山魈的事情。

此刻，我全部都想起了，老回就是老回，知道用什麼來應對小鬼殭屍的速度和力量！算計得滴水不漏，是膽大得敢用合神術，更是心細得考慮到了每一個細節。

老回的眼神已經變得很暴躁了，但是終究是沒有喪失清明的，合神術不是上身，自己的思想還是佔居主導，他摸出了他的刀，那一把充滿了正陽之氣和煞氣的刀，朝著魯凡明嘶吼了一聲。

魯凡明的神色也變得嚴肅了起來，或許他不忌諱老回，可我知道他忌諱我的出手！

這裡有禁法陣，我們一身功力發揮不出來，可是老回繞開這個，用了動用自身功力很少的獻祭類祕術，給他造成了威脅！

要知道老回或許在他心裡連一隻螞蟻也不如，但我是個名聲在外的傢伙，又是老李一脈，各種祕術極多，他怎麼能不忌諱？

「看來不能小看任何一個人！」魯凡明似笑非笑地說道，然後閉目，血池開始翻滾……我知道小鬼要出來了，魯凡明培養的小鬼和他之間是心神相連的，召喚而來，甚至不用動用任何術法！心神到了即可。

面對魯凡明的動作，老回再次發出了一聲挑釁似的嘶吼……時間不能耽誤了，我閉上了雙眼，雙手掐了一個奇怪的手訣，在這裡既然有禁法陣，那麼只有把自身的功力提升到極限，我掐的這個手訣是在短時間內提升靈魂力的手訣，比師傅給我的藥丸還要有效果，相當於是用一定的方法強制自己的大腦給靈魂一個命令，是不顧日後損傷的暫時提升和爆發。

這個手訣一共有七套，四十九個動作，要求動作極快，掐法絲毫不能出錯，所以我必須心神集中到極限，這比存思還更加的負擔，但是我輸不起，必須要做完它。

我的雙手飛快變換著各種手訣，緊張到了極點，畢竟這個祕法也是我第一次使用，好在這些動作我雖然沒有像今天這樣連續使出過，但分開卻一次次的練習過。

我閉著雙眼，這是現在已經很少出現的情況，畢竟需要靜心存思的情況多了，我在施法之時，已經很少受外界的影響了，可如今卻必須閉目，可見我重視到了什麼程度。

手訣快到幾乎是一秒成形一個，隨著手訣的快速變幻打出，我的靈魂彷彿注入了一絲絲的興奮劑，變得強大而躁動起來，這個時候，我必須分神去壓住躁動的靈魂，以免影響我絕對安靜的打出手訣，其實這個術法凶險到了極限，如同心靈在走鋼絲，如果不是情況所逼，我絕對不會使用這個術法。

我不知道老回的情況，更加不知道外面已經戰鬥成了什麼樣子，只是從地面偶爾的大震動，我能感覺這戰鬥一定是非常激烈的。

萬幸的是，我施術始終沒有受到影響，雖然只是短短的幾十秒，但是鬥法中，高手過招，幾十秒早已決定生死！

老回一定為我戰鬥到了極其辛苦慘烈的狀態，可是我不敢去想，甚至由於心神絕對的集中，我連外面的聲音都恍若未聞。

最後五個手訣，最後三個，最後一個……當手訣終於完整的打出以後，我的手傳來了抽筋般的痛苦，要知道手訣的每一個動作都是複雜之極，簡直不像人類手指可以做出的動作。

但手的痛苦只是小事，最重要的是身體大腦的負擔，在整套動作完成以後，我的身體如同被水潑過一般，已經是大汗淋漓，衣服都打濕了，緊緊的貼在身上，雙腳所站之地，竟然出現了濕潤的腳印！

可是我的痛苦只持續了不到一秒，隨著我放開心神去任由靈魂提升躁動，下一刻，一股極度舒服，舒爽，愉悅的感覺從靈魂升起，壓抑過了所有的痛苦，這應該是比「吸毒」更讓人迷戀的感覺吧，靈魂在瞬間大幅度的提升！簡直可以讓人忘乎所以！

來吧，一戰！我睜開眼睛，眼神變得冰冷……

第六十一章　天地禹步

在我眼前的老回如同一個血人，卻單手護在我的身上，另外一隻手持著他那把法刀，幾乎已經是站不穩。

為什麼會站不穩，因為老回的腳受了極重的傷，傷到傻子都能一眼看出來，因為他的腳呈一種詭異的角度扭曲著，骨折很是嚴重才會這樣。

更嚴重的是，我發現老回身上之所以血如泉湧的另外一個原因，是因為他的皮肉被扯去了幾大塊，只是短短幾十秒啊……

而小鬼殭屍此時抱在一根大燭臺上，眼神仇恨又戒備的望著老回，看樣子它也不輕鬆，腦袋凹陷下去了一塊兒，手臂估計也受了極其嚴重的傷，呈九十度反擰在背後，但是這些傷勢對沒有痛覺的殭屍來說，其實對戰鬥力的影響是不大的。

至於魯凡明，他就站在一角看著這一切，估計這種級別的戰鬥對他來說，是沒有插手的可能的，因為雙方都是力量極大，速度極快的存在，他一不小心可能就會送命。

老回這樣護著我，他也沒有靠近我的機會。

我在內心判斷，魯凡明應該是那種「製造型」的巫師，這不奇怪，就如劉師傅他擅長的是畫符、製器，拋開符籙的輔助，比起鬥法，他可能鬥不贏一般的山字脈道士，就算是半瓶水都不見得鬥得過。

就比如西方的魔法體系，既然有戰鬥的魔法師，同樣也有擅長製造的——煉金術士。

那麼巫的體系中，一樣有這樣的製造業，只不過華夏的大巫年代離我們已經很久遠了，那段大巫大放光彩的歷史充滿了迷霧，甚至都不被世界承認，所以我也不知道具體怎麼劃分。

但魯凡明應該就是這樣一種存在，擅長製造「武器」來保護自身，而自身的能力卻一般，除了一個讓他成為「烏龜」的神打術！

我冷眼看著這一切，我不敢帶有任何的感情和情緒，儘管在心底看著老回為我戰成這副模樣，我的心在顫抖，可惜我還得生生的用靜心訣，撇開外在世界帶來的影響。

道士也有喜怒哀樂，道士也是行走在這燈紅酒綠的世界，除非是潛心禁欲的全真一脈，所以道士從來都不是高高在上，神祕莫測。

如果說有，那只能是一種時候，那就是施法之時，在那個時候不能受任何情緒的影響，就算是重要之人死在自己的面前也不能，否則就會施法失敗。

這個時候的道士才是高高在上，神祕莫測，甚至是冷血的，我幾乎不帶任何的情緒對老回說了一句：「我還需要時間。」

老回沒有回頭，依然用那種渾厚但是已經嘶啞下來的聲音回答我：「我還可以堅持一分鐘。」一說話間，老回忽然摸出一把極薄的特殊刀子插入了身體的特殊位置！

我知道，這把刀子拔出以後，無論他怎麼阻止，精血都會從他的傷口流出，其中的精華會獻祭給山魈！

我不忍再看！

我只知道他是在告訴我一分鐘就是合神術結束的時間，我握緊拳頭，說道：「夠了！」然後在下一刻我鬆開拳頭，狂吼了一聲，這是一種異常簡單的辦法，讓自己的精氣神在瞬間爆發，我沒有時間耽誤，我承載的是三個人的生命，還有把最詳細的證據帶出去的希望！

靈魂在此時膨脹到了極限，就算有禁法法陣，禁止溝通天地之力，我也可以勉強施展出大術，但是我的目的遠遠不是如此，一般的大術不足以讓我們擺脫困境。

火龍術不能，雷術在地底我沒辦法召喚……

所以，這個程度不夠，我閉眼，存思，手訣，步罡幾乎是同時上陣，沒有師祖的幫忙，我絕對做不到那個傳說中的大術，就算做出來了，估計也是沒有作用的。

靈魂膨脹到了極限，溝通是如此的容易，幾乎是幾秒鐘的時間，我就溝通到了師祖，這就是優勢，我連輔助溝通的步罡都沒有踏完！

在這一次的溝通中，我擅自加入了非常自主的資訊：「師祖，救我，師祖，有人喪心病狂。」我一次次嘶吼著這樣的資訊，其實我沒有奢望師祖能回應，中茅之術請來的只是師祖的一段意志，包含有散落的靈魂碎片，那是天地自然記錄的大能之人的碎片，嚴格說來，不屬於完整的靈魂。

只是二十幾秒，我就感覺身體一震，連靈魂都來不及縮回靈台，就感覺一股強大的力量擠進了身體，我的靈魂是被動的被擠回了靈台，靈魂力留在了身體。

「胡鬧，如此力量，暗傷怕是難以調理！胡鬧！」我忽然收到了這樣的一個資訊，一下子呆住了，幾乎是整整發呆了一秒鐘，我才反應過來，這是師祖在對我說話！

師祖在對我說話？可惜靈魂不能顫抖，否則我一定會全身顫抖，不能自已的，這不是一段意志嗎？為什麼師祖會對我說話！按理說，我是不在他的靈魂碎片中的，他對我沒有記憶！

我有太多的問題想問，我幾乎是激動得難以自持，可惜，此刻是千鈞一髮的時刻，是戰鬥的時刻，我不能這樣去耽誤時間。

師祖佔據了我的身體，緩緩的望了望四周，目光特別在魯凡明身上停留了一下，然後說道：「果然是喪心病狂！你南洋巫師，欺我華夏無人嗎？漢若．尼莫管不好你們了，是嗎？」

漢若．尼莫可不是什麼西方的名字，是一個典型的菲律賓名字，其實很是普通，但此話一出，那魯凡明的身體明顯的一顫，眼神也變得敬畏了起來。

可是下一刻，他就大喊起來：「陳承一，你不要裝神弄鬼，不要以為你知道我南洋一個偉大巫師的名字就可以嚇住我！」

但是我師祖是什麼人？豈可和他廢話，他看了一眼老回，歎息一聲，我感覺到了他惋惜的情緒，一下子我的心底湧起一股絕望和悲傷，師祖的惋惜代表著什麼我不敢想。

「小傢伙，你的靈魂可以得到昇華，你是對的。」師祖忽然開口對老回說話，老回有些詫異地望著我，顯然他還沒搞清楚我施法的狀況。

但我師祖已經不解釋也不囉嗦了，他說道：「十秒，前十秒很關鍵，請你護法，之後，你休息吧。」

說完，師祖雙手倒背，神態瀟灑，感應了一下子身體內澎湃的靈魂力，用靈魂傳遞的方法對我說道：「虧你想到這個術法，這一次你用了後患無窮的法術，這靈魂力倒也夠了！」

我想到的是什麼？是一種異常厲害的步罡，可以說步罡之祖——禹步罡鬥之術！這種步罡踏到極限，制神召靈，困禁萬物，再配合以為其它的步罡之法和手訣，可以輕鬆斬萬物於被困的步罡之境中！

如今，召喚師祖，要踏的就是這種步罡，也可以稱之為天地禹步！

這種步伐我連最基本的都踏不出來，師傅或許也施展不出來，至少我在最危急的時候也沒見過師傅施展這種步伐，但是我相信我的師祖能踏出這種步罡，當然，就算大能如我師祖，我相信他也至多能踏出基本之步吧。

不可能登峰造極的！

這步子叫禹步，是因為傳說中，這步罡踏鬥之術，是上天傳於大禹的，在眾人眼中，大禹或許只是一個傳說中治水的「王」，但事實上，在我們道家人的眼中，大禹已經是仙，或許超越了仙的境界，接近神，再說直白一點兒，他就是一個極度厲害的大巫！

治水中遇見的種種磨難，不見得就是遠古的傳說，或許有誇大，但那個已經被湮滅的時代，同時被湮滅的還有很多曾經的真實存在和真相！

大禹之步，難道還對付不了一個小鬼殭屍嗎？

我長吁了一口氣，中茅之術，從某種意義上來說，倒像是我的「作弊器」，這就是靈覺強大的人為什麼有天分的另外一個解釋。

第六十二章　四象之牢

師祖神態是那麼的瀟灑，手臂倒背，神情淡然，若然長衫加身，那仙風道骨一詞用在師祖身上，是絕對不會辱沒這個詞語的。

師傅是嬉笑怒罵的自然，而我只能勉強說是真性情，這種骨子裡的仙風道骨之感，絕對不是靠包裝能演繹出來的，就如以前我「打假」遇見的那個道士，這才是師祖的境界。

在那邊小鬼又再次撲了過來，按照情況若是師祖掌握我的身體，無論怎樣施展我壓箱底的大術，他都能分神觀察周圍的情況，就算有情緒也不會影響，可這一次出奇的，師祖也沒觀察周圍的情況，只是深吸了一口氣，這是代表全身心的投入。

師祖的神態依舊瀟灑，只不過這第一步踏下去，我就感覺到了一種截然不同的感受，我無法去形容這種感受，只能這樣描述，隨著第一步的踏下，我感覺某顆星辰在急速的與我拉近距離……那種星辰急劇而來的壓力，根本不是普通人能面對的，那是一種顫慄！一種感覺自己要粉身碎骨的幻覺……

第二步踏下，我感覺周圍的空間都在震盪，靈魂彷彿要被擠碎在身體裡，是那雖然微弱，但卻連綿不絕的靈魂之力護住了我！

要形容此刻的感受，就是隱約中能察覺某顆星辰已經懸於我的頭頂，離我的距離很近很近，我彷彿能看見星辰上的地形起伏……也能感覺一顆巨大在頭頂之上那種壓抑的壓力……

第三步，第四步……第二顆星辰出世……這種體驗是如此的玄妙，卻步步驚心。

「靈覺強大，竟然能感覺星辰，承一，承一，一心一意承道，承道為一，倒也當得起！」忽然我的靈魂感覺到了一股資訊，帶著欣慰情緒的資訊，我明白這是師祖的情緒和想法傳遞到了我的靈魂！

我再次激動起來，今天這是怎麼了？我甚至懷疑，我今天到底是不是施展了中茅之術，我到底請來了什麼？

這樣的說法或許會對師祖不敬，可是我沒辦法克制，太反常了！

可惜，我再也沒能得到任何的回應，因為師祖在此時已經連踏八步，在我的感知中，已經有四顆星辰高懸於我頂，不規律的排列著。

我感覺到了師祖也有一絲吃力，或許這絲吃力是由於我「身體不濟」的原因，他停下了瞬間，然後我能感覺在那一刻師祖的神情變得鄭重，接著靈魂力忽然洶湧澎湃起來。

莫非這第九步是關鍵？我還來不及思考什麼，師祖已經鄭重的踏下了第九步！

在那一瞬間，我感覺到一股山崩地裂般的力量在我感知世界的天空中洶湧起來，如移山倒海般的風聲在那片天空中來回呼嘯，我頭頂的星辰動了！

朝著一定的軌跡開始動了！

我有一種靈魂快要破滅，湮滅，融入這宇宙中的感覺，在那一刻我觸摸到了一種沒有任何痛苦的魂飛魄散，比死亡還沉重的消失之感。

但也幸好只有一瞬間，星辰就開始默默移動。

我不知道這其中的奧妙，更不明白這禹步代表著什麼，所知有限得很，總之也就是書籍上得到的一些資訊，可此刻，在同師祖一起經歷了這禹步之後，心中卻湧起了莫名的感動。

我以為我不在師祖的靈魂裡，也不在師祖的心裡，我於他是一個沒有任何烙印存在的人，畢竟我生他已去，可在今天我感覺到了師祖對我的關懷，從一開始的責備，到現在，幾乎是沒有任何猶豫的，幫我踏出禹步！

要知道禹步於我只是一個概念，體會過後，才知道其中的費力與凶險，他竟然沒有抱怨過我這個徒孫一句，甚至連一句很難都沒有跟我說過！

師祖，我忽然覺得那是比血濃於水更深的情感，老李一脈，我忽然覺得那是比家更強烈的歸屬感。

這一步踏下，剛剛十秒！

這時，師祖才忽然分神，在那邊——老回！

我此刻是靈魂狀態，是不能有任何的情緒表達或者身體表達，否則我說不定又會「發瘋」，我看見小鬼殭屍在撕咬老回的身體，老回已經有氣無力，苦苦支撐著，望著我，小鬼殭屍的嘴裡還在咀嚼老回的一塊肉……

老回，你是英雄，你是真的漢子！

而魯凡明，我師祖甚至沒有看他一眼！

那一邊，我看見師祖的手在空中快速的飛舞，一段咒語幾乎還在我沒反應過來的瞬間，就已經隨心的念出完畢，這是心念到，法術即到的，我現在連仰視都無能的境界。

隨著師祖的動作完畢，一股粗大的雷電轟然而下，劈到了小鬼殭屍的身上，小鬼殭屍在此刻終於怪叫了一聲，一下子被擊飛了出去。

「你休息。」師祖只是簡短的說了幾個字，下一刻就腳下步伐不停，比起開始的幾步，此刻的步伐已經輕鬆了許多，我感受得到，他是在指引星辰的軌跡！

老回仰面躺倒在地上，看樣子已經是極度的不支，我注意到老回身上一共插了五把那種極薄的，詭異的刀子，說明他已經獻祭了五份精血，還好只是五把，若是再多幾把，怕是神仙也沒辦法救回老回的生命！

想到這個，我的心稍微安慰了一些！

而師祖我說不出對他的崇拜，他只對老回說了三個字，你休息，就真真的護住了老回，他腳下步伐不停，手上的動作也一刻沒有停過，甚至還配合著以舌畫符，小鬼無論從哪個方向出現，都必然會有一道雷電或者一團烈火傷到它！

它不能近我的身，也不能近老回的身，而這些術法只是我師祖隨手而為，甚至可以說是一個心念！但是每一個都讓小鬼極其的不好受！

這是一種什麼樣的境界？不但施法隨心，瞬發法術，甚至是掐算小鬼殭屍的動作軌跡，在它到來之時，法術就恰好落在它的身上，這根本就是山、卜二脈的粗淺結合。

在那一刻，我有一種強烈的自豪感，更多的是一種強烈的震撼感，甚至以為我的師祖是神仙！他絕對已經不屬於人類的範疇了！

震撼的不止是我，還有老回，儘管此刻他已經傷到快神志不清，可我從他眼中依然看到了震撼。

唯一辛苦的就是我的靈魂力如潮水般的一波一波流逝，就快要支撐不住，但是從這一點上我也更佩服師祖，他彷彿在精密的計算任何力量，至少支撐到現在，還有一定的剩餘。

而這時，三顆星辰的軌跡也已經完成，最後一顆星辰也要被牽引完成。

在布置完最後三個術法擊走小鬼殭屍以後，師祖全心踏動步罡，隨著最後一步的落下，最後一顆星辰也被牽引完畢，一聲巨大的轟鳴在我的靈魂深處響起！

星辰儼然呈四象之位排列，禹步之四象之牢完成！

在這個時候，我第一次感覺到了所謂空間的概念，因為那種波動就是有一個明顯的感覺，讓傻子都能感覺到是空間，是一種玄妙的空間在波動，帶著巨大無比的壓力壓向小鬼殭屍！

它一下子趴在了地上，連一根手指都不能動彈！

這時，師祖把目光轉向了魯凡明，此刻的魯凡明正在念動著什麼咒語，我注意到密室裡的殭屍怪物已經全身浴血，而我的靈魂力量也剩下不多。

如果用一桶水來比喻我的靈魂力，如今只剩下薄薄的一點，勉強覆蓋桶底！

我的心一下子緊張起來！

第六十三章　逃

「別緊張，他只是在用特殊的方法要去操控這些快要起屍的——昆侖之禍，我停留時間不長了，你只需要記住，在我離開以後，你還有三分鐘時間。你可以利用其中一分鐘狠狠揍這個人，剩下的兩分鐘，逃吧，有多遠逃多遠。」就在我緊張的時候，我的靈魂忽然收到這樣的一段資訊。

這樣的資訊傳遞根本就不耗費時間，就如同直接印在我腦子裡似的，但事情的關鍵並不是這個，事情的關鍵在於我越來越覺得，這個師祖是如此的活靈活現，就如一個真人站在我的面前，關愛，庇護，教導……是師祖親臨了嗎？我越來越有這個念頭。

知道此時是不應該，可是我還是問出了一連串的問題：「師祖，你知道嗎？我師傅去找你了，他任何話都沒留給我，就去找昆侖了，他應該是覺得你在昆侖。師祖，你知道我師傅在哪裡嗎？他希望我們這一脈不要陷入不停找尋的輪迴，但事實上，我怎麼可能放得下他，這就是一個輪迴！」

我的問題久久沒得到師祖的回應，在此刻，他只是望著施法的魯凡明，忽然深吸了一口氣，我感覺一直沉在我丹田的功力就如沸騰了一般，一下子按照特定的路線衝到了喉間。

這個路線我太過熟悉了，不就是道家幾種吼功中的一種嗎？踏禹步耗費的是靈魂力，但是本身的功力耗費得不算多，師祖的瞬發法術雖然耗費功力，可是比起靈魂力的耗費來說，這根本不值一提，所以從某一個方面來說，我的功力是有餘的。

就在我思考的時候，我聽見一聲充滿了威嚴意志的，不容抗拒的吼聲：「還不滾出來……出來……來……來……」

那充滿威嚴意志的吼聲在整個密室迴盪，餘音不絕，但是魯凡明的表情一僵，整個人一下子呆立當場，接著神色變得痛苦起來，不到一秒，我的天眼自動睜開，我看見，一個很是明顯的怪物靈體離開了魯凡明的身體。

我不知道那個是什麼，看形態倒像是雕刻在這黃金牆上一個邪神似的。

可也容不得我多想，我忽然又收到了一段資訊：「揍他，殺了他也不為過，這華夏我不信沒人來保住我的徒孫！至於你問我的問題，我只能說，立淳兒和你，都是癡兒！可惜你們的命運，不是我一句『你們是癡兒』就能點醒你們，化解執念，自己的人生自己去經歷吧。就如我華夏不死，我道家不亡，但苦難也從來沒有少過。」

「師祖是你嗎？」我發瘋般的大喊道。

可是，下一刻，我就發現我的聲音直接從我的喉嚨裡發出，然後一個趔趄，從靈魂上的空虛感一下子就傳到了我的腦海，這不是虛弱的感覺，是一下子失去了依靠的空虛感，祕術沒結束之前，就算我靈魂已經虛弱到要崩潰，我也會莫名的興奮的，有一種靈魂強大的錯覺！這就是祕術的作用！

「揍他，殺了他也不為過！」師祖的話在我的腦海迴盪，師祖剛才那一吼，我太明白發生了什麼事兒，所謂神打是什麼？我們通俗的翻譯一下就是所謂的「神」借助你力量，達成你某一方面的能力。

比如說能打，又比如說能挨打！

借助神力打架，又或者借助神力化解挨打的痛苦和傷害！

但這不是請神術，和老回剛才施展的合神術是一個道理，他請來的不知道是什麼？反正有能力的傢伙，都尊為神，這就是神打的本質！

剛才師祖的一記吼功，直接是吼散了魯凡明的護身神術，所以他告訴我，揍他，殺了也可以，並且不用害怕，華夏自然有人保我，珍妮大姐頭嗎？

我來不及想那麼多，直接抓過一把魯凡明切肉的刀，然後就衝到了魯凡明面前，望著我衝過來，魯凡明先是大聲召喚小鬼殭屍，可惜小鬼殭屍根本不能動彈，他轉過頭望著我，臉上第一次流露出了驚恐的表情。

我大吼一聲撲了過去，直接把魯凡明撲到在地，然後拳頭就如狂風暴雨般的落在了他的身上，是的，我可以一刀殺了他，但是這樣殺了他，完全不足以表達我的憤怒！

殺四百七十六個人，打，狠狠地打！

殘害了十七個孩子，打，狠狠地打！

用盡辦法的虐殺、折磨，打，狠狠地打！

最重要的是他根本沒有把人的生命放在眼裡，打，狠狠地打！

只是短短十幾秒，我騎在魯凡明的身上起碼揮出了幾十拳，每一拳都飽含了我的憤怒，我的悲傷，我的痛苦……所以每一拳都是發狠一般的發洩，拳拳到肉！

沒有了所謂神力護身，魯凡明在我打出第一拳的時候，就發出了殺豬般的嚎叫，在挨了幾拳以後，就眼淚鼻涕一起流，嘴上嚷著：「不要打了，你殺了我，你不要打了！」

「你他媽的不是說肉體是廢物嗎？你要用痛苦來激發靈魂嗎？我幫你啊！」我幾乎是嘶吼著喊道，哪裡肯停下拳頭，我只有一分鐘的寶貴時間，怎麼能不盡情折磨這個人渣？

在我痛打魯凡明的時候，我注意到在那間密室的殭屍怪物已經蠢蠢欲動，師祖說得對，它們會起屍，但什麼叫昆侖之禍？我卻搞不懂！

但我也懶得去想，師祖說三分鐘，那就是三分鐘，我絕對不懷疑三分鐘這個時間的可靠性！

在我的拳頭之下，魯凡明的臉很快變形了，可笑又可怕的是，他的頭骨，如此堅硬的東西，竟然被生生地砸凹下去了一塊兒，可見我是多麼用力！

我的拳頭與堅硬的頭骨碰撞，只是一小會兒就已經鮮血淋漓，痛得麻木，可是怎能比上我心中的痛快？當你痛恨一個人的時候，你或許會想出千百種的方式來折磨他，但是，相信我，沒有什麼能比一拳一拳痛揍他，看他在你拳頭下求饒來得痛快！

魯凡明被我揍得幾乎暈厥過去，但只要他一有這個徵兆，我就會狠狠的一耳光抽醒他，接著再打，沒有什麼比這個更讓一個男人屈辱了，魯凡明就算不是人，他也是雄性動物！他終於被我折磨得崩潰，他大喊：「點點的本體就要回來了，剛才我用最緊急的命令召喚了他！你殺了我，殺了我！不殺我，你馬上就會沒機會了！你就得死！」

一分鐘時間也差不多了，我氣喘吁吁地對著魯凡明「呸」了一聲，然後提起刀，手卻不自覺地在顫抖，我知道我必須趁這個絕好的機會殺了這個人渣，不殺他意味著會有更多人死在他的手上，會有更多殘忍冷血的邪物誕生在他身上，可是這卻是我第一次要去正面的，主動殺一個人，我怎麼可能不害怕？

對的，魯凡明不尊重生命，可是我尊重生命，我沒辦法去親手結束一個生命，還保持著淡定！

「殺我啊，哈哈哈……殺我啊，不殺你就是個王八蛋！哈哈哈……」魯凡明吐了一口血沫子出來，聲音模糊地喝罵道，彷彿怕我再繼續折磨他，一心一意地叫我殺他！

他是巫師，篤定地相信靈魂，相信他的神會庇佑他的靈魂，或許他覺得殺了他反倒對他來說是一種解脫！真是諷刺，一個以殘酷折磨別人為樂的人，竟然怕別人折磨他？真是諷刺啊！

想到這個，我仰天狂吼了一聲，然後雙手握刀，朝著魯凡明的心口狠狠插了下去！

「噗」魯凡明吐出了一口鮮血，剛才還張狂的笑聲在喉間「嘎然而止」……是死了嗎？我忽然有些害怕，一下子從魯凡明的身上翻了下來，驚恐地倒退了幾步，我是殺人了嗎？

可是容不得這種結束一個生命的恐懼在我的心中多做停留，老回彷彿是感應到我已經結束了魯凡明的性命一般，忽而呻吟了一聲……

老回！

而那個一直被折磨的小孩，彷彿也是知道那個一直折磨他的惡魔生命已經結束了似的，心有靈犀一般的再次發出了一聲小貓般的呻吟聲兒……

對，我要救他！

我有惶恐，馬上扔下了手中的刀，然後有些狼狽，有些腳步不穩，幾乎是連滾帶爬地跑到了那個小孩兒的身邊，這時，我才看見，這個小孩兒被金鉤子穿過的傷口已經有些潰爛，他的眼睛被蒙著，因為他不能記住仇人的樣子，以便魯凡明日後施展「偷龍轉鳳」之術！

「老回啊，老回……老回，你堅持住啊！小娃娃，你別怕，你別怕啊，叔叔來救你……」我的手顫抖著，上面還有魯凡明的鮮血，然後握住了那個金鉤子！

我一握住那個金鉤子，那個小孩兒虛弱的呻吟似乎是哭泣了一聲，我嚇得想把手拿開，可是師傅說，三分鐘，只有三分鐘！

我一橫，大聲說道：「叔叔不知道你聽不聽得懂，可是你忍著，叔叔是救你的！」說完，我牙一咬，幾乎是閉著眼睛，快速地把那個金鉤子從小孩子的鎖骨間扯了出來，接著，我根本不加考慮，又同樣的心一橫，把第二個金鉤子扯出來了……

奇蹟的是，那個小孩子彷彿聽懂了我的話，真的一聲都沒有哭泣！可憐的孩子，我的手不自覺的在他頭上摸了一下，然後毫不猶豫的脫下外套，把他抱了出來，用外套把孩子裹了起來！

孩子的全身散發著一種難聞的臭味兒，確切的說是一種血腥，藥味兒，還有腐爛味兒混合在一起的味道，可是我絲毫也沒嫌棄他，把他抱在了懷裡，然後奔向了老回！

老回在地上已經很是虛弱了，看樣子，根本是出氣進氣都不均勻了……我把孩子放在地上，然後把老回扶起來，卻不敢正面背著他，因為他正面插著好幾把刀子……

我讓老回背對著我，然後這樣扛起了老回，再吃力地抱起了孩子！

我，我要帶著你們逃出這裡！

我邁動著步伐，我知道我的時間已經不多了，可是除非我死掉了，否則我一定要把他們帶出這裡！

「承……承一，你真厲害……」忽然，老回虛弱的聲音在我的耳邊響起。

「不，其實比我厲害的是你！」濕漉漉的頭髮貼在我的前額，汗水從我的眼前滑過，我踏上了第一層的階梯，然後對老回如此說道。

是的，在此番戰役中，風光的也許是我，但是真正的英雄只有一個，那就是老回！

我一步一步地上著階梯，也就在這時，我的身後響起了此起彼伏的咆哮聲，一股強大的，陰冷的氣場忽然就籠罩了整個密室！

我的內心說不出的苦澀！昆侖之禍？起來了？復活了？甦醒了？

或者說，那氣場是那個所謂的點點本體回來了？

它們任何一個的存在都可以讓我陷入萬劫不復啊！我懷中的孩子懂事安靜得可怕，一隻小手緊緊抓著我的衣襟，不肯放開！我沒有扯開他的眼罩，是因為我不想讓他看見這地下室如此殘酷的一幕，我不想他的記憶裡有這個地獄般的地下室……

而我的背上是我兄弟的生命，他用他的生命來守護了我們的希望，我怎麼能讓他的犧牲白費？

我很想哭，可是男兒在這個時候不該哭，不能哭，大不了就是死啊！這樣想著，我咬著下唇，幾乎把下唇咬出了血！

我現在唯一的希望是師祖說有三分鐘的，我只希望剩下的時間我能跑出這個地下室，即使希望不大！

第六十四章　兄弟，再見

我無法去形容這步伐的艱難，當靈魂的虛弱一波接著一波的傳來，當想到魯凡明所說的外面那條通道有機關，當身體的疲乏一陣一陣的「叫囂」著讓我躺下……

每一步階梯彷彿都成為了「天塹」般的存在，我每踏上一步階級，小腿肚子都在發抖！

如果說身體的疲憊和心靈的壓力我可以無視，那靈魂的虛弱讓人沉溺在一陣陣的睡意裡，連睜開眼皮子都困難，何況是帶著一個男人，抱著一個孩子逃出這個地下室？

「胡鬧……有後遺症的……胡鬧……」師祖的話反覆迴盪在我腦海，是胡鬧嗎？後遺症是什麼？我苦笑了一下，想要放下懷裡的孩子，無奈他的小手抓得我緊緊的。

無法想像，如此虛弱的孩子，哪裡來的那麼大的力氣，可以如此的抓緊我的衣襟。

「乖，叔叔拿東西，拿出來以後我們好逃命。」我輕聲安慰著孩子，奇蹟再一次發生，他竟然鬆開了自己的小手，我都懷疑此刻不是一個孩子在面對我，而是孩子身體裡的靈魂在直面的感應我。

身後壓抑冷酷的氣場越來越重，密封的地下室竟然起了一陣一陣的旋風，那「絢麗」的藍紫色火焰被風吹動，詭異地躍動著，幾欲熄滅，伴隨著這駭人氣氛的，是快要起屍的「昆侖之禍」

此起彼伏的吼叫嘶喊聲……

「兄弟，你等我一下！」背著老回，我連伸手去黃布包裡摸東西的力量都沒有了，說話間我放下了老回，然後再從黃布包裡拿出了那顆藥丸！

後遺症？我胡鬧？看著那顆藥丸，我只是猶豫了一秒鐘，然後就要把藥丸扔進嘴裡，命都不要了，也就不在乎靈魂的虛弱了。或重於泰山，或輕於鴻毛，死亡無非也就是這麼一回事兒，我值得了。

就在那一瞬間，一雙手逮住了我的手，因為虛弱，那雙手是那麼的無力，是老回！

「不……不要命了嗎？」老回的聲音是如此的虛弱。

「你休息，你記得這裡是三條命，我只能拚。」我輕輕移開了老回的手，老回莫名地看了一眼孩子，終究只是輕微地歎息一聲，沒有再阻止我。

藥丸下肚，我那虛弱的靈魂如同久旱的土地，被注入了一股股新的液體，儘管這液體不是甘甜的水，可能只是濃烈的油，在注入這片乾涸的土地後，會燃燒這裡，到最後什麼都不剩下，但至少在燃燒中，我重新獲得了力量。

虛弱的感覺消失了，疲憊得想要沉睡的感覺被興奮所替代，我再也沒有任何猶豫，抱起孩子，背起老回，發瘋般地朝著出口跑去……

一階階梯，十階階梯，二十，三十……那大門洞開著的出口在我的眼裡越放越大，感謝魯凡明太過於自信，放我們下來後，並沒有關閉大門的機關，否則光是找機關，就有可能把我們困死在地下室！

人，總還是需要一點點運氣的，這是人的命運！

命運不是要我死的，這樣想著，我的臉上竟然浮現出了笑容，希望總是能給人無窮的動力，這是比絕望正面許多的能量，因為它不是引領人走向毀滅！

「蹭蹭蹭」，我的腳步聲在空曠的樓梯間裡迴盪，伴隨著是我粗重的喘息聲，最後五梯，最後三梯，最後一梯……我跨過了那道大門，彷彿跨入了希望。

我忘記了時針的「滴答」「滴答」，我渾然不覺，在我還剩幾階階梯的時候，時間就已經指向了三分鐘，就在我欣喜，深吸一口氣，準備一鼓作氣管它什麼機關，只要衝出這通道的時候……

地下室中，「呼」的一聲，蠟燭忽然熄滅了一根，「砰」的一聲，燈泡忽然爆炸了一個……通過小窗，我不用看，也感覺到整個地下室忽然就暗了幾分……

「死……你們都要死……」一個稚嫩卻殘酷的聲音，忽然在地下室中響起，未見其形，先聞其聲，就如魯凡明所說，小鬼的本體真的快要回來了！

它的氣場強大如斯，本體還未真正的回歸，就已經用強大的氣場，傳遞了殘酷的資訊給我和老回，懷中的嬰兒彷彿受了什麼驚嚇，開始抽搐，並且再次發出小貓般的哭泣聲！

情況已經是千鈞一髮！

拚了，我大聲咆哮了一聲，然後咬緊牙關，不管不顧的朝前衝去，沒衝出幾步，我發現整個通道中，響起了嘩啦啦的聲音……一扇，兩扇，三扇……總共五扇密室門同時出現了。

機關的速度很快，那些密室門以我肉眼可見的速度快速洞開，裡面影影爍爍，人頭攢動，還夾雜著嘶吼的聲音，這聲音我太熟悉了，是殭屍怪物！

原來魯凡明所說的機關是這樣的，在這條通道裡用密室關著不少的殭屍，我根本不敢停留，所以我根本不知道在這些密室裡有多少殭屍，但是從密集的程度來說，真是不少！

比倉庫裡的多，這是我唯一的概念！

可是最糟糕的情況不是這個，我們的身後也傳來了更加雄渾的嘶吼聲，還有快速而密集的腳步聲，那些師祖口中的「昆侖之禍」起屍了，已經追了上來！

我只是回頭看了一眼，就看見最快的那一個，已經快衝到了地下通道的門口，更詭異的，它竟然拿著一柄法器，掐著手訣！

不，不！我在心中嘶吼著，難道還有一小部分生前的本能嗎？這實在是太可怕了，可是想想老村長，它幾乎是保留了生前的一切記憶，甚至變態到把村子保留在了生前的樣子，這些殭屍保留一些生前的本事，根本不算奇怪！

魯凡明！我的牙齒幾乎咬出血來，只恨自己剛才殺他殺得太過輕鬆……

我很快就衝過了那五個密室，而密室門依然在無情地打開，那些殭屍怪物已經一個一個的「湧」了出來，按照規律，它們只要稍微清醒一下，就會毫不留情地朝我追來，更加糟糕的是，如果我們死了，這個村子呢？這個村子還離城市很近，這個村子……

我的眼睛都紅了，這是因為仇恨而燒紅的眼睛，魯凡明，我操你媽！他已經死掉了，是我親手殺死的，可是這也無法阻止我對他的滔天恨意！

忽然間，我感覺我背上的老回抽動了兩下，我無法回頭去查探老回的情況，我大聲喊道：

「老回，你堅持住！」

老回並沒有回答我，只是一下子從我背上掙扎著下來了，我打了兩個趔趄，才穩住身子，回頭一看，老回身上赫然插著七把刀……七把獻祭之刀，就是獻祭生命，神仙也無力回天……

「老回……你！」淚水一下子湧上了我的眼眶，忽然的哽咽，讓我喉嚨痛得要命，千言萬語生生地被憋成了這幾個字！

老回整個人在急遽變化，獻祭生命以後，得到了就是全部的力量，被請之「神」要拿到一個人全部的生命力，精氣神，那麼在被請的時間裡，是需要「同生共死」的！

在這種情況下，誰還敢再有保留？在這個時候，老回就是山魈，山魈就是老回！

不要以為術法太神奇，相由心生，也就是靈魂影響相貌，老回在得到了山魈全部的力量以後，也就是在瞬間靈魂和山魈共存，他的模樣自然也就開始變了。

老回沒有回答我，他的樣子就在我咫尺眼前，變得陌生，卻又那麼熟悉。

我背心胸前的口袋一沉，是老回染血的手把那塊手錶放進了我的衣兜：「帶出孩子和手錶，你說（我師祖）靈魂是可以昇華的，我的生死不重要！記得，帶出他們，否則我不原諒你！」

這句話說完，老回發出了一聲仰天的嘶吼，頭也不回地轉身朝著通道衝去，只是瞬間就和那些殭屍怪物戰到了一起……

老回！我的眼淚在此刻幾乎是滾滾而下，我不敢再看，我感覺我胸口的衣襟又被抓緊了幾分，我轉身，朝著出口跑去，身後，是殭屍怪物的嘶吼聲，還有老回那憤怒的爆發聲！

兄弟，再見……

第六十五章　亂麻

「我如果不當道士，我的理想是當一個賽車手……」

「……我只希望你記住，不管你有多少原因，陷入了多麼值得讓人同情的回憶裡，你都背負著這次行動的責任，甚至是我們這一隊人的性命……」

淚水一次又一次模糊了我的視線，耳邊響起的是老回對我說過的話，他明明就在我身後啊，可是我彷彿是在前方看見了他，亂蓬蓬的頭髮，粗礪的鬍髭，隨時不換的大褲衩，隨意的拖鞋……他笑著，他又吊兒郎當的走路，又在開車時，在兩腿間抓一把……

我多想回頭衝進去，和他一起同生共死！

可是我懷裡抱著一個飽經苦難的孩子，我的胸前放著沉甸甸的證據，他跟我說，如果我不把這些帶出去，他不會原諒我！

眼前的場景在不停變換，通道盡頭了，大鐵門跨過去了，再次爬階梯了，階梯越過了，沒有任何的危險追上來，沒有……在踏完最後一步階梯的時候，我忽然就哭出了聲音，我不捨，我心中充滿了爆炸般的憤怒，我回頭，卻看見漆黑一片，地下室狂風起了，燭火竟然全部熄滅，我只聽見各種野獸般的嘶吼聲，還感受到一股股如同潮水般蔓延上來的陰冷……老回，你在哪兒？

我不抱希望，沒有希望，老回你還能站在我身邊，和我勾肩搭背的喝酒！

「伯伯，伯伯……殺了你們，殺了你們……」一個充滿了暴戾、殘酷的童音忽然迴盪在整個地下室！

就算是如此悲傷的我，在這個時候也忍不住打了一個冷顫，小鬼回來了！它回來了，老回還有活路嗎？

「老回！」「老回啊！」我聲嘶力竭地喊了一聲，然後頭也不回地抱著孩子衝了出去……是太虛弱了嗎？或者，還是太難過了？我怎麼跑也覺得自己跑得不快，我怎麼用力也發現自己沒有力氣……

這明明就是靠近城市的鄉村，修著一條好走的水泥路啊？我怎麼就跑不快？

在那個時候，我的身邊沒有別人，如果有人一定會看見抱著一個孩子，跑得跌跌撞撞，一臉哀傷，一身狼狽像個瘋子似的我。

我不能停下，因為在跑出那間屋子不久以後，我就感覺到有一樣東西追上來了，在它追上來的瞬間，淚水原本已經乾涸的我，又忍不住紅了眼眶。

我太清楚是什麼東西追了上來，是小鬼！如果是它追了上來，老回，老回他就已經是死掉了。

在那一刻，我忽然就明白了師祖為什麼惋惜，也就忽然明白了師祖為什麼會說，一個人的生死不是重要的，重要的是靈魂的昇華！

我一邊跑，一邊呆呆望著天，老回，你此刻可是已經去了天上，是不是已經從痛苦中解脫了？

刺激性的藥物，藥力在慢慢的消失，疲憊的感覺又如潮水般的包圍了我，我抱著那個孩子，我在無意識地自言自語：「小娃娃，要死，也是叔叔先死吧？小娃娃，你不要恨什麼，真的，小娃娃，我知道你受了苦，但你絕對要記得，記得為了你的命，已經有另外一個叔叔死掉了，現在叔叔也會死了吧。所以，你不要恨，真的不能恨！那個叔叔用生命告訴你，你的命是有人珍惜的……」

我跑不快啊，這個時候，陰冷的感覺已經把我的全身包圍，我感覺到有一隻冰冷的小手抓住了我的褲腿……

我沒有回頭，我依然拚命的，掙扎著想要朝前跑去，遠處，我能望見城市的燈火，儘管已經是深夜，在那裡，是不是天堂，是不是？

「啪嗒」一聲，我摔倒在了地上，我怕懷裡這個受盡了苦難，身上帶著重傷的孩子再次受到傷害，我生生地扭轉了一下身體，讓自己仰面倒下，而讓他倒在我的懷裡！

我從胸前的背心口袋裡，摸出了那塊錶，緊緊的握在手裡，如果我死掉了，小鬼那種靈體是拿不走這關鍵的證據吧，而他們如果找到我的屍體，看見我緊緊的握住這塊錶，應該就會明白什麼吧？

我太明白，我不是自己絆倒的，是有一個東西纏住了我的腿，是小鬼吧？

望著天上的繁星，我笑了，發現自己到了這個時候，真的不怕死了，我的手無意識的搭在那個孩子的身上，輕輕拍了那個孩子兩下，孩子，但願你能堅持的活著，只需要再等片刻，會有人來的吧？

我感覺那陰冷從我的腿上在向上蔓延，那蔓延的感覺很奇怪，就像是一個孩子趴在我的腿上，在順著我的身體向上爬。

真好，死在大名鼎鼎的小鬼手上，也不算辱沒了我老李一脈的名頭吧？能和那些怪物加一個變態巫師戰鬥成那樣，而且僅僅兩個人，師祖、師傅，我也沒為你們丟臉吧？

最重要的是，在死之前，我可以看一下小鬼本體的真身，也算震撼了吧？

陳承一，你可真光棍！我自嘲地笑了笑，把孩子放在了身邊，任由那冰冷的感覺蔓延上身體，望著天空，腦海中閃過許多的面孔，在這一瞬間，讓我好好的回憶他們吧！

可也就在這時，一個黑影從旁邊的玉米地裡衝了出來，我心中懊惱，小鬼是多麼凶殘的東西？這是誰啊，衝上來送死嗎？

我一轉頭，卻看見那個身影是那麼的熟悉，不是那個腦子有問題的女人嗎？她是活該倒楣嗎？竟然流竄到了這裡！

我想大吼一聲，讓她快點走開，可是虛弱的我連發出一個聲音都困難，更勿論大吼了，我只能眼睜睜地看著她帶著迷茫，卻又說不清的眼神衝過來，然後雙手無意識地揮舞著，莫名其妙的吼著，癡笑著：「啊，啊，你在那裡，你在那裡！」

誰在那裡？我搞不懂這個女人的話，但奇異的事情就在這個時候發生了，已經湧上我胸口的冰冷感覺如同潮水一般的褪去，接著，我發現那個女人忽然跪下了，忽然惶恐了，忽然大吼大叫，叫嚷著些什麼，我也聽不懂，只能迷迷糊糊地聽見，不是我的錯，不是我的錯……

這到底是怎麼了？我更加搞不懂了，可是我發現剛才因為纏繞而完全不能活動的身體竟然能夠動了，我動了動手指，艱難地想要站起來，也還是想提醒這個女人快走，我怕她因為我送命！

卻不想她忽然大吼了一聲，極其狼狽的又朝著玉米地衝去，在她身後竟然刮了陣陣的旋風……

難道這個女人是高人？我眯起眼睛，來不及多想什麼，就聽見遠方傳來了嘈雜的車行聲，還有人聲，原本那還隱隱包圍的陰冷忽然也完全散去了，夏夜，又恢復了它的燥熱！

小鬼就這麼放過了我？這不現實啊，小鬼是根本不知道害怕和退避的東西，來多少人它就能殺多少人，除非完全將它毀滅，它為什麼會這樣忽然退去？難道……難道是有人在「召喚」「命令」它退去？

除了這個，沒有東西可以阻止小鬼！可是魯凡明明就已經死了啊？

我腦子亂成了一團麻，奇怪的女人，怪異的小鬼，可是只是一小會兒，悲傷就將我完全的淹沒，老回！我失去了一個剛結識不久的兄弟，他用他的命成全了我的命！

老回……我的淚水無意識地流淌，一個閃亮的車燈忽然就照到了我的臉上！

「吱」，緊急的煞車聲，然後是腳步聲，可是我像疲憊了一千年那樣，一下子就閉上了眼睛。

「小傢伙，你不能睡，你的靈魂如此的虛弱，怕是一睡，就再也醒不來了。」一個熟悉的聲音傳入了我的耳朵！

是他！

第六十六章　重回

他是誰？不就是那個神祕的部門老大——江一嗎？

對於這個人一開始我是充滿好奇的，畢竟我師傅也是在他的手底下做事，他又是傳說中的地仙，我也一直只聞其聲，不見其人，所以我怎麼可能不好奇？

當他熟悉的聲音出現在我耳畔的時候，按說我應該抬頭看一眼，應該有一些「解謎」的興奮的，可事實上，我根本沒有任何反應，我沉浸在失去一個兄弟的悲傷中，我難以對任何事情產生反應。

可是不要睡，還是不要睡吧！我在此刻可以不怕死，因為這樣死掉也算對所有的事情有個了結！我怕活著睡著，如果是那樣，我那心底的昆侖呢？我會很遺憾的吧！如果是那樣，也許很多人可以用時間走出悲傷，卻因為我是一個「活死人」，而長時間的陷入悲傷裡吧！

所以，我努力睜大了眼睛，而這時，我感覺到一片陰影覆蓋了我的身體，竟然是江一蹲了下來，我的眼前出現了一張臉，一張平凡卻充滿了威嚴的臉！

國字臉型，一頭黑髮整齊梳在腦後，一張臉上，除了兩條怪異的白色濃眉是那麼顯眼，其餘的一切都算是平凡，當然身形很是高大，就算蹲著也能看出來。

這就是江一嗎？或者他是我看過的武俠小說裡出現過的人物——白眉鷹王？

我為無厘頭的想法感覺到好笑，可是江一卻沒說什麼，只是二話不說的就塞了一顆藥丸在我的嘴裡，然後翻手拿出一個盒子打開，裡面是密密麻麻的金針……

「養魂的方子幾乎已經失傳，我沒有！原本有一些養魂的藥丸，現在也只剩下一顆，你先吞下去，會慢慢滋養你的靈魂，不至於讓你的靈魂力隨著沉睡枯竭……這些年，我在潛心研究醫字脈，現在用金針刺穴之法，刺激你的精神，但同時也鎖住你的靈魂力不至於流逝……」江一一邊朝著我身上施針，一邊絮絮叨叨。

他塞在我嘴裡的藥丸沾到唾液，就即刻化開，化為一股清流，流入我的喉嚨，我的胃裡……然後散開，化作一股清涼的能量，撫慰著我的腦海和疲憊的身體！

江一這種人物出手，果然是不一般的，可是他說養神的方子失傳，卻讓我猛地想起了一件事情，在鬼市，元懿大哥的爺爺不是給了一張方子嗎？

這讓我心裡生出一種不知道是什麼感覺的心情，命運，難道就是這樣環環相扣！

隨著江一的金針一根根地落下，我的精神竟然慢慢地好了起來，我抬起手，把那塊錶遞到了江一面前，說道：「這是證據，也是一個英雄，我兄弟的命！」

江一接過那塊手錶，臉上的神色平淡，可是眼中卻劃過了一種敬佩和哀傷的情緒，只是一閃而逝，我不怪他，修為到了他們那種層次，生死看得太透，能有如此的情緒，真的已算難得。

就比如我師祖，也不過惋惜了一下，評價了一句靈魂會昇華而已。

也許境界不一樣，眼界就不一樣！

他沒有急著看那塊手錶裡的內容，甚至什麼也沒問，只是一招手，有人過來，抱走了我身邊的孩子，而我看著江一說了一句：「救他。」

江一說道：「盡我所能。」說話間，他的金針依然一刻不停扎在我的身上。

這時，一聲急促的煞車聲又再次響起，然後是紛亂的腳步聲朝著我這邊跑過來，我首先看見的是慧根兒，接著是強子，元懿大哥……他們來了，曾經一群生死與共的兄弟們來了。

他們圍繞在我的身邊，默然無語，小北忽然看著天，似是在歎息，又似很平靜地問了一句：「回哥呢？是走了嗎？」

這聲音終於不能維持平靜，到最後的時候，聲音已經是歎息，我握緊了拳頭，半天才說了一句：「嗯……」

小北的姿勢沒有變，望著天空甚至連眼睛也沒有眨，之後我聽見他的呼吸變得急促起來，我知道他哭了。

接著，是強子一下子蹲在了地上，抱著腦袋，就哽咽了，元懿大哥，高寧，慧根兒……紛紛都哭了，接著我聽見有人扶著一個腳步聲顯得蹣跚的人走了過來，是趙洪，他帶著如此嚴重的傷也趕來了。

他看見幾個漢子圍在一起哽咽、流淚的場景，他大聲地問道：「你們哭什麼啊？」

「老回……老回他走了……」回答趙洪的是元懿大哥。

「什麼！」趙洪幾乎跌倒，被人扶住了，然後喃喃地說道：「為什麼？咋了？我們不是一起闖過了生死嗎？他咋就走了？」

說到最後，趙洪也哭了，聲音變得顫抖。

夏夜依舊燥熱得讓人煩悶，可在這時，卻無聲地吹過了一陣一陣的涼風，吹過這流淚的七個男人，可是能吹走悲傷嗎？

「去吧，去找回老回，英雄應該得到安葬。也別讓老回的心血白費，情況比我想像的嚴重！」忽然，一個聲音插入了這悲傷的氛圍中，是江一。

在剛才，我的兄弟們圍上來的時候，江一就退到一旁，默默看起了那塊重要的手錶，看完後，他就這麼對我們說了一句！

「走吧！」小北第一個擦乾眼淚，把手插到了褲兜裡，我看見他的手在顫抖，這個時候，我想他需要的是戰鬥，是宣洩。

每一個人的態度都是一樣，擦乾眼淚，就靜靜站在了小北的身後，小北望著我說道：「承一，你不去了吧？」

「我要去。」我很簡單的回答！

小北點頭，元懿大哥二話不說的，就走過來背起我，說道：「那就走吧，我背你，節約一點兒時間。」

我沒有爭論什麼，任由元懿大哥背著，這時，江一在給身邊的一個工作人員交代消除影響的事情，而過了一分鐘，好幾十個全副武裝的「員警」就出現了，這些人當然不是「員警」，只是喬裝改扮成這個樣子！他們應該是祕密部門的成員。

「走吧！」江一沉靜的說道，然後走在了最前面，只是路過我身邊的時候，說了一句：

「心裡難安，老朋友開卦算了一卦，卦象的結果讓我倒是巴巴的趕來了，也算救助你及時，否則我怎麼能安心。」

「老回救不回來了。」我也說不清楚我到底是怎樣的情緒，算是在給江一發脾氣嗎？

「他的靈魂得到了拯救！」江一頭也不回地走在了前方。

呵，和我師祖一樣的看法嗎？或者，高人也沒什麼意思，失去了某些情感，會不會生命也就乏味了？我沒有詆毀我師祖的意思，這確實就是我本人的「本心」，情關難過，那個在荒村說著我不放的人，才是真的我吧。

腳步聲在這安靜的夜裡響起，安靜，一點兒也不嘈雜，江一就這樣走在前面，率先走進了我剛才逃出來的那間屋子，這屋子安靜得可怕！根本就不像十幾分鐘前發生過如此慘烈戰鬥的地方。

那七個大漢還被綁在二樓，此時發出了鬼哭狼嚎般的咽嗚聲，像是受了極度的驚嚇，江一眉頭一皺，小聲對旁邊的人說道：「去處理一下！」然後就走入了那個座鐘背後的地下室。

小北緊隨其後，元懿大哥背著我也進入了其中，我此時感覺已經好多了，我對元懿大哥說道：「放我下來，我要戰鬥！」

元懿大哥想說什麼，卻什麼也沒說，就這樣把我放了下來，可是我剛被放下來之後，看清眼前的場景，卻忍不住疑惑了，這……這裡還是我剛才逃出來的地下室嗎？

第六十七章　遺言

是啊，也難怪我不相信這裡是剛才的地下室，因為這裡安靜得可怕，彷彿剛才那些湧出來的怪物，陰冷的氣場，甚至浴血奮戰的老回都只是我的幻覺！

可是，這麼多的東西怎麼會瞬間消失的？我一時間反應不過來。

倒是剛才在路上簡單問了我事情經過的江一很是淡定，面對這安靜的地下室，只是淡然地說道：「下去看看再說，那麼容易被堵上門了，也不是他們的風格。」

是啊，這些人和一個偌大的國家部門都能明爭暗鬥那麼久，如果那麼簡單地被堵上門了，這才是奇怪的事情。

於是，沒有人再發出任何疑問，就由於江一領著，朝著地下室走去。

我被元懿大哥和慧根兒扶著，走過不久之前我和老回走過的路，彷彿是置身於幻覺中的安靜一般，讓我感覺我和老回是不是只是在這裡拍了一場電影，而我太入戲，等一下，老回就會跳出來拍著我的肩膀，對我說道：「兄弟，演得不錯啊，可以拿小金人了。」

可是走入通道以後，我就知道發生過的一切其實是真實的，這裡是很安靜，可是走廊上還是有一些殘肢斷臂，顏色怪異的血液，和充斥的血腥味，甚至還有沒有死透在掙扎的殭屍怪物，見我們到來，掙扎著想要撲過來攻擊我們。

我忽然變得害怕起來，我怕突然見到老回的屍體，又怕找不到老回的屍體，可是沒有，沒有老回！有的只是這戰鬥過的狼藉！

看著這一切，我不敢去想像老回戰鬥到了什麼程度，才會有這樣的場面，儘管我逃避，我彷彿還是能看見，有一個男人，曾經在這裡浴血奮戰，用身體為我堵住這裡洶湧的危險，給我打開一條安全的道路……

我不想流淚，那樣會顯得很軟弱，可是事實上眼淚是忍不住的，我看見小北像癡呆了一樣，撫過這冰冷的牆壁，完全沒發現自己已經淚流滿面，其他的兄弟也是一樣，看著這副場景，哪裡還忍得住眼淚，那會是戰鬥成什麼樣子？才會有如此血腥的戰場啊？

江一沒有說話，靜靜走在前方，在我們身後，有人不停地，小心地處理著那些還在掙扎的殭屍怪物，打掃著戰場！

走到小窗之前，江一伸頭去看了看，我敏感的發覺他眉頭微微皺了一下，或許是站在小窗前感受到了血池的煞氣，已經淡然如他，還是會有一些情緒的激動吧。

在小窗前也看不出什麼，畢竟剛才的一場大戰，燈光已經全部熄滅了，江一在小窗前停留了半分鐘，說道：「我們下去吧，生要見人，死要見屍，下去看看那個魯凡明是不是死了。」

畢竟下面是完全的黑暗，根本看不清楚魯凡明屍體所在的位置。

我們沿著階梯，靜靜地朝下走，在這裡就沒有多少戰鬥的痕跡了，憑藉老回的能力，他不可能會「殺」得下來，所以朝下的旋轉階梯，我們很快就走到了盡頭，來到了這個地下室中。

站在地下室中，江一沒有說話，跟在我們身後的人忙著弄燈光，可也就在這時，我聽見了一聲咆哮的聲音，還來不及看清什麼，就感覺一道黑影朝著江一撲了過去。

江一似乎不在意，此時我們身後已經亮起了星星點點的燈光，我只是看見江一隨意的掐了一個手訣，喊了一聲「鎮」字，那個黑影就掙扎著不能靠前了。

江一還在掐著手訣，我能認出那是一個關於「火」的術法，畢竟撲來的不用想也知道，是一個殭屍怪物，要完全的殺死，這種東西只能靠火或者雷，在這地下室，雷訣顯然是費力的法訣，用火是最好的。

可是江一還沒有掐完手訣，就停下了，有些詫異的「咦」了一聲，接著就是他的歎息聲。

他在歎息什麼啊？我本能的覺得內心一緊，還沒來得及說什麼，就被身後突如其來亮起的燈光刺激到了眼睛，本能的遮擋了一下。

可是我的手還沒有放下來，就聽見一聲撕心裂肺的「天哪」！是小北的聲音，我轉頭疑惑的朝著小北看去，卻看見他發瘋般的衝向了那個殭屍怪物，一下子跪在了那個殭屍怪物的身前，撕心裂肺的開始痛哭。

我預感到了什麼，可是我不敢相信，我的脖子如同凍僵了一般，不想抬頭細看，可是卻還是忍不住抬頭細看，一看之下，我忽然感覺我的心碎了，變為了很多的碎片，每一個碎片都是瘋狂的……是的，那一瞬間我感覺我瘋了！

破爛的T恤，招牌般的大褲衩，掉了一隻，可還有一隻在腳上的拖鞋，神情雖然扭曲，甚至布滿了血跡和傷痕的臉，可也不能阻止我一眼看出——那是老回，剛才還在為我拚命的老回。

我如同傻了一般的推開在我身邊扶著我的元懿大哥和慧根兒，一步一步挪了過去，走到了殭屍怪物，不，是老回的身前，我雙手顫抖著伸了出去，想把手搭在老回的肩膀上，可是回應我的是老回的撕咬，他現在動不了，可是他仍然掙扎著要咬我……

「小心。」江一拉住了我的手，可是我發瘋般的掙開了江一的手，江一沒有說話，只是歎息了一聲，竟然退開了去。

我把手放在了老回的肩膀上，想說什麼，可是忽然就哽咽，淚如雨下……只是忽然，就淚如雨下！

「吼……」老回斷吼了一聲，他咬不到我，但爪子忽然就抓在了我的手臂上，鋒利而尖銳的指甲瞬間就刺進了我的肉裡，可是我不疼，我恨不得他重一點，再重一點兒，然後就可以掩蓋我的心疼了！

血流了出來，那溫熱的液體像是刺激了我一般，我仰天大吼了一聲：「老天，我×你媽！」這是我第一次罵老天，無論以前我經歷過什麼，我沒有罵過老天，我接受命運，我知道命運是一條河道固定的河流，你不要想它能改道，如果想要改道，就如歷史上的河流忽然改道，帶來的是災難般的代價！

可是，我今天忍不住了，我必須去罵老天，為什麼要這樣折磨一個英雄？把他變為他痛恨的怪物，難道這該是他的命運嗎？

痛到極限是發不出聲音的，我仰天哭泣，竟然是無聲的流淚，而在我身邊，曾經同生共死的兄弟們已經圍繞了過來，竟然抱著一個殭屍怪物，放聲痛哭。

老回被我們幾個抱著，死命的掙扎，但是暫時還傷害不了我們，除了那隻刺進我手臂的爪子，我不讓其他人拿開他，如果這是命裡還可以有的接觸，我承受任何疼痛，這是我給我兄弟的親密。

江一，終究只是歎息了一聲，然後讓人開始探查這個密室，此刻悲慟的我們根本不是語言能夠安慰的。

只是過了一小會兒，就有人來回報，這個地下室有一條未知的密道，來請示江一是否探查，江一還沒來得及說話，就又有人來報告，在那邊的角落，有凌亂的字跡。

沒有勸慰悲傷的我們，江一走了過去，我們留在那裡，彷彿陷入了一個悲情的宇宙，根本沒辦法感受到周圍的一切，也不在乎了。

這是，最後一次擁抱自己的兄弟吧，儘管他已經不記得我們，儘管我們隔的哪裡才只是生死？

也不知道時間過了多久，有人來了，在我們身邊小心翼翼地說道：「老大叫你們過去一下，那邊的字跡，可能是……是你們的戰友留下的。」

什麼？我一下子反應了過來，老回有留下遺言？

第六十八章　我的夢

我們幾乎是以百米衝刺的速度跑到江一所在的位置的，此刻的江一凝視著地上的某一塊地方，皺眉不語。

這是我見到江一以來，他表情最「深刻」的一次了，可是我不在意這個，我只是低頭看著地上，那上面有幾排用血跡寫出來的字跡，很是凌亂，我一時間已經忘記了要去看是什麼內容，但是小北已經用雙手拂過了那幾排字跡，哽咽著說道：「是回哥寫的。」

我的頭微微有些暈眩，我忍著那種暈眩的感覺，靜了好一會兒，才能凝神去看那個字跡的意思。

低級，喪失理智，五分鐘後起作用。

高級，人的變異，魯未死，已變異。

兄弟們，時間快到，不要難過，靈魂昇華，也請轉告我的親人。

這就是老回留下的全部遺言，我忽然發現我有些看不懂，什麼是低級和高級？可是我不想去想，我只注意到魯未死這幾個字，內心快被忽然爆發出來的憤怒淹沒了全部的理智！

怪不得師祖要和我說狠狠揍他一頓，最好能殺了他，只是最好，沒有簡單的告訴我殺了他，我恨我自己的靈力，功力尚淺，就算請來了師祖，因為我身體的制約，連師祖一小半的實力都不能發揮……如果可以的話，師祖一定會乾淨俐落地解決這裡所有的隱患。

最後我的雙眼落在了那最後一排的字跡上，那才是老回對我們說的話，估計就如他所說，時間快到吧，所以他最後一排的字跡特別凌亂，但我看懂他的意思了，他叫我們別為他的身體難過，他也不難過，他到最後，還牢牢記得我（師祖）的話——靈魂昇華。

是的，老回，你的靈魂是可以得到昇華的，你是英雄。

我不難過，我一定不難過，因為你已經去了更好的地方，只是，我忽然瘋狂嘶吼了一句：「魯凡明，我必親手殺了你，殺到你魂飛魄散。」

我從來沒有那麼恨過一個人，魯凡明是第一個，他必須死，而且我要親自動手。

我的嘶吼引起了在場兄弟們的情緒，他們紛紛喊道：「算上我一個！」

「我要親自動手！」

佛門戒殺，可是此時慧根兒也開口了：「佛慈悲，可一樣也有執法金剛，我不會當那仁慈之佛，我會當那舉起屠刀的金剛。」說話間，慧根兒忽然收起了他的念珠，隨意的就揣在褲兜了，他接著說道：「從今以後，我會拿起戒刀，我的戒刀不割衣服，只會飲盡這世間凶人惡人之血。」

我手顫抖著，一把攬過慧根兒，我想說些什麼，可是說不出口，我是該還要告訴慧根兒仁愛嗎？或者這個世界在某種時刻就該以暴制暴？徹底地滌清這邪惡？慧根兒雖然沒有全程參與我和老回的行動，可是他現在看見的也無疑是最殘酷的一幕，英雄的遺體被隨意褻瀆，甚至變為了怪物，可能在這一刻開始慧根兒的心性變了一些。

我忽然有些恍惚了，我想起了慧大爺的紋身，想起了慧根兒的紋身，全身凶神惡煞的「凶佛」，或者是佛嗎？難道這紋身也表達了一個意思？血腥的雙手，慈悲的心靈？

慧大爺，你在很遠很遠的地方吧，但願你不要怪我，也不要怪這命運的軌跡，我是慧根兒的哥哥，只要他是對的，我永遠都是他身前或者身後的那個人。

危險，我會在他身前。

他的行動，我會在他身後支持！師傅、慧大爺，你們已經離開，去追尋那虛無縹緲的昆命，或者有一天我們也會踏上你們的路，可是如今，是我們的成長，我們該長大了。

雖說，命運是一個輪迴，也許，我們也有我們不同的路。

我也不知道我怎麼會想起這些的，只是覺得自己恍惚得厲害，原本是扶著慧根兒的，到最後變成了靠著慧根兒。

我恍惚中聽見有人在對江一說：「是通過密道逃走的，沿著密道出去，發現有車的痕跡。」

「這小鬼的身體被祕法壓制了。」

「什麼，有此等祕法？」是江一的聲音。

接著，我聽見江一對我喊道：「陳承一，陳承一，是你做的嗎？陳承一……？」

我很想回答江一，無奈我發現我沒有說話的力氣了，在經歷了廝殺，離別，深刻的悲痛以後，我的情緒彷彿已經被消耗殆盡，我支撐不住了。

「咚」的一聲，我仰面躺倒在了地上，眼睛似睜非睜，我只是感覺躺下的感覺真的很舒服，我聽見幾聲焦急的聲音，已經分辨不出來誰是誰了。

我最後一個聽見的聲音，是江一在說話：「沒有事，他經歷了太多的情緒，我做了措施，他不會睡死過去的。」

在夢裡，是沒有時間的概念的，在夢裡，一切都是那麼純白而美好。

夢，有時能讓人驚醒害怕，可有時，卻讓人沉溺。

我很明白此刻我是在做夢，因為在我心底有一個揮之不去的執念，那就是有一天，我要找到昆侖，見師傅一面，就一面都行。

這個念頭已經深深的扎根於我的靈魂，讓我在難得的美夢中，都不能完全的沉迷，可是不沉迷不代表我不沉溺，我沉溺在了這個夢中。

那是清雅的竹林小築，風吹過的夏天，竹聲「沙沙」……

在那條熟悉的長廊前，師傅正愜意地喝茶，仍然是那一副吊兒郎當的樣子，在給我爸說著鎮上的大姑娘，身段兒是多麼的好，廚房裡隱約能看見我媽媽的身影，她在忙碌著等一下的飯菜，那熟悉的香味兒，讓我臉上的微笑一下子就蕩漾開來了……

「笑什麼笑，去把你媳婦兒和如月那個鬼丫頭叫回來吃飯。」冷不丁的，師傅的鞋子一下子就扔了過來，砸在了我的身上，望著師傅，我有一種滿足的幸福感，想哭卻是傻笑，趕緊的哦了一聲，就要去找我的媳婦兒和如月……

嗯，我的媳婦兒是如雪，她和如月一起去竹林裡採蘑菇去了，雨後初晴，蘑菇長得正好。我哦了一聲，趕緊轉身，我想要見如雪，很想，另外我也想見見我那如月妹子，所以我的腳步走得急。

可這時，師傅叫住了我，他大聲說道：「把我的大侄子也叫上，還有我的小小侄子。」什麼啊？那是誰？我轉身不解地望著師傅。

「看你那傻樣兒，哪有我半分風流倜儻、聰明的樣子！真是的，我是叫你把慧覺和慧根兒叫過來，他們在那邊釣魚呢，你忘了啊？我是慧覺他二舅。」師傅一臉不滿地望著我。

我很無奈，可是卻不敢說什麼。

可這時，一個熟悉的聲音傳入了我的耳朵：「額說，你是誰二舅咧？你要單挑嗎？」

我一轉頭，看見的是滿臉氣氛的慧大爺，他牽著一個圓圓的小孩兒，那不是慧根兒嗎？圓溜溜的臉蛋兒，圓溜溜的眼睛……他怎麼變成了小時候？

我詫異我有這種奇怪的想法，慧根兒不該是這個樣子嗎？

可這時，一串兒銀鈴般的笑聲又傳入了我的耳朵，我再次回頭，看見是如月在望著我笑，她對如雪說道：「邁邁，姐，妳看這個『鍋鍋』（哥哥）好傻的樣子哦。」

在她旁邊，一個那麼完美的女子，那溫柔似水的目光那麼輕柔地落在了我的身上，沒有疏離，沒有冰冷，也不平靜，只是溫柔。

「我的夢，我的夢，我不用再去昆侖了……」我喃喃地說道，忽然淚水就滑過了臉頰，忽然一隻溫暖的手就牽住了我，是如雪。

而我的耳邊也傳來了一個熟悉的聲音：「承一，承一，你是醒了嗎？」

第六十九章　失去的和擁有的

我醒了嗎？我不願意醒來，可手心傳來溫暖的溫度，提醒著我，和夢中一樣，在現實裡有一雙握住了我的手，不是她叫醒了我，而是她手心的溫度提醒我，現實裡還有人如此的擔心著我。

她的聲音那麼熟悉，如果是她這樣把我叫醒，那麼夢與現實的落差，還不至於讓我那麼難受。

可是，她——如雪怎麼會來這裡？

我緩緩地睜開了眼睛，感覺到一張柔軟的手帕在我臉上遊走，輕輕為我拭去腮邊的淚，才醒來看見的世界彷彿眼睛是對焦不準，一切都是模糊而晃動的，只是就算是模糊而晃動的，我還是能「看見」在我身邊握住我手，為我擦淚的那個人是如雪。

好一會兒，我的眼神才清明了起來，看清楚了病房裡的一切，哪裡才只如雪，這間單人病房裡幾乎擠滿了我熟悉的人，我的師兄妹們、如月、酥肉、沁淮……除了我的親人，幾乎我生命中最重要的人都在。

「額……」我想說點什麼人，卻發現自己昏昏沉沉的，虛弱得連說話的力量都沒有，可是就是這麼簡單的一聲，卻讓病房裡的所有人都驚喜了起來。

「承一，醒了？」

「承一，你知不知道你小子昏睡了多久？」

「承一……」

所有人都圍了過來，而紛亂的聲音都讓我不知道該回答誰，也就在這時，如雪卻悄悄鬆開了我的手，我的內心忍不住一陣失落，可是想到現實，卻只能看了一眼如雪，然後是沉默。

雜亂的場景持續了一分鐘才在我的要求下，安靜了下來，沁淮代替了如雪的位置，坐在我的旁邊餵我喝水，直到接觸到第一口水，我才知道我口渴得要命，幾乎是「貪婪」地喝著水，過了好一會兒，我才想起我有一肚子問題要問，而沁淮則是負責回答我的人。

「我是在哪兒？」

「還能在哪兒？醫院唄，北京的醫院。」沁淮搖起了病床，並在我背後墊了一個枕頭，讓我靠得舒服一點兒。

我有些恍惚，我怎麼就到北京了？在這裡，幾乎我熟悉的人都在，獨獨就不見了慧根兒，而在我昏睡的時候，到底又發生了什麼？

「我睡了多少天了？慧根兒呢？我不是在執行任務嗎？我怎麼會到這裡來的？」說了一連串的話，我竟然感覺到深深的疲憊，彷彿是大腦負載不了那麼多的資訊一般，我到底是怎麼了？但是我沒敢問。

沁淮沉默了好一會兒才說道：「承一，不然你再休息一會兒？你才醒，不適合問那麼多，你……」沁淮說這話的時候，臉色有些難看，這小子一向是天塌下來都不會驚慌的人，流露出這種表情，一定是有什麼事情。

我沒有逼問沁淮什麼，而是轉頭望向病房裡的其他人，一向嚴肅的承清哥對上我的目光忽然就望向了窗外，而承心哥則假裝在翻一本什麼書，酥肉摸出電話，在電話上胡亂地按著，也不知道是要打給誰，承真躲避不掉，乾脆走到了如月的面前，假裝是要給如月說點什麼，而如月正好藉機做出一副要聽承真說話的樣子，至於承願乾脆問了承真一句，妳們在說什麼啊？然後就走了過去……

只有如雪，還是一如既往平靜地望著我，只有她那麼的安靜，臉上也沒有其他人所有的哀傷。

沁淮乾咳了一聲，乾脆從我身邊走開了去，他走到窗子面前，假裝望著外面的風景，忽然望著望著，呼吸就粗重了起來，他一下子趴在窗子面前，我聽見他哽咽了……

彷彿這是一種傳染病一樣，酥肉不再玩電話了，望著天花板開始眨巴起來眼睛，像是在拚命忍住淚水，承清哥開始歎息，有潔癖的承心哥拿出一張手帕捂住了眼睛，承真和承願乾脆抱住了如月，開始哭泣，如月眼神哀傷，望著我，叫了一聲三哥哥，還未來得及說話，眼淚就掉了下來。

三哥哥？是關於我的什麼嗎？我是怎麼了？彷彿這次的傷勢讓我的反應都變慢了起來，我是愣神了好一會兒，才想起了這個可能，我下意識地看了看自己的雙手，又掀開被子看了看自己的雙腳，我沒殘廢啊？這就是我的第一個念頭。

在這個念頭冒出腦海以後，我忽然就想起了之前的事情，老回，地下室，我昏迷了……可是又怎麼了？

「你們不要這個樣子，無論他失去了什麼，他還是他。」平靜的聲音在整個病房裡迴盪，是如雪的聲音，我抬起頭來望著如雪，我不明白這話是什麼意思？

如雪站起來，還是一如既往冷靜而淡定地走到了我的面前，她坐在了我的身旁，再一次握住了我的手。

也許是她的話起了作用，大家的情緒稍微好了一些，只是沁淮喃喃地說了一句：「我怕他難過，怕他……」卻被承清哥喝止，說道：「讓如雪對他說吧。」

「承一。」如雪叫了我的名字，我轉頭，眼神有些迷茫無辜地看著如雪，我實在想不到到底是什麼讓大家如此哀傷，只有如雪一個人能如此平靜，可此時她是我心靈的安慰，我覺得好像我只能依賴她，依賴她的平靜讓我的心不那麼緊張。

「這裡是部門的祕密醫院，這裡的醫生也不是普通的醫生，可以說醫治的領域更加的特殊。在你昏迷以後，部門的人就把你緊急轉入了這個醫院，聽說是非常高層人的命令。」說到這裡，如雪頓了一下，望著我，臉上浮現出淡淡的微笑，似是在鼓勵我去面對接下來的事情。

如雪的笑容一向讓我沉迷，我以前就感覺，如雪只要微笑，枯萎的花兒都能重新的綻放，只是她一向平靜慣了，很少微笑什麼的，所以這一次我一如既往的，看見她的笑，心情就開朗了起來。

只是不知道為什麼，這一次，我過了很久才反應過來，如雪好像笑得很勉強，是啊，她能平靜，如果不是為了我，她也許笑不出來。

可在我反應過來以後，如雪已經在說接下來的話了：「承一，我不知道你這一次去執行的任務是什麼，總之，你轉來這個醫院以後，我們所有人都接到了通知，來這個醫院陪你，怕的就是你醒來後，會想不開。」

「我會想不開什麼啊？」我說著就笑了，只是我隱隱感覺到了是什麼事兒，笑得是如此的沒有底氣，心中也湧上來莫名的煩悶，我開始習慣性的找菸。

而酥肉則適時過來，在我嘴裡塞了一枝點燃的菸，如雪瞪了酥肉一眼，酥肉則說道：「妳不瞭解男人，這個時候有枝菸會好點兒。」說完話，酥肉頓了頓，然後歎息一聲，說了句：「如雪，妳說吧。」然後走開了去。

如雪握著我的手加重了幾分力道，彷彿是怕失去我一般，她也沉默了很久，才說道：「承一，你知道我為什麼那麼平靜嗎？因為，無論你是什麼樣子了，即使是白髮蒼蒼，即使是皺紋滿面，即使是這張臉都完全變了，只要我知道你是陳承一，那我就是你的如雪。是的，這一生我無法成為你的妻子，可是我還是你的如雪，所以什麼樣的陳承一對於我來說，都不重要，那不能阻止我對你心靈的陪伴，甚至同生共死，這就是我平靜的信念。」

如雪很少開口說如此的「情話」，她的話語一向清冷，我雖然疑惑，卻壓抑不住的感動，我對如雪又何嘗不是如此？

我舉起手，夾菸的手有些顫抖，我深深的吸了一口煙，當煙霧在胸腔裡繞了一圈，帶來了一種麻痺的平靜後，我吐出了煙霧，在氤氳開的煙霧中，我開口說道：「我知道的。」說話間，我握著如雪的手力道加深了幾分，一句我知道的，就已經勝過了千言萬語。

如雪知道我是在鼓勵她說下去，於是她開口了：「承一，你以後恐怕無法做道士了。」

第七十章　一句話的結果

「妳……妳說什麼？我沒法怎麼了？」我一時間就像是沒有聽清楚一般，其實我是聽清楚了，如雪告訴我我沒辦法做道士了，可是我本能地不想去接受這個結果，只當是自己聽錯了。

但我的反應瞞騙不了所有人，因為我的右手因為一用力，竟然生生地把香菸夾斷了，滾燙的菸灰落在了我的身上，好半天我才感覺到刺痛，這時，如月早已衝過來，為我撲打著身上的菸灰，帶著哭腔說道：「三哥哥，你不要這個樣子。」

「沒，沒，我沒哪個樣子，那啥……酥肉，再給我一枝菸，酥肉啊，我說你他媽再給我一枝菸！」說到最後，我幾乎是咆哮著在說話。

酥肉哪兒敢說什麼，趕緊點了一枝菸塞我嘴裡，他也沒責怪我對他的失態，一隻手重重的搭在了我的肩膀上，如果說這個病房有誰最瞭解我的難過，那一定是酥肉，因為我的童年是和他一起長大，他清楚地知道，我的那段歲月，他是參與者……。我大口大口地吸菸，悲苦，難過，失落……所有的詞語都不足以形容我的心情，我彷佛看見六歲那一年，那個老頭兒牽起了我的手，帶我入竹林小築，讓我跪拜祖師爺的畫像……而從那一天之後，陳承一就不是單純的陳承一，他還有一個身分，是道士，是他一生的命運……

我以為我所追求的只是平淡的生活，重要的人都在，歲月靜好，那這一輩子就滿足了，但事實上，到這個時候我才發現，道士這個身分已經深入我的骨髓，我的靈魂！

傳承道學，已經是我生命中不可分割的一部分，我怎麼可以失去它？怎麼可以？

怎麼可以？想到這裡，我發現一種巨大的悲傷將我淹沒，而我流不出眼淚，只是感覺到空洞。

「承一。」如雪的聲音在我的耳畔響起，接著她平靜地說道：「你難道還沒懂，只要你還是承一，你就什麼都沒有失去，至少我不難過，因為你還在。」

如雪……我轉過頭看著她，這時，心靈才有了一點點的安慰，才握住了一絲平靜，是啊，有她，我的生命還不至於一塌糊塗，況且，我還有那麼多人。

「姐，這才是我一直不如妳的地方吧，我會怕三哥哥難過，會為他失去的而難過。而妳，始終只有一個心念，只要他還是他，我不如妳吧。」如月的聲音響起，然後她默默退開了，沒人願意接這個話題，這個話題是個禁忌。

大家都沉默了一會兒，我在抽完了一枝菸以後，才對如雪說道：「妳說下去吧，我想知道為什麼？至少，知道為什麼，也許以後才有希望。」

如雪說道：「這裡的醫生一致認為你靈魂受創嚴重，而且這裡的醫生包括隱世不出的醫字脈高人。承一，靈魂受創了，你會失去你一直引以為傲的靈覺，會沒有辦法修行任何的功法和術法，甚至會……」

如雪說不下去了，而我聽到這個，卻莫名其妙地放心了，我先前還以為我是受了什麼嚴重的隱疾，才導致不能做道士了！如果是這個，在那一天受傷我還感歎了命運的神奇，因為我在鬼市曾經得到過一張方子……

但我還沒來得及說什麼，承心哥已經接話了，他說道：「承一，你每天需要睡眠十四個小時才能讓你那受創嚴重的靈魂得到修養，否則它會負擔不起你一天的行動，甚至是你的思考。這個你要接受，不就是多睡一會兒嗎？補神，修復靈魂的方子早已經失傳，可是我會努力為你研究，而且我會努力找到一些傳說中的藥草，對了，就是那百年老山參也有一點滋養靈魂的作用，這個知道的人不多，但你知道人參是吊命的，也就是說在某種程度上……」

承心哥開始擺出專業的態度安慰我，可此時我已經長吁了一口氣，用安慰的眼神望了望如雪，握緊了她的手才說道：「原來是因為這個，那沒事兒了，誰能告訴我慧根兒在哪兒？那小子這樣也不在我身邊？」

我說完這段話以後，每個人都用異常擔心的眼光看著我，那樣子就像我忽然崩潰了，成了神經病一樣，包括淡定的如雪，都是如此。

「我說……」我還沒來得及說什麼，腳步聲在病房的門外響起，接著病房的門被推開了，江一站在了門外，他沒說話，反倒是側身像在等待著什麼，我們都把目光轉向了門外，我是不懂江一為什麼會忽然出現在這裡，而這裡的人除了我，都不知道江一是誰，都有些莫名其妙。

有什麼人值得江一等待呢？我帶著好奇的心情看著，接著我聽見了抑揚頓挫的腳步聲，那高跟鞋踩在水泥地面上的聲音是如此的響亮，但卻帶著一種奇特的韻律……

這個腳步聲我聽過一次，只要是聽過一次就畢生難忘，只有一個人才能踏出如此的步伐，那就是——珍妮大姐頭！她來了？

我有點兒不敢相信，畢竟我認為我在她眼裡只是一個小人物，她沒道理會特意來看我的啊？

可是，容不得我不相信，就在所有人都沉浸在這種奇特的韻律裡時，那個風風火火的身影出現了，有些亂蓬蓬的捲髮隨意搭在肩上，顯得成熟又有韻味兒，一件長而大的短袖襯衫，在下襬處隨意打了一個結，配著一條牛仔短褲，這副打扮在九九年的華夏，還是非常時尚的。

她看也沒看江一一眼，就這麼衝進了病房，在所有人都沒反應過來的時候，她變戲法一樣的從包裡拿出了一樣東西，然後隨意就塞進了我的嘴裡，我的嘴一下子被塞進了一顆圓溜溜的東西，又那麼的大，是如此的不適應，舌頭上傳來的苦澀滋味，讓我不自覺地打起了「乾嘔」！

「啪」的一聲，一杯水放在了我病床旁邊的櫃子上，珍妮大姐頭一腳踩在我的床架上，一隻手指著我，幾乎是不容抗拒地對我說道：「給我吞了。」

我哪兒敢反抗，趕緊端起水，「咕咚咕咚」地喝了一大口，把那難吃的藥丸吞了下去，然後端著杯子，有些怯怯的望著這個氣場強大的大姐頭，我沒怕過誰，卻覺得我就是有一點兒怕這個大姐頭。

因為她儘管是如此的模樣，但是總給我感覺像一個長輩！

「唔，吞下去了？」珍妮大姐頭摸出一枝菸，叼在嘴邊，目光嚴厲地望著我問道。

我忙不迭地點頭。

她忽然露出了一個我也不懂的笑容，有欣慰，有追憶，還有一點兒滿足，總覺得這樣的笑容出現在她臉上，讓人感到有些違和，但她接下來自己絮絮叨叨的說了一句話，讓我也愣住了。

「那個傢伙的徒孫，怎麼能出事兒……那個傢伙！」

那個傢伙？我一下子就反應過來了，我還能是誰的徒孫，只能是一個人的徒孫，那就是——老李！她這麼說話，感覺倒像和我的師祖有著很深的羈絆一樣！

但我師祖是什麼年代的人？就算她是後來認識我師祖的，但我師祖至少在五〇年代以前就失蹤了，可是珍妮大姐頭，不說她宛如少女，至少她看起來也就是一個有些成熟的年輕女人，這到底是什麼跟什麼啊？

我覺得我的三觀再一次被摧毀了，祖輩們的事情就像一張巨大的謎網將我籠罩。

可是我還沒來得及說什麼，珍妮大姐頭已經風一般地衝到了門口，一下一下的點著江一的額頭，大聲罵道：「你說派他去，你說有我罩著，別人給面子？事實上，他們給我屁的面子，發起瘋來差點毀了他？你負責？你負得起責？你給我小心點兒，你……」

我愣了，病房裡所有的人都愣了，根本搞不懂這個風風火火的女人演的是哪一齣，而且我很想笑，因為嚴肅威嚴的江一被一個年輕的女人一下一下地點著額頭罵，確實非常的喜感，更好笑的是，江一唯唯諾諾，根本不敢說話。

好半天，他才搶白說了一句：「大姐頭，那個人是南洋人！」

「南洋人？南洋人就是你的藉口？媽的，南洋人不給面子是嗎？老娘去平了南洋那群神叨叨的巫師，你，去武器庫，給我找重武器，老娘要……」珍妮大姐頭猶自不甘休地說道，江一則小心地說道：「大姐頭，還是承一現在的傷勢要緊，這個南洋嘛，以後再說。」

其實，明眼人都知道，南洋哪裡是說平就平的，且不說南洋是否該為一個人的過錯付出極大的代價，就說南洋沒人守護，傻子都不信，不然南洋的巫師哪來「囂張」的本錢？

「你還知道承一的病？這是老娘千辛萬苦去那吝嗇的老傢伙那裡搜刮的一顆補靈魂的藥，算了，老娘不和你說了，我要去找藥了。」說完，珍妮大姐頭竟然又要走了。

這時，我終於逮到機會說話了，我大吼了一聲：「其實，我有補神，滋養靈魂的方子，你們倒是給我一個機會說出口啊！」

這下，所有人的目光全部落在了我的身上，而我也沒想到，就是這麼一句話，讓我接下來面臨了震撼心靈的神奇，也才知道我道家的神奇與本事，我才真正接觸了一鱗半爪而已。

第七十一章　三天

我有方子的事情顯然震驚了許多人，其實，我可能在江一和珍妮大姐頭面前太「菜鳥」了一點兒，所以，根本不知道這個方子有多珍貴，我說出來覺得沒什麼，可能就覺得這種方子失傳了許久而已，但值得所有的人那麼震驚嗎？

珍妮大姐頭在我的印象中，一向是一個和我師傅能畫上等號的「放縱不羈」之人，雖然我才見過她兩面，可是她聽我說出這一句話以後，神情罕有的變得嚴肅起來，她一步步朝我走來，問我：「你確定你有這樣的方子？你確定方子是可靠的？這件事情你必須詳細地和我說一下。」

我不懂這意味著什麼，但直覺珍妮大姐頭應該不會害我，我沉默了一下，然後把在鬼市遇見的事情挑挑揀揀的給珍妮大姐頭說了一下，畢竟有一些東西涉及到元懿大哥家，我是不好說的，另外有一些涉及到我師傅的隱祕，我覺得不該說。

聽完以後，珍妮大姐頭半晌無語，過了很久她才說道：「那個空間，竟然會有這樣的方子，如果說這樣的方子拿出來交換，代價就算是十個修為極高道士的一生供奉怕也是不夠的。」

有那麼誇張嗎？我有些愣神，我還沒來得及說什麼，在一旁的承心哥已經說話了，話語也不是太敬重，畢竟珍妮大姐頭風風火火的演了那麼一齣，她也沒說自己是誰，什麼地位，江一也沒介紹她，甚至他們連江一是誰，都不太知道。

承心哥是這樣說的：「這個方子有什麼了不起的？我雖然不知道當時承一得到了這樣的方子，但事實上我們醫字脈也收藏了幾張不完整的古方，我和師傅一直都在研究，到現在師傅離開了，我依然還在研究一些配比的問題，如果可以，再給我五年時間，我就會復原一張古方，那些古方的效果，師傅曾經說過，放在我道家最隱祕的圈子，而且是最輝煌的時代效果也逆天的。我剛才一直沒說，就是怕給了承一希望，又讓他失望，萬一我需要多一些時間，他等待得越久，打擊也就越深。」說到最後，承心哥頓了一下，望著我說道：「承一，你不怪我吧？」

我望著承心哥，微笑，搖頭，他是為了我好，我又怎麼會怪他？承心哥感動之餘，幾步走過來，肉麻地摸著我的頭髮說道：「好師弟，我都捨不得把你介紹給富婆了。」

這番話說完後，如雪平靜，只不過端著水杯的手晃動了一下，水潑了承心哥一身，如月瞪了承心哥一眼，而我起了一身雞皮疙瘩，至於承心哥扶了扶眼鏡，依然笑得如春風和煦，完全無視如雪潑在他身上的水。

這就是風度嗎？可惜下一刻承心哥這種完美的狀態就被珍妮大姐頭「破壞」了，她幾乎是跳起來，直接越過了我的病床，然後「蹦躂」到了承心哥的面前，像點江一腦袋一樣，一下一下的點著承心哥的頭：「你這年輕小夥子是誰啊？你知道你在說什麼嗎？滋養靈魂的藥方有多難得，你懂嗎？從某種意義上來說，那就是直接提升修為的捷徑！你還有古方，你還和你師傅收藏有幾張古方，你還能修復古方？你以為你是誰？說瞎話不眨眼睛。」

承心哥幾乎被珍妮大姐頭點暈了，而我抓住了這段話的關鍵點，也有些暈乎了——直接提升修為的捷徑！怪不得我說我有方子，江一和珍妮大姐頭都震驚了，怪不得珍妮大姐頭會說這方子用十個修為極高的人供奉一生的代價來換都不夠，從某種意義上來說，它就是一把得道的捷徑之匙啊！

這下，換成我們震驚了，承心哥好不容易才擺脫了珍妮大姐頭的魔爪，有些委屈地說道：「我不是誰，我就是承一的師兄，是老李一脈醫字脈的繼承人。」

事實上，承心哥是一個表面溫和，骨子裡頗有傲骨的人，被珍妮大姐頭這樣點了一陣兒，他竟然沒有「抓狂」，反倒是小心又畏懼，可見珍妮大姐頭的氣場有多麼強大。

承心哥的話剛說完，珍妮大姐頭就震驚了，她瞪大眼睛說道：「什麼？你也是老李的徒孫？」

承心哥揉著額頭像個委屈的小孩子似地說道：「不然妳以為呢？」

「哎呀……」珍妮大姐頭叫了一聲，一把把承心哥摁到了床上坐著，像攬著小孩子似的，把承心哥攬在了懷裡，並且不嫌肉麻地揉著承心哥的額頭，一邊揉一邊說道：「你看我，真是的。除了山字脈，你們其他四脈的孩子都乖，所以我也就特別留意山字脈一點兒，因為他們麻煩，像立淳小時候就特別麻煩。你咋不早說，你是立仁那孩子的徒弟？哎，當初我傷心地遠走天涯，不想關心你們老李一脈的傢伙，沒想到啊這徒孫都一個個這麼大了。」

我看見承心哥的臉不停地抽搐，估計他已經被珍妮大姐頭繞糊塗了，什麼叫立淳、立仁這孩子？妳才多大？妳這輕描淡寫的樣子，又叫傷心走天涯？

這女人有個正形嗎？估計這就是承心哥的想法，還有珍妮大姐頭這樣安撫一個三十幾歲的大男人，換成是個正常人都受不了吧？

這個珍妮大姐頭是個極品，我師傅比不上！嗯，就是這樣，看見這一幕，我在心裡默默地說道。

江一和珍妮大姐頭的出現，已經是夜裡八、九點的光景，在珍妮大姐頭鬧騰了一番過後，我們才開始了一些談話，畢竟我迫切想要知道一些資訊，就比如慧根兒的消息。

所以，一番談話下來，已經是接近深夜了。

在談話中，我知道了我整整昏迷了一個星期，如果不是江一在當時做了應急的處理，我可能就此一睡不醒了，到時候什麼方子都是無法挽救我的，因為那種情況，就代表我的三魂七魄已經殘破，傷及了根本，和靈魂力枯竭、靈魂變得虛弱無比是兩個概念。

至於慧根兒，他執意留在了隊伍，他說了，這件事情不到最後結束，他絕對不會回來過安逸的日子，老回的死，我的傷，都是他執意的原因！這小子的心一向乾淨如白紙，就算慧大爺的離開，他也不像我們在心裡種下了如此深的執念，卻沒想到這次的事件在他心中埋下了那麼深的一顆種子，我想起了他的那句話，放下念珠，拿起戒刀，他的戒刀不割衣物，只會飲盡這世間凶人，惡人之血……

慧根兒留在隊伍，這就讓我格外關心這件事情的進展，江一告訴我了這樣一個消息，由於證據充分，C公司已經成為人人喊打的「過街老鼠」，至於魯凡明已經上了圈子裡最頂級的「懸賞榜」，還有自由的「賞金獵人」獵殺魯凡明。

圈子的「懸賞榜」？「賞金獵人」？這是我完全不知道的概念，總覺得我對圈子是十分陌生的，但這不是關鍵，我也懶得去知道，我只想知道這件事情進行到了什麼程度。

「現在只要能有辦法洗清與C公司關係的『大能』，都在儘量地洗清關係，只留下了一些知道跑不掉的高層，事實上，C公司已經只剩下一個空架子，他們成功轉移了自己的勢力，會甩出一些替罪羊，也會犧牲小鬼和魯凡明吧！大概再有三天，會有真正的決鬥！」江一淡然地說道。

對於這番話，其實我不滿，因為根本沒有完全的打擊到C公司，最多只是傷了他們的元氣，可是這種不滿說出來也無意義，勢力的鬥爭，就好比政治鬥爭，如果沒有絕對碾壓的力量，你是不可能把別人斬草除根的，就如這個世界，有正義也始終有邪惡，只不過正義走在了主流，就是勝利！

至於三天？我的心裡忽然就想起了我說過的一句話，我必將手刃魯凡明，我也不知道出於什麼心理，忽然望著珍妮大姐頭說道：「現在提供了方子，我有沒有辦法三天時間恢復過來？」

珍妮大姐頭正在磕著瓜子，聽聞我這樣說，很是乾脆地吐掉了瓜子皮兒，對我說道：「有啊，我背你去一個地方。」

背我？我還沒來得及反應過來，江一的臉色就變得難看了起來！

第七十二章　背起來

我不明白江一的臉色為何那麼難看，就如我不明白珍妮大姐頭為何說要背我去一個地方，這和我的傷勢三天之內好轉有任何關係嗎？難道這是她在表達對我的寵溺？

到這個時候，我再傻，也能模糊的猜到珍妮大姐頭和我那我行我素的師祖有點兒關係，但至於是哪方面的關係我不敢猜，總之看著珍妮大姐頭這副「狂放」時尚的形象，我是打死也不敢猜到愛情上面去的，因為想著我初見我那師祖的畫像，那副牆根兒下曬太陽的老農形象，我覺得他們，咳，不搭調……

「大姐啊，我總覺得妳讓承一好好養傷吧？當初妳只是做為一個類似『監護人』存在的，這樣子承一要求說三天，妳就一定要三天之內給他治好，這個怕是寵溺孩子了吧？」我還在惡意的想著，如果珍妮大姐頭和我師祖結婚，是不是會出現我師祖穿著中式新郎官的大紅袍，珍妮大姐頭穿著潔白婚紗，一邊喊著拜天地，那一邊牧師問著「你願意嗎？」的違和場面時，江一忽然說出這麼一番話。

孩子？寵溺？這種時候我才發現，雞皮疙瘩這種東西是不由我本人控制的。

珍妮大姐頭沒有發脾氣，只是望著我說道：「為什麼是三天？我猜得不錯，你是想親自去為那個叫老回的小傢伙報仇，是嗎？那小傢伙倒是不錯的。」

珍妮大姐頭提起老回，我的心有一些難過，但我還是毫不猶豫地點頭說道：「是的，我就是這樣想的。」

「雖然呢，這一次行動毀不了他們的根本，就如他們一直在祕密的執行某項逆天的計畫，已經把關鍵人物祕密轉移了，而且有一些大能之輩明裡暗裡的在保護，但也不意味著這一次的大清洗不危險，犧牲是一定會有的，畢竟小鬼絕對會存在，承一，你真的確定？」珍妮大姐頭忽然嚴肅的再問了我一次。

「我怕什麼？」我望著珍妮大姐頭，很是無所謂地說道！是的，我怕什麼？我師傅就是一個常常把生死置之度外的光棍人物，那我又怕什麼？

「那就對了！」珍妮大姐頭一拍桌子，對著江一吼道：「聽見沒有，這是我的乖孩兒要求的，這是他的念，執念，不能完成，就會心氣兒不順，心氣兒不順，就會破壞了他的道心，影響他的修行，你敢阻止我？」

江一被說得滿頭大汗，不敢再多言，只得小聲地說道：「大姐啊，妳覺得讓孩子提前接觸一些不該接觸的東西，或者人物，是有必要的嗎？我覺得那是沒必要的，我始終覺得世界觀應該一步一個腳印，慢慢的，踏實地來，看多了一些難以接受的東西，難免會好高騖遠，或者是……總之我覺得是不好的，站在什麼樣的位置，看見什麼樣的世界。」

珍妮大姐頭瞪了一眼江一，說道：「莫非你認為他們從小看見鬼鬼怪怪、奇蟲異獸……聽著各種傳說是真實的，甚至是昆侖什麼的，就是一步一個腳印了。其他人我不知道，老李這一脈的孩子，心還是踏實的，見到了也就見到了，無所謂的。如果他們順利的話，未嘗不能到我的境界，你別阻止我，你這人就是太過於保守，墨守成規，所以你連避世修行的自然之心都做不到，只能去做一個世俗××部門的老大。」

江一好像是被珍妮大姐頭說中了心事，有些訕訕的，默默不語了，只能歎道：「那就隨意吧，承一，你若恢復了，就到××分部報導，自然有人給你消息，帶你去該去的地方，跟上我們的行動。」

說完，江一歎息著走了，屋子裡的人目瞪口呆，這時，江一的身分才被揭露出來，××部門的老大，在場的所有人，除了酥肉，誰沒聽過那個傳說，××部門的老大是一個接近地仙的存在。

而對於這樣的存在，珍妮大姐頭隨意喝斥，江一還必須唯唯諾諾，珍妮大姐頭又是什麼身分？她老是還暗示她和老李的羈絆，她又那麼年輕，剛才一席談話，她始終迴避自己的身分問題，連真名都不肯透露，她身上的謎也太多！

江一走後，珍妮大姐頭就走過來，很是粗魯地拔掉了我身上輸液的管子，說道：「這些東西，有多管用，也就有多害人，副作用那是不用說的，不用輸了，跟我走吧。」

如雪忍不住問道：「珍妮大姐頭，這是深夜，妳說背他去，如果很近的話，可是開車去的，不用那麼費力啊？」

珍妮大姐頭難得和顏悅色地對著一個人，她莫名地對如雪很友好，她笑著說道：「好姑娘，其實呢，很遠的，為了趕時間，真的只能我背著他去了。」

然後她在剛站起來的我身上踢了一腳，說道：「快點兒吧，臭小子！」

我才起來，比較虛弱，這一腳踢得我一個趔趄，差點沒摔倒，可是我還是忍不住「呵呵」傻樂，只因為珍妮大姐頭第一次和如雪說話，就叫如雪好姑娘，我很開心的。

「你們就在這個屋子裡等著，大概四、五個小時，我們就會回來，我要好好看看你們這些小輩，我都很喜歡，有好幾個肯定是老李這傢伙的徒孫吧？說了不要和你們這一脈有羈絆，可是一見到呢，就想好好看看，我真是不瀟灑。」說話間，珍妮大姐頭還不忘一把逮住我的衣領，讓我不至於摔倒，我只能說她的力氣真大，逮住我這個大小夥子毫不費力。

我是被珍妮大姐頭半拖著前進的，身上還穿著病號服，可憐我這麼大的個子，她的個子應該是嬌小，竟然拖得我穩穩當當，還能一邊拖一邊和我說話。

「我這次呢，要帶你去一個人的莊子裡，能溫養靈魂的草藥還是比較珍貴的，一個方子呢，就是通過合理的調配調和，發揮出它們的最大作用，就好比你吃一顆草藥，只能發揮出一的作用，通過方子製成藥丸子呢，就能發揮出十的作用，這就是三天能治好你傷勢的最大依仗！」一邊說，珍妮大姐頭一邊叼起了一根菸，我們這樣的形象走在深夜的路上，她像個放高利貸的大姐大，我像是一個為了逃債躲到醫院，還是被「揪出來」的倒楣蛋兒，所幸人不多。

這樣的道理很淺顯，誰都懂，可是我搞不清楚，珍妮大姐頭究竟是要對我說什麼，我還沒來得及發問，她又繼續說道：「重點就是，無論是什麼樣子的方子，也離不開那些基本的藥草，我要帶你去的莊子，那個莊子的主人是個收集狂，就是收集藥草，對藥方，製藥也頗有研究，他是世界上我所知的最厲害的醫字脈的人，去那裡，可以第一時間為你拿到藥丸！當然，假以時日，讓陳立仁那個小傢伙成長起來，也未必沒有超越的機會，不過這只是如果，那幾個小傢伙不聽話，踏踏實實的路不肯走，偏偏去走最飄渺虛無的路，還說是因為感……」

說到這裡，珍妮大姐頭忽然住口不說了，而是隨手招了一輛計程車，說實話一路上我覺得珍妮大姐頭滿「話癆」的，為何到關鍵時候又不說了呢？

而且為什麼要招計程車，不是說背我去的嗎？反正我搞不懂她，也懶得去問，想知道的關鍵資訊，也不敢去問，我說過，我有些怕珍妮大姐頭。

在計程車上，珍妮大姐頭隨意說了一個偏僻之極的地兒，然後讓計程車出發了，好在我所在的醫院也是很偏僻的，所以那個地方也不算遠，難得的是遇見計程車。

彷彿是剛才那段話勾起了珍妮大姐頭的心事，她在車上反而閉口不言了，一直到車子到了目的地，她也沒有說話。

到了目的地後，珍妮大姐頭走在前面，我跟在後面，她是越走越偏僻，我一肚子問題，也只能老老實實地跟著，因為我知道她不會害我，相反是「寵溺」我們老李一脈的，所以我跟得無比放心。

到了一個漆黑的地方，珍妮大姐頭忽然停住了，說道：「那就這裡吧？」

這裡是那個莊子？我剛想發問，卻覺得後腦一陣疼痛，接著就人事不省了，她不會害我啊？那她是在幹嘛？這是我的最後一個念頭。

接著，我覺得自己整個身體都輕飄飄的了，可是我不知道發生了什麼，當我悠悠醒轉過後，我看見我身處的環境，我差點瘋了，三觀盡毀，我是被珍妮大姐頭背著的，可是我在天上——天上！

第七十三章　飛行

此時是深夜，儘管夜的黑沉影響了我的視線，可是我眼皮子底下那些連綿起伏的山脈暗影我自認為是不會看錯的，抬頭仰望，覺得月亮和星辰離我是如此之近，對的，我就是在天上！

一時間，我沉默了，可是這種沉默伴隨著是全身輕微的顫抖，包括面部的肌肉也在顫抖，這是一種激動到極限卻偏偏說不出話來的表現！

一直以為，能夠自由翱翔於藍天，就是人類的夢想，為了這個夢想，人類不停在付出努力，直至後來各種飛行器具的誕生，才讓人類的這個夢想從某一種程度上實現了。

但是，這種輔助的飛行，和自身身體的飛行感覺還是完全不同的，這也可以說是不大不小的遺憾，在今天，我雖然是被珍妮大姐頭背著，但事實上這種體驗已經完全不同。

於天際的飛行，那是一種身心放開的感覺，那是一種會讓人從遠古到現在都會興奮的感覺——自由！

對的，就是無窮無盡的自由感，去掉了束縛的感覺，而我不知道為什麼會有這種感覺？

不過，這只是我現在感覺的一方面，更多的，我還是覺得我的三觀被摧毀了，儘管我此時是在天際之上，我還是不能接受這個現實，我甚至以為珍妮大姐頭使用了什麼法門，讓我陷入了某種幻境。

這樣的想法讓我不自覺的咬了一下舌頭，如果是靈魂的狀態，我不會有疼痛的感覺，但事實上我痛了，舌尖生疼！事實證明，我的身體是在天上的，不然就是珍妮大姐頭的幻境太厲害，厲害到已經能模擬五感，可那是真正的神仙才能做到的事情！

察覺到我醒了，珍妮大姐頭忽然開口，有些困難的說了一句話：「我功力不濟，不能在這種時候與你說太多，你就保持安靜吧。」

所以，我就真的只能保持安靜，可是我憋得難受！

我努力地說服自己，去接受這個事實，就比如我師傅在我很小的時候，曾經對我說過，道家沒落，在輝煌的年代，其實很多大能之士，都能在天空翱翔，也能縮地成寸，在那個時代的人們，見識只怕比我們這個時代的人要多得多。

在那個時代，人心相對純淨，資源相對豐富，天地也相對乾淨，人們很多都是有堅定的信仰的，道家很多大能之人不必太過避世，卻尋求安靜與情景，所以在那個時代也是一個神話傳說輩出的時代，奇人異事在民間多有出現的年代。

從古時流傳下來的，不論是《山海經》，還是《搜神記》等等，那裡面奇異的事情也就多了，飛天算什麼？我深呼吸著，這樣想著……再說了，不論是東西方，這地球任何一個角落，說起大能之人，說起神仙，首先的一點不就是飛天嗎？真正意義上的飛天！這你不能說，是人類想像力的巧合吧？

我是一個道士，我自問見識不算淺薄，連空間的忽然交錯我都見過了，可此時我還是在不停的做著自我的心理建設，畢竟我學道的過程也是伴隨著在學校學習科學的過程，我長大在吸收知識的過程，就是自我矛盾的過程，師傅常常在我耳邊說的話，就是要互相印證，而不是互相排斥。

就是這樣做了，那種難受的矛盾之感才慢慢消失，但此刻，就是一個在天上的事實擺在我的面前，我也無論如何做不好自己的心理建設，老想著一條物理定律——萬有引力定律……要擺脫引力，需要強大的制動力，就比如說飛機，熱氣球，前者是依靠自身強大的動力，後者是依靠契合自然界的某些定律，轉化成動力，擺脫這種引力！

人，怎麼可能做到？

在胡思亂想中，我的心情極度的不平靜，已經忘記了去體驗飛行的感覺，在做好了強大的心理建設以後，我這時才能靜心，去感覺我是怎麼飛行的，可靜下心來一感覺，我才發現不完全是速度，怎麼去形容這種感覺？其實就好比是在天空中跳躍，而不是直線的飛行……

說起來很是玄乎的感覺，恐怕很多人都不能理解這種體驗，而我再次細細的去感覺了一下，可以這樣說，在我能看見周圍景物的時候，我感覺到的是珍妮大姐頭是一種類似於在滑翔的感覺，就是一件物體在以極快的速度奔馳後，由於慣性還會衝出去一段距離，然後滑動著，速度慢慢減慢。

在我不能看見周圍景物的時候，剛才就是一個瞬間的作用力加諸在了我們身上，然後在瞬間我們以極快的速度衝出了一大段距離，我有一種感覺，是由於這種過程速度太快，以至於我看不清楚周圍的景物。

可是我從小到大學到的科學知識告訴我，當速度到了一定的程度，就會產生極大的阻力，如果是速度到了極大的程度，人應該會被阻力弄到四分五裂吧，怎麼可能承受得起？

我迷糊了，完全超出了我的認知，就比如說我以前的道術，我總是能找到一點兒科學解釋去印證它，免得讓自己生活在痛苦中，包括最玄乎的步罡，我也可以認為那是一種特殊的步伐，引發天地的共鳴，就好比最簡單的電路，按照一定的排列，就能通電，而口訣和存思，則就是人以萬物之靈的身分，引來天地的能力，這就好比自身是一個開關。

修道就是修天地法則，自身能融於天地，就必須一顆心能遵循道法自然，畢竟天地的法則就蘊含在自然的意境中，越是接近自然，也就越是融於天地，那麼也就越是能充當這個開關的作用。

自己就是天地，天地的一部分是自己！

我太明白這些道理，可是飛行，飛行是什麼，我難以再去解釋這種感覺了！

我分不清楚這是夢幻還是現實，我漸漸的只是在這月夜星空之下，感覺自己成了風，在自由的飄蕩，我想大喊，就算只是做夢，我忽然很留戀這種感覺！

怪不得世人都道神仙好，神仙是真的好啊……

不過，有一些感覺，你即使再留戀，也是會結束的，就比如此刻珍妮大姐頭又處於了我說的那種滑翔狀態以後，她開始慢慢地降落了，在我的眼底是一片連綿不絕的山脈，在深夜裡蟲鳴獸吼不斷，在清冷的月光下，一棵棵老樹投下一片片暗影，看起來讓人心裡有些發瘆……可是珍妮大姐頭竟然就在這樣的地方緩緩的落下了。

我兀自回不過神來，我甚至不知道這裡是哪裡，只覺得林中多是一些腐朽之氣，腳下的樹葉由於堆積得太多，踩下去竟然有一種陷腳的感覺，滑膩膩的，想是下面的樹葉已經腐爛了。

我有一肚子的問題要問，可是珍妮大姐頭根本不容我問，大聲吼道：「臭小子，還賴在我背上做什麼，你那麼大一塊兒，以為我背著很輕鬆嗎？」

我一下子不好意思了，畢竟不管珍妮大姐頭的身分是什麼，我一個大男人，掛在一個「嬌小」的女人身上，總不是那麼好看的，我訕訕地吐了一下舌頭，趕緊從珍妮大姐頭的背上下來了。

吐舌頭的樣子剛好被珍妮大姐頭看見，她竟然流露出無奈的樣子說道：「老李一脈的男人，個個都是傻孩子，你看你多大的人了，還吐舌頭！說好聽點兒是童真之心，說不好聽點兒，是智商有問題。」

說話間，她忽然一翻手，我還來不及反應，又一顆藥丸被強制塞進了我的嘴裡，她自己也吃了一顆，她說道：「這裡是充滿了瘴氣的，這顆藥丸是避瘴的丹藥，我雖然不怕，但是吸進了身體，總是不好的，還要費一番手腳去清除，你等我一會兒，我要打坐一會兒，剛才太費勁了，等一下還要背你回去。」

說完，珍妮大姐頭也不問我的意見，逮著我的衣領，竟然就把我往樹上拖，她力氣很大，又靈活得像一隻猴子，竟然三兩下，就把我掛在兩枝寬大的樹杈間，讓我在那裡坐著，至於她自己，很神奇地爬到了樹頂，坐在一根看起來很「瘦弱」的枝條間，對著月亮開始打坐。

我無奈地呻吟了一聲，我想和這個珍妮大姐頭在一起，三觀什麼的，科學理念什麼的，我還是不要了吧。

第七十四章　聚集

其實我不是對大姐頭能坐在細小的樹枝上打坐而感覺到驚訝，畢竟她都能飛了，這個又算什麼？再說，我聽慧根兒跟我說過一個大和尚的事，那個大和尚不會什麼玄學的，純粹就是武功高強，也會失傳的輕功，可以以腳踩竹枝而不墜，那就是真正意義上的輕功，要配合一口內息，而不是現在人理解裡那種粗陋的輕功，在身上綁沙袋什麼的……輕功尚且能如此，大姐頭這樣的行為我是不覺得有什麼的。

真正讓我感覺毀三觀的，她竟然對著月華直接回復自己的力量，是的，月華的力量是天地間難得的純淨陰性力量，對恢復靈魂力之類的有極大的好處！可是人如何敢直接吸收月華？畢竟人又不是動物！

我曾經很早就被師傅告知過一個理論，陰陽需調和，互相纏繞著強大，如若失衡，就會出現我小時候那種情況，靈魂力強大，靈覺強大，陽不關陰！

貌似是為了契合自己的靈魂，人類的身體或者身體能力從某種意義上來說是最「弱」的！所以，人的陽身再如何強大，也不至於出現陽身壓迫靈魂的情況，因為超越不了某種界限！除非用道家或者其它流派的方式強大肉身，而不修內裡，或者會出現那樣的情況……為何動物可以直接吸收月華，那是因為牠們的陽身承受得住！人們都知道一個道理，同樣的體格下，動物天生肉體就是強過人類的，無論是力量還是速度！

珍妮大姐頭的行為無疑是打破我從小的觀念，或者說她的肉體已經強悍到可以直接吸收月華壯大靈魂，而能承受的地步了！

一切都很安靜，我懶洋洋地靠在樹上，望著星空，發現在這充滿了蟲鳴獸吼的林間，仰望天空，心靈上反而充滿了一種難得的靜謐，一種思想上的悠遠，可是大概過了半個小時，我這種難得的心境就被打破了，望著眼前直想大罵：「去他媽的悠遠，靜謐！」

這一切，只因為我靠著的樹杈之間，不知道什麼時候爬上來了一條五彩斑斕的大蛇，半截身子纏繞在樹幹上，半截身子纏繞在樹杈上，頭部呈詭異的姿勢昂揚著，也朝月華的方向……

牠離我只有一米不到的距離！

是的，不一定所有無毒蛇的頭都不是三角形的，可是五彩斑斕應該是毒蛇？可是毒蛇能長那麼大？我已經無言了，此刻我已經懶得去想邏輯的問題，只是祈禱著牠不要忽然想起來了，覺得我礙眼，然後轉頭給我一口！

我戰戰兢兢的，卻發現樹下也有些不對勁兒，我小心翼翼的低頭看了看，然後又差點從樹上掉了下去，莫非珍妮大姐頭在玩弄我？把我弄進了動物園？

雖然夜色深沉，唯有月華星光可做照明，我是看不太真切，可是至少不影響我看見樹下「身影」湧動，莫名其妙來了十幾隻動物，貌似是黃鼠狼、狐狸什麼的，還盤踞著大蛇，比樹上這一條還要大！但是牠們只是圍繞著樹，並不敢怎麼樣，樹上就只有那條五彩斑斕的大蛇牢牢的占據著位置！

貌似牠比較厲害？牠是老大？牠的花紋實在駭人，可我還有心情這樣想，因為有過接觸蛇靈的經驗，我小心翼翼地靠近了牠一點兒，雖然我也不知道自己為什麼要這樣做，可是才靠近一點兒，我忽然就感受到了這樣的資訊，很抽象的，沒有具體文字的，但是能理解意思的——別打擾我。

我現在因為靈魂虛弱，根本不存在靈覺這個問題，牠卻能傳遞資訊給我，唯一的解釋就是牠夠強大！至少也是踏上了修行之路的動物……

珍妮大姐頭估計是一個比我還能招事兒的人吧？隨便選棵樹，不僅來了個動物聚會，甚至還來了一條蛇靈，我無奈了，不用安謐了，也不用悠遠了，知道那蛇靈對我沒有惡意，只是叫我別打擾，我乾脆懶洋洋的靠著樹，給自己點了一根菸，我抽菸行不行？抽菸不打擾蛇靈您老人家吧？

可是菸還沒抽完一半，眼前的黑影一閃，珍妮大姐頭不知道什麼時候蹲在了我的面前，從我嘴裡搶過了那半截菸，狠狠地吸了一口，面帶厭惡地說道：「最討厭打坐行功了，累死老娘了。」

打坐很累？這不過才半個多小時而已啊？可是我不敢問。

更神奇的是，珍妮大姐頭也注意到了樹下樹上的情況，隨意地揮手喊道：「散了，散了……」那些動物就真的都一哄而散了，包括那條盤踞在樹上的大蛇。

「就好比你看電視不是一件辛苦的事兒，甚至是一件享樂的事兒，但是讓你連續很久的時間都不停的看電視，你會討厭它的！打坐也是如此，真麻煩！」說話間，珍妮大姐頭揪著我的衣領，就這樣不管我的感受，直接拉著我跳到了地上。

儘管藉著珍妮大姐頭的力，從好幾米的高度跳下來，我還能承受，不過還是打了一個趔趄，幸好腳底下都是厚厚的一層樹葉，倒也沒怎麼樣，剛站直了身體，珍妮大姐頭已經走在了前面，她喊道：「跟著我的腳步，一步也不能錯，這裡是一個法陣。」

我哪裡敢怠慢，馬上集中精神跟了上去，不過萬變不離其宗，這種在法陣中踩的步伐都是基本的踩陣步伐，除了關鍵地方的變化，所以我一點兒也不吃力，甚至還能和珍妮大姐頭說話：「珍妮姐，這些動物是咋回事兒呢？」

「珍妮姐？哈哈哈……這個稱呼好，我就是那麼年輕。」珍妮大姐頭根本就抓錯我的話裡的重點，我明明是在問問題，她卻只看重一個珍妮姐，我還在無奈的時候，她竟然回答了：「你知道道家的功夫主要是行氣，內練一口純淨的內氣，外吸天地的純淨靈氣，我是在吸收啦，可是你也知道吸收總是會引起周圍的一些氣場變化的，就比如你吃東西，先要把你要吃的東西集中擺在一起吧？我一不小心聚集得太多，這些傢伙也就跟著來開飯了。」

道理倒是很簡單，我也能理解，畢竟動物也比人類敏感，只不過還是覺得又毀了我一次三觀，那到底是要多強悍，才能引起這樣的反應啊？

可是還是有一句話說得好，站在什麼位置看見什麼風景，而人類的桎梏卻又偏偏在於太過於相信自己已知的東西，看見的東西，固執於自己所站的位置，不相信別人看見的風景，因為對於自己來說那是未見的！這就是對於未知的，或者未見過的，總是抱著一種鴕鳥心態，要不然就視而不見，要不然就想方設法說服自己那是在扯淡，從某一方面來說，連想像力的翅膀都被束縛在了一個地方，也就是思想被束縛在了一個地方！

思想都未能及的地方，你又指望真實的自己能走多遠？

我發現我也有這樣的心態，自己所學、師傅所教就已經固定了我的見識，珍妮大姐頭的一連番行為讓我一次又一次的大驚小怪，甚至於不接受，更別提自己想像能到那個境界了，這樣還真不好，弄不好就會如江一所說，會產生一種強烈的自我否定！

也難怪珍妮大姐頭會說江一故步自封，墨守成規！或者珍妮大姐頭是在告訴我一種接受的自然之心？我未到，我未見，不代表我的思想不能觸及？不能給自己一個目標？

沉默了許久，我忽然開口問道：「珍妮姐，到底要多久的修行，才能到妳這個地步，而飛行又是怎麼一回事兒？妳說吧，我能接受！」

第七十五章　柳暗花明又一村

我以為珍妮大姐頭不會回答我的問題，她卻很直接跟我說道：「你以為人是什麼？人是萬物之靈，人若能潛心修行，耗費的時間不會是你想像的那麼久，壽命是人的桎梏，命運是人的桎梏，而人最大的桎梏卻是自己不安分的內心，你懂了嗎？」

我有一些懂了，珍妮大姐頭是在告訴我，人的修行也許不是人們所想像的，動輒成百上千年，不是那樣的，雖然人的壽命有限，是桎梏，可是修行可以打破這種桎梏，但是命運裡該有的劫難呢？或者修者也可以打破，但這不是一定的事情，最後那一點不安分的內心才是最重要的，修行需要忍受的不只是寂寞，還有長時間的把精力都集中在這一件事上，就如師傅給我說的一個典故，曾經他認識一個人，三年在山中，未曾說過一句話。

這是要心性有多堅定，對萬事萬物有多大的放下的心才能做到？畢竟修行這件事，也充滿了不確定性，不是說擺了一塊蛋糕在你前面，你走過去了，就一定能吃到。

珍妮大姐頭寥寥幾句話，就已經道盡了修行的真諦，什麼事情永遠都不是你想著會怎麼樣，你就一定會做到的，師傅說過情關難過，世間羈絆太多，是我修行的最大阻礙，何嘗又不是如此，為了守在親人身邊，為了朋友的事，甚至是為了心中的執念，我又放了多少心在修心之上呢？

我發現珍妮大姐頭是一個不喜歡問別人有什麼感悟的人，估計比起我師傅，她更加灑脫，她點到，你有什麼感悟，那是你的事，她根本不會加以評論，所以她說完這段話以後，我沉默了那麼久，她竟然就這麼默默的，沒說半句，過了良久，她才說道：「至於飛行，其實要解釋起來也不複雜，兩個方面，用你儘量能接受的科學角度來告訴你吧，地球是有巨大的磁場的，它也不是一開始就如此，而是被整個宇宙磁化的，然後這種磁場在宇宙中無處不在，所以星球才能按照固定的軌道運行，它和飛行的聯繫就在於天道之下，只要是磁場，它就必須遵循所謂的磁場法則！」

「磁場法則是什麼？最簡單的，就是同極相斥，異極相吸，磁場從現代的理論上來說，磁力是永遠不做工的，所以不能用來製造能源，但事實上是什麼呢？我們修者可以利用它！把兩塊磁鐵放在一起，是同極的話，是不是就互相排斥開來了，現在從第二個方面說吧。」珍妮大姐頭簡單地說道。

「飛行一事，從修者這方面來說，就是精神力作用於地球本身的磁場，而任何的力量都會產生一個場，自身的精神力越強大，所產生的場力量也就越強大，任何的場都是帶著一點的磁性的，就好比你對他人的影響也可以理解為互相吸引或者互相排斥，這樣你懂我的意思了嗎？其實我的飛行最主要利用的是排斥力，當然這其中也不是這麼簡單的，還涉及到對風力的順應與親和，還有自身功力對自我的保護。你的境界不到，你只要理解這些就可以了。」

關於飛行的事情，珍妮大姐頭就是如是對我說的，但是自身的飛行和帶著一個人飛行，所需要的能力，就算我沒接觸過，也知道是千差萬別，說到底珍妮大姐頭只是想告訴我，什麼事情都是不離修者的本質——靈魂力，因為靈魂力的強大才能衍生出精神力。

精氣神，畢竟是包含在一個人的靈魂裡……

「這個世界，重肉身而輕靈魂，重物質而輕精神，走偏路了，也是無奈的，或者人類這一個族群也可以看做是一個人，一個人走在未知的路上，誰也不能保證他所走過的每一條路都是正確的，總是會碰壁了，或者走到偏路的盡頭，才會又重新走到正確的路上來，其實，說到底，我們還是應該樂觀的。」珍妮大姐頭忽然說了這麼一段話，讓我又是沉默良久。

和珍妮大姐頭接觸了那麼幾次，我這時才發現，原來珍妮大姐頭真的不是表面那個樣子，她和我師傅一樣，只是習慣用放縱不羈的表象來掩飾一切了，原來她是那麼的有知識，也有思想，可惜這些東西的確是不需要時時表現的。

我沒有想到陣法的盡頭竟然是這樣的一個地方，說是一個莊子，它真的就是一個莊子，一個到處都是桃樹的莊子，很難想像這樣一個莊子竟然會隱藏在密林中，這倒是讓人感覺到很神奇。

但是，到如今，就算我身為一個道士，也必須承認道家的本事是不可揣摩的，那是一種追尋天地本質的本事，如果是那樣，又有什麼不可能的事兒不會發生呢？

「這裡的主人是很喜歡桃花源這個傳說嗎？」望著滿山坡的桃樹，我這樣問到珍妮姐，在陰暗的密林穿梭以後，能忽然出現這麼大一片桃樹林，真的是賞心悅目的事情。

更神奇的在於，前一刻你還以為在無盡的密林裡，只是稍微一個轉角，幾步的距離，你就能真正的體會到什麼叫山重水複疑無路，柳暗花明又一村的感覺了。

此時，正是六月，桃子掛果在樹上，結得正好，看著又紅又大的桃子，我忽然就覺得嘴裡乾渴，很想摘一個來吃，可是又不敢輕舉妄動，誰知道這裡的主人有什麼怪毛病，萬一他很討厭這樣呢？

「這個你倒是說對了，這個莊子的主人這一生唯一的愛好和執念就是收集各種草藥，另外，他的理想就是有一個世外桃源能讓他和他的愛好存在在那裡，不被外人打擾就行了。」珍妮姐隨意的回答著我，忽然又說了一句：「你想吃桃子就摘來吃吧，你能吃多少？我帶來的朋友，他是不會介意吃幾個桃子的。」

珍妮姐這麼一說，我還客氣什麼，趕緊摘下了一個大桃子，隨意在衣服上擦了兩下，「啋嚓」一下，就咬了一大塊下來，真的是又脆又甜，好吃得我眼睛都瞇起來了，連桃汁從嘴角流下，都捨不得擦一把，又趕緊咬了第二口！

「怎麼樣，小子，精心培育，用的全部是天然手法培育的桃子是否好吃？」就在我吃桃子吃得異常開心的時候，一個聲音冷不丁就插了進來，我嚇一跳，手裡的桃子差點沒掉下去，可我東張西望，也沒見到人在哪裡？

我嘴裡包著桃肉，嘟嘟囔囔的說不出什麼來，倒是珍妮姐朝著一個方向大大咧咧地說道：「你這傢伙，怎麼還是老樣子走路沒聲兒啊？怎麼，知道我要來，特意出門迎接？」

「你們入了我的陣法，我要不知道有人來了，顯得我這個主人就太沒用了。」這句話說完後，我終於看見珍妮姐所望的方向，從桃樹背後走出一個人來。

聽他的聲音是有幾分蒼老、滄桑的意思在裡面的，卻不想從桃樹背後走出來的卻是一個年輕男子，在月光下，他身著一件白色的長袍，長髮隨意的用一根繩子綁在腦後，樣子顯得很是丰神俊美。

怎麼會有這樣一個男子？這樣的人不是應該出現在古代的小說裡嗎？這一身打扮也太那啥……但是，我還是很想說我華夏的漢服的確還是很好看的。

只是珍妮姐認識的人怎麼都是一些「老妖怪」？我不認為這樣的男子會很年輕，但是，這是「天山童姥」流水線，還帶批發生產的？

「走吧，你就當他是一個古代人，他是接受不了現代社會的。他年輕，是因為他會養生駐顏，而且吃穿用住，無一不講究天然和搭配，和我的情況是不一樣的。」說話間，珍妮姐已經朝著那個男子走去，而我也傻乎乎的跟了上去。

和妳的情況不一樣，那麼珍妮姐，妳又是個什麼情況？

第七十六章　王風其人

以我的眼界、地位和所在的「位置」，我是不可能弄懂珍妮姐是一個什麼狀況的，她也不會告訴我。

所以此時我只是有些拘謹的待在屋子裡，老實坐在凳子上，一個人等待著，感覺自己不是太受那個叫王風的男子歡迎。

是的，那個穿著漢服的男子就叫王風，很是簡單樸實的一個名字，就如他這間草舍，也就如他這間草舍的布置，簡單樸實卻又別有韻味。

王風的臉上始終帶著淡淡的不耐，除了在我背誦方子的時候，他明顯動容了一下，其餘的時候都是這種淡淡的不耐，在我說完方子以後，王風只是說了一句：「我去莊子裡的藥坊看看我的藥，是否能完整的配出這個方子上所說的補靈丸，你就在這裡等待吧，不要跟上來。」

是的，我就被「排斥」在外了，而珍妮姐跟上去了。

來這間草舍，王風給珍妮姐倒了一杯香茶，自然也是沒我的分，只是在珍妮姐跟著王風去藥房之前，悄悄跟我說了一句：「這茶你要口渴，可以喝幾口，但記得給我留點兒啊。」

這句話彷彿也是引起了王風的不快，他漠然地看了我一眼，終究還是沒有計較，轉身離去了。

不受主人「歡迎」，所以我也只得這樣有些拘謹的待在屋子裡，草舍大門敞開著，也不知道從哪兒竄來一隻看起來靈性十足的兔子，在門外伸出半個腦袋，充滿好奇又小心翼翼的打量著我。

我因為無聊，對著兔子「齜牙咧嘴」的笑了一下，那兔子就跟受驚了似的，一下子縮回了腦袋，過了一小會兒，又伸出半隻腦袋來打量我，著實可愛得緊，於是乎我開口說道：「小兔兔，過來，給哥哥抱一下。」

結果，那兔子跟被人「調戲」了似的，一個轉身，風似的一蹦一跳跑了，留下我，有些無語加冷汗地坐在屋子裡，暗想：「『神仙』家的兔子果然都是與眾不同的，我很猥褻嗎？我是猥褻了一隻兔子嗎？或者，王風的真實身分是『嫦娥』，投錯了胎，然後那隻兔子是玉兔？他怕被別人看出身分，所以把月宮裡的桂花樹變成了桃樹？那說不定我出去看看，能看見一個女版吳剛在砍桃樹？」

至於為什麼是女版吳剛，這個嫦娥都是男的了，吳剛當然就要變成女的。

我忽然發現自己有夠扯淡的，想是被珍妮姐刺激了大半夜，對什麼神話傳說都敏感了，扯淡地胡思亂想了一陣子，我就開始打量這個草舍，說實在的，這裡簡單明瞭，一眼就能看個透澈，除了能看出這裡的傢俱是純手工、純天然的，也就沒什麼好看的。

為這個屋子增加一絲韻味的，是懸於明堂之中的一幅山水圖，沒有署名，也不知道是誰所畫，我這人沒什麼藝術細胞，只是單純覺得這幅畫畫得非常好，好在哪裡我說不出來，而且不知道為什麼，我個人覺得我不能細看那幅山水圖，有一種隱約覺得個人能力不夠的想法。

這是什麼莫名其妙的想法，我把視線從山水圖上移開，然後端起了桌上的蓋碗茶，心說這是什麼茶水，珍妮姐還不捨得我全部喝完的樣子，卻不知道剛一揭開蓋子，一股子襲人的香氣就撲面而來，怪不得人們要說花香襲人，茶本內斂，茶香能張揚到這個地步，說明這茶的本質會更讓人沉醉。

只是這股子香氣，就讓我忽然覺得多年前我喝到過的母樹大紅袍都被比下去了，難得的是那股子茶香裡帶著一種異樣的清涼，讓人一聞，連大腦都清明了幾分的感覺。

我不自覺地低頭一看，卻在杯子裡遍尋不著茶葉的蹤跡，想是一壺中倒了一杯出來吧，而且這茶湯呈一種奇異的嫩綠色，看起來十分喜人，憑我有限的對茶的認識，想了幾種綠茶，都想不出來什麼茶葉能泡出這種奇異的嫩綠色茶湯。

想那麼多不如喝一口，想著我端起杯子，喝了一小口，茶湯一入口，接觸舌頭的第一時間，先是無味，這讓我詫異，還以為自己是不是判斷錯了，這茶只是聞著香，但接下來舌頭上劃過一絲微微的苦澀，然後在口腔中氤氳開來，可是不到一秒，卻讓我領略了一次什麼叫震撼，如果非要我用詞語來形容，那就是——爆炸！

對的，一股子清香讓人在猝不及防的情況下就爆炸開來，不止在口腔，還是鼻腔裡，瞬間就爆開了一股子清香，這骨子清香很難形容，清雅卻帶著花香的意味，讓人沉醉，更神奇的是這裡面始終有一股若有若無的清涼蘊含其中，感覺連我受傷以來，一直都有的疲憊感都消失了一點點。

難道這茶還有養神、滋潤靈魂的功效？簡直不可想像！

我待在屋子裡無聊的時光，因為這杯茶而生動了起來，每隔一小會兒，我總是忍不住品茗一番，享受那種清香的爆炸，時光彷彿也變得輕慢飄逸了起來，忽然有一種我願長居草廬中，過一種夜來茶伴賞清月的生活。

就在一杯香茶快要見底的時候，珍妮姐忽然回來了，看著我捧著茶杯傻愣愣的樣子，她沒好氣的說了一句：「小子，你是把這杯『神仙醉』喝完了吧，就不指望你能給我留一點兒。」

「神仙醉？這是酒嗎？」我沒想到手中的茶，竟然有這麼一個名字，難道這不該是酒名嗎？

「神仙喝了都會沉醉其中，取個神仙醉有錯嗎？關於這茶的事兒，我就不與你多講了，總之算你小子有福氣，在靈魂受創的情況下，能喝這麼一杯茶，雖說一杯對你的傷是無能為力的，但如果你可以長年累月地喝下來，那麼……」珍妮這樣說道，可是還沒說完，她就拍著胸口，一副罪大惡極的樣子，拍著胸口說道：「我怎麼能說出那麼罪惡奢侈的話，讓這小子長年累月地喝神仙醉？王風知道肯定會和我決鬥的。」

「是啊，肯定會決鬥！我覺得他不是很歡迎我的樣子，這茶也是給妳喝的。」珍妮姐話說到這分上了，我也順著調侃了一句，不過我也不是太在意，畢竟我也不能要求一個陌生人對我一見之下，就熱情如火，對吧？

可是珍妮姐一聽這話，卻是走過來，在我額頭上點了一下，說道：「你懂個屁！王風性子清冷，對人際關係有一種，額，有一種『潔癖』，第一次見你，能不對你橫眉冷對，已經算是給我面子了。而他看出你靈魂受創，我又關心，故意藉我之名，倒了一杯神仙醉給你，不然你以為就憑我一句話，讓你喝，他就能給你喝了？他如果討厭你，不歡迎你，我不喝，要讓給你喝的情況下，他是情願倒掉，也不會讓你動分毫的。」

「這樣啊？跟如雪的性子倒有幾分相似啊？」我摸著下巴說道，說起來，這個王風和如雪比起來，還有過之而無不及啊，莫非如雪以後到了一定的年紀，性子也會變成這個樣子？所謂人際關係「潔癖」？

我胡思亂想著，珍妮姐很沒形象地坐在椅子上說道：「這次呢，算你幸運，王風這裡的藥材是齊全的，存量還不少，能配出好幾十味這方子上的補靈丸，等一下，他會為你把脈，看看你需要多少補靈丸才能恢復，然後就贈與你多少，算是報答你給方子的恩情，他這人不愛欠別人的。」

一聽珍妮姐這話我急了，因為這個方子我得到的主要原因可不是因為我，而是為了給元懿大哥滋養靈魂的，我不由得聲音有些大地說道：「珍妮姐，我能不能多要一些藥丸？如果不能，那我就少吃一些，情願不是完全的恢復，因為這方子主要是給另外一個人的，我不能當這種小人！」

「哦，有這種事兒？」珍妮姐詫異地望了我一眼。

「是啊，這方子是……」此時我也顧不得許多了，把這方子背後的故事大概給珍妮姐講述了一次，聽完後，珍妮姐有些焦躁地抓了抓頭髮，說道：「王風不給面子的時候，就是我也說服不了他，元懿這孩子還是不錯的，元老頭兒怎麼會流落到那個空間？哎，不說這些了，只能到時候王風配完藥丸再說吧，他這人的性子不好把握，一個念頭他也許會毫不猶豫的把所有的藥丸都給你，又或許一怒之下，扔了藥丸也不給，大不了說一句，這方子我以後再不會動用，到時候再說吧。」

說話間，珍妮姐又焦躁地抓了一下頭髮，那樣子比男人還男人，我目瞪口呆地看著，珍妮姐一拍桌子，對著我吼道：「看什麼看，老娘內心可是溫潤如玉的！」

我不敢說話了，可是珍妮姐，溫潤如玉也是形容男人的啊？

第七十七章　一點快樂

事情比我想像的順利，但是時間也比珍妮姐預估的要晚一些，直到東方的天際出現了一絲魚肚白，王風才從所謂的藥坊出來，手裡多了幾個瓷瓶子，讓我恍然置身於武俠小說中，一位大俠拿出一個瓷瓶，說道：「哈哈哈，這就是解藥。」

我承認我是扯淡了點兒，可是我卻時刻不敢忘元懿大哥的事，在王風要為我把脈的時候，我再也忍不住站了起來，對著王風深深的彎腰作揖，我可能做不到跪下，但這已經是我最大的誠意了。

王風不語，也不表態，而我卻也顧不得那麼多，把關於元懿大哥的情況一五一十地說了出來，末了我說道：「如果可以，我不求完全恢復，我也不要什麼天分天才，只要留下的數量夠我治療一下，能讓我繼續修道的藥丸也就夠了，剩下的我要全部給元懿大哥，不會讓你為難。」

王風神情未變，只是開口問道：「你那朋友傷勢的具體情況你說一下吧。」

我趕緊把元懿大哥的具體情況說了，就比如他當時受傷的詳細情況，昏迷沉睡了多久，如何醒來，醒來又是多久才恢復正常的行動能力……

王風沉吟了一會兒，說道：「到底沒有親自把脈，太過具體的，不敢妄言。不過，你說的這些情況我也能大致判斷一下了，他的情況比你的情況要好上一些，你若不是天生靈魂強大，身為童子，上世累積夠多，這一次事後，你就算因為靈魂力枯竭，而導致魂飛魄散也是可能的。」

王風這話說得我一頭冷汗，魂飛魄散，這個簡直無法想像，倒是珍妮姐一副很怕的樣子，但是過了一會兒又哼了一聲，說道：「那個傢伙也沒少做狂放的事情，要惹到了，逆天也不是不行，他不至於看著這小子魂飛魄散的。」

王風少有的詫異了一下，問道：「哪個傢伙那麼狂？」

「這個世界除了李一光，還有誰那麼狂？」珍妮姐神情有些煩躁地說道。

「他是……？」王風眉毛微微一揚，指著我問道，這兩人真是的，當著我就開始討論我的身分問題，還真是當我不存在啊。

「徒孫。」珍妮姐好像提起我師祖就忍不住煩悶，又摸出一枝菸叼在嘴角，卻不想王風一把就奪下了她的菸，說道：「對不起，我的屋子不接受這個氣味。」

珍妮姐如同爆發了一般，「霍」一聲的站起來罵道：「王風，你這磨磨唧唧，有潔癖，龜毛的男人，你咋不去當個女人？」

王風若無其事地把幾個瓶子全部推到我面前，說道：「這裡有五十六顆我配製好的藥丸，全部給你了吧，於我來說，藥石之力終是外物，況且我已有了方子，這方子上的藥材也不是太過難尋，就是年分要求的久了一些。你需要連服二十三丸，才能完全恢復，至於你的朋友，粗略判斷了一下，十三丸也就夠了。我但願你不要為了快速的進境，多服此方，就如我所說，藥石之力終究不是上流，況且你也還年輕。」

我心中感激，深覺這王風文質儒雅，剛想說出感謝的話，卻不想這王風單手一扠腰，指著珍妮姐說道：「凌新燕，妳這神經大條，粗魯，不愛乾淨的女人，怎麼不去當個男人？妳好意思說我？妳又逞強了，是不是為了顯得妳很有面子，妳故意不提老李？」

「我×，王風，我不愛提老李，你難道不知道？還有我現在叫珍妮，別提新燕這名字，你是想強調我的名字老土嗎？我自己就能搞定的事兒，我幹嘛要提他的名頭？怎樣？你再愛戴他，你也是一個男人，莫非你還能變做女人嫁給他？」

「凌新燕，妳這個女人簡直無法理喻，什麼事兒都能被妳說得齷齪，我是不愛欺負妳，和一個女人打架，雖然說起來，妳算什麼女人？」

「打就打，你還能搞性別歧視？你這種表面文雅，實則膚淺的半男人！」

「什麼是半男人？」

「就是說在我眼裡，你就是一半女人，一半男人，真漢子應該陽剛，充滿氣概，你這種就只能算半男人！」

「凌新燕，我和妳拚了。」

我無語的看著這兩人爭吵一直到現在，說著說著就要打起來了，在這種情況下，我不能不作為了，雖然在我眼裡，他們兩個吵架，彷彿是性別真的互換了似的，他們雙方都說的挺有道理，可是這話我不能說啊，對了，我終於知道了珍妮姐的名字，原來叫凌新燕……

等等，這些都不是關鍵，關鍵是我必須站出來，於是我站到中間，誠惶誠恐地說道：「兩位前輩，請你們……」

可是我話還沒有說完，就被他們倆同時推了一把，然後同時指著我吼道：「閉嘴！」

接著，就是一場「驚天動地」的大戰！

在上午八點多的時候，我被珍妮姐又再次背了回來，當然「降落」的地點，也是在荒無人跡的郊外僻靜處，畢竟是白天，珍妮姐多了許多顧忌，飛行的高度比夜晚高，降落的速度也比夜晚快了許多，按照她的說法，是用了一定的祕法。

降落的地方畢竟是僻靜處，我和珍妮姐還要深一腳，淺一腳地走到有人煙的地方，尋找能回去的交通工具，在這之前，我給醫院裡的酥肉打了個電話，報了一聲平安，並告知有點事兒，耽誤了點兒時間。

弄完這一切，我默默地走在珍妮姐的身後，我不敢看珍妮姐的臉，走在路上也神情怪異，憋得很難受。

就這樣默默的走了幾步，珍妮姐忽然轉頭過來看著我，神情詭異的問我：「你是不是很想笑？」

「沒有，我真的沒有，哈哈……不是，我剛才背就癢癢，所以……哈哈哈……笑了。」實話說，這樣對著珍妮姐的臉真是「折磨」啊，無可置疑，珍妮姐是「漂亮」的，但是一個漂亮的女人，頂著兩個熊貓眼，頭髮亂七八糟的，口紅也花了，時尚的襯衣也被扯落了一截袖子，那樣子確實……

但是這個不是搞笑的關鍵點兒，關鍵點兒是我一聯想到王風的形象，原本飄逸、儒雅、丰神俊美的他一頭長髮被珍妮姐抓成了「女瘋子」，一身瀟灑的白衣被珍妮姐撈成了「丐幫」幫服，還充滿了腳印，臉上交錯著爪印的樣子，再結合那一場趕超巷子裡大媽打架高等水準的「驚天動地」的大戰，我真的忍不住要笑。

這就是所謂的神仙打架？我再也憋不住，乾脆在早晨的太陽底下放聲大笑，再憋我覺得我會「死」掉的，我終於暢快笑了出來，然後……然後就是我被珍妮姐揍了一頓！

在路邊等了很久，才終於有一輛計程車願意搭載我和珍妮姐，估計是因為我們這副形象，就跟小偷被逮住然後打了一頓之後的讓人嫌棄樣。

在車上，好心的司機大哥開口了：「我說小夥子，你再急，也不能對你媳婦兒動手啊，是吧？哎……那小媳婦兒，我也得說說妳，女人也不該動手的，我看妳老公比妳傷得嚴重啊，妳說小夫妻有啥事兒，不能好好說嗎？還得打成這個樣子？是要離婚嗎？」

我坐在後座，差點兒昏倒，這都什麼跟什麼啊？不過透過車前鏡，我看見我確實比珍妮姐傷得嚴重，因為我的臉上竟然還有一個清晰的鞋印，媽的，妳和王風打架，小爺我是躺槍！躺槍！

至於珍妮姐，很是「爽快」地給了那個司機大哥一巴掌，說道：「老娘當他奶奶都嫌年輕了，什麼夫妻！你是想找打嗎？」

那司機挨了一巴掌，原本想發脾氣，但礙於珍妮姐那逼人的氣勢，根本不敢說話了，直到下車的時候，他才拉著我小聲說道：「小夥子，聽哥一句勸，就你那媳婦兒，真得離婚！」

這話剛好被珍妮姐聽見，那司機一縮脖子，趕緊踩了油門，絕塵而去，留下珍妮姐狠狠的瞪了我一眼，結果我屁股又光榮地挨了一腳。

其實，雖然挨打了，我也很開心，在珍妮姐身上我找到一種和師傅相處的感覺，可事實上，這樣的快樂能維持多久？珍妮姐是很快就要離開的，她的行蹤難尋，不見得比在昆侖找我師傅簡單。

而現實中，從今天開始算起，還有三個白天，兩個晚上，和C公司的決鬥就要開始了。

第七十八章　一場談話

「藥丸用溫水化開，每隔三小時服用一次，你一天服用的極限是五顆，那還是在你靈魂受創的情況下，才能如此服用。很簡單的一個道理，水滿則溢，在你靈魂恢復了以後，三天服用半顆，才不會浪費藥力。」王風的話猶在耳邊，只是想起他說這話時的形象，一絲笑意還是忍不住掛在了我的嘴邊。

那是他剛剛和珍妮姐大戰了一場之後，頂著一頭「女瘋子」似的亂髮跟我說的。

我不太願意去想關於王風、珍妮姐甚至是顏逸的事情，我總覺得我和他們不是屬於一個世界的人，他們所在的高度，看見的世界，並不是此時的我能理解的，人不能故步自封，堅持自己所看見的才是世界的全部，但也不能好高騖遠，眼高手低妄想一步登天去融入不屬於自己的世界，這不踏實！

路，是自己一步一步走的。

想到這裡，我端起水杯，喝下了水杯裡的半杯褐色液體，該是服藥的時間了，因為我的手機鬧鈴響了，這一次的醫治我無比認真，都只為了即將到來的大戰！

按照王風的說法，三天，我不過也只能服用十五顆藥丸，可以恢復我巔峰狀態時八成的力量，因為藥丸都有一個奇特的特性，第一顆時效果最好，往後就漸漸的減弱，這是人的身體該死的抗藥性。

「八成，八成也不錯，只要能讓我手刃魯凡明那個混蛋。」放下水杯，我靠在椅背上小寐，原本在沒服藥之前，按照那所特殊醫院的說法，我必須睡足十四個小時以上，那虛弱的靈魂才能維持我每天的行動，才能承受我「活著」的壓力，從服藥的第一次開始，這個情況就有所改善，只是到現在才第三顆藥丸，昏昏欲睡還是免不了的。

「很疲憊，是不是？」坐在我身邊的是江一，他竟然親自帶我去行動的集合地，這倒讓我受寵若驚。

「也不是很疲憊，我想多服幾次藥以後，情況就會好很多的。」我平靜地說道。

「在車上睡一會兒吧，你昨晚跟著大姐頭去辦事兒，弄到天亮才回來，接著就聯繫我，要去參與行動，你才受了傷，不能這麼折騰啊？」江一對我的語氣，竟然帶上了幾分關心，這算是難得，我有幾分感動。

是啊，我回到醫院給大家打了一個招呼，只休息了幾分鐘，就執意讓珍妮姐聯繫了江一，說是自己要回歸行動當中，那個時候所有的人都阻止，除了珍妮姐，她手一揮就說道：「那是他的念頭，修者不能念頭不通，心氣不順的，隨他意吧，那是他自己的命，也是自己的念，隨他。你們今天陪我一天吧，我就喜歡跟你們這些小輩多親近、親近。」

怪不得是和我師祖有關係的女人，身上這麼看這麼帶著我們老李一脈人的氣息，灑脫、自然，又有些自我，加上一點兒放縱，就是因為珍妮姐，我省去了不少麻煩的解釋，得以順利出來了。

只是出門之前，珍妮姐還是叫住了我，她是這樣對我說的：「小子，今日一別，也不知何年何月才能再見到你，我只希望你別再給我惹麻煩，不管你是要去捅破天，還是要在地上鑽個洞，只要你能活著，順利的成長起來就行，其他的我沒抱任何希望。」

「啥意思？」說實在的，我當時沒懂珍妮姐那番話的意思，啥叫不抱任何希望？我很差勁兒嗎？

卻不想珍妮姐聽我那樣一問，立刻就暴怒得衝過來，指著我額頭就是一點兒，大吼道：「難道我還能抱希望求你們這一脈的人回報什麼嗎？一個個的全是失蹤狂！滾蛋，立刻的……」

一個個的全是失蹤狂，想到這裡，我忍不住苦笑了一聲，或許吧，真的是這樣。

「不休息，想什麼呢？」江一冷不丁地問道。

「也沒想什麼，可也不想休息，雖然知道這樣不好，可是還是想撐著，不想要日夜顛倒罷了，我們聊聊天吧？」我說的是實話，畢竟馬上就要大戰，保持充分的狀態才是最好的，我不認為日夜顛倒，白天休息會比晚上休息來得好，只要是道家人懂一些養生的都知道這個基本道理。

聽見我這樣說，江一倒是沒有出言反對什麼了，但說起要聊天，他反而沉默了，江一原本就是一個不多話的人，威嚴有餘，親和不足，至於珍妮姐對他的評價，我倒是沒有感覺到多少。

而面對他，要我主動去說起什麼話題，我也是難以做到的，畢竟我在他面前多多少少有一些拘謹，在沉默了許久，我挖空心思找話題時，江一終於開口了：「你在密室裡，鎮壓了那個小鬼殭屍，那個祕法我看不透，有猜測，卻不敢相信，不如你自己說吧？」

「那個？其實那個我想你一定能認出來吧？是天地禹步。」畢竟禹步不是什麼祕密，步伐之類的基本踏法，雖說不是能流傳開的事情，但道家的哪一脈沒有自己的典藏？區別只是在於能不能把它踏出來而已。

「果真……」江一的神情有些木然，但眼神中還是流露出了一絲驚奇，我說的不錯，他早就猜測出是禹步了，可是他為什麼不敢相信呢？

我還沒有來得及問什麼，江一就自顧自地說道：「承一啊，你們老李一脈在圈子內是奇特的一脈，可以這麼說，你們的成長過程是隔絕了整個圈子的，或者說是因為你們的行事準則，根本不以圈子裡的準則或者世人的準則為標準，你們只以自己的心為標準。是不是這樣，所以從老李開始，一直到你們這年輕的一代，都認為融入其實是沒必要的？我相信你們是絕對堅持群居卻又分外獨立的人吧？」

這段話什麼意思？我微微皺眉沒有懂，不過他說的卻是有幾分道理，我們老李一脈確實是這樣的，所以我們年輕一代出世的時候，一個個跟「白癡」似的什麼都不懂。

可是，我隱約能明白我們這一脈為什麼要這樣做的原因，因為不先入為主的在心靈上刻畫上什麼準則，只是單純的在你成長的過程中體會善惡是非，你的心才是最好的準則，以這樣不入世的態度去成長，才能最為純淨。

但我沒有對江一的話作出評價，我知道江一一定還有話要說，果然，在我的沉默中，江一開口了：「或許就是因為你們不入世，也許你們做出了驚天動地的行為，你們也不自知，因為你們沒有一個標準去衡量你們到底到了什麼程度，你們只是一群只知道不停前進，依自己的心做事的人吧？其實，廢話了那麼多，我只是想說，你可知道踏出禹步是多麼驚世駭俗的一件事？那是天下步罡的總領！我不敢相信，是因為你這麼年輕，怎麼就踏出了禹步？」

踏出禹步有那麼厲害？我自己真的就如江一所說，完全不自知，不過這確實不是我的功勞，按說自己的功法底牌是忌諱，但我覺得這件事我不應該騙江一，我開口說道：「說起來，那禹步不是我踏出的，而是我動用中茅之術，請來了師祖，踏出的禹步。」

「中茅之術？傳說中的老李？」我的說法沒有減輕江一的震驚，我反倒是聽見了他吸進了絲絲涼氣的聲音！

可是這一次他卻沒作出任何的評價，只是在靜默了很久之後，忽然拍了拍我的肩膀說道：「看著你，總讓我想起你師傅年輕的時候，他也是一樣的吧，做出了很多奇蹟般的事情，卻認為是平淡的，理所當然的。你師祖的名頭也是因為你師傅他們而綻放，總是有很多人在想，到底是什麼樣的『老怪物』才能培養出這麼一群『小怪物』啊？後來……後來……呵……」江一忽然閉口不言了。

其實我很想他說下去，無奈他已經徹底的平靜了下來，剛才那追憶沉思的神情也收了起來，他只是淡淡評價了一句：「如果你師傅是願意潛心修行，或者願意在部門裡發光發熱，我這個位置他估計也是能坐上的吧？可他總是讓我覺得他是在趕場一樣的過自己的人生，急著完成這世間事一樣，不過到現在總是能理解一些了。」

話說到這分上，我終於忍不住開口了：「江老大，你說的給我的資料，我……」

「你是現在要，還是行動過後要？」江一平靜地問我。

「現在不要，行動過後，你能親自交給我，就交給我，如果不能，幫我交給我的師兄妹們。」我說這話的時候也很平靜。

「別跟說遺言似的，你不會死的，是真的不會。」江一兀自篤定地說道。

可是這事兒有準嗎？就在幾天前，我不是差點戰死在地下室嗎？只是有一個英雄般的老回擋在我的前面……

「先去看一個人吧，也不差這點兒時間。」在沉默的氣氛中，江一如此說道。

第七十九章　邊境

我被江一帶到了醫院，這也是一處祕密醫院，只不過這裡的醫護人員要普通一些，真的就是治病的，而不像我所在的那家醫院，治療的是所謂修者的「疑難雜症」。

透過厚厚的玻璃，我看見那個小孩兒，就是老回用性命換來的，而我拚命救出來的，魯凡明用來煉小鬼的小孩子。

此時，他在無菌室，全身插滿了管子，呼吸顯得有些急促地沉睡著。

我的手無意識地摁在玻璃上輕輕滑動，就像是在撫摸那孩子的臉，在某種程度上，我覺得他是帶著老回的心意在活著，他活著就是老回的一部分在活著。

「他有生命危險嗎？能活下來嗎？」我沒有看江一，只是透過玻璃看著孩子。

「孩子被折磨了太久，你救回來的時候，傷口發生了感染，而且有多處的內傷外傷，但是你放心吧，孩子很堅強，有很大的把握他能活著。幸運的是他還小，但願他能從腦海裡完全的清除這段記憶，長大後是一個陽光正直的人。」江一在旁邊對我說道。

「孩子的父母呢？」我輕聲問道。

畢竟，以部門的能力，要查出孩子的父母是誰，並不是一件多難的事兒，事情已經過去了那麼多天，怎麼我這次來醫院，就沒看見孩子的父母？

「沒有父母，或者說父母已經被魯凡明用手段悄悄殺掉了。我研究過煉製小鬼的祕法，如果能尋來親生父母的心頭血，在最後一刻用祕法，可以讓小鬼的恨達到一個極致，而且消除了小鬼的父母，會讓小鬼全無弱點。」江一沉聲地說道。

我默默捏緊了拳頭——魯凡明！

「有很多事情，你到了地方再說吧，既然你執意要參與這次行動到最後，很多事情和情報自然會有人給你交代一聲的。」江一也看著孩子，在我耳邊平靜地說道。

「沒有父母，孩子沒有親人了嗎？這孩子以後怎麼辦？」我問道。

「很不幸，他的媽媽沒有親人，父母在成年以前就雙亡了，剩下的是一些遠親，至於父親是單親家庭，是媽媽帶著長大的，但是在他父親死以後，他的奶奶也因為家破人亡，傷心過度而死去了。你也知道，一些遠親不見得是可靠的，部門的事情也是有保密性的。所以，我在慎重考慮後決定，這個孩子以後就是部門的孩子，部門裡的每個人根據情況或多或少的拿出一部分津貼，來撫養孩子吧。當然，我會拿得最多。」江一說了一下他的決定。

「嗯，如果我有空的話，也會不時的寄一些補貼錢給他！能拿來煉製小鬼的孩子，命格都是特殊的，學道什麼的，也是可以的，雖然這不是他自己選擇的路，但這也是命運吧。」如果是部門來撫養，孩子的成長應該沒有問題，可是他註定是要缺一些家庭的溫暖，但願大家給予的溫暖能夠稍微彌補一下這個可憐的孩子。

「給孩子取一個名字吧，他的父母去世得太早，他沒名字，魯凡明撫養了他一年多，最近幾個月，才用他來煉製小鬼，我只知道他父親姓張，老回去了，這個名字就你來取吧。」江一淡淡地說道。

雖然是簡單的話，中間也包含了不少資訊，至少從江一的話裡來看，魯凡明做了一些什麼，已經盡在部門的掌握中了，取個名字麼？我沉默了……

大概過了一分鐘，我才開口道：「取名字其實除了傳承名以外，咱們華夏人一直都有一個習慣，男名從楚辭，女名從詩經，可是我不想那麼矯情了，這孩子就叫憶回吧，張憶回！我只希望他能記住，他生命中有一個最重要的人，雖然他沒有見過，但是他一定要知道並且記得這個人。」

是的，孩子在出逃的過程中，一直是蒙著眼睛的，他沒見過老回，只聽過老回的聲音，他是如此幼小，這個聲音他又能記得多久？這個名字是在提醒他，不要忘記了，曾經有一個人，用自己的生命托起了他的生命。

「憶回，不錯的名字，你要當孩子乾爹嗎？」江一忽然問道。

「要的，只是我可能沒有多少時間在身邊。」我說的是真心話，我的生命也因為我的執念，陷入一件又一件忙碌的事情當中，就如江一形容我師傅的，我師傅的人生就像是在趕場，我又何嘗不是？我不知道，自己有多少空閒的時間，能當好這個乾爹。

「不需要太多的時間，有一個乾爹，或許能更好的彌補孩子的缺失吧。」江一靜靜地說道。

但願是如此吧。

行動的地點，在另外一個城市，我不明白江一為什麼不安排我坐飛機，而是要我坐著專車，輾轉了一天一夜才到了這個邊境的城市。

江一沒給我解釋為什麼，我也懶得去問為什麼，我大概知道，行動到了保密程度高的級別，除了部門的交通工具，是杜絕任何其它的交通工具的，為的是讓消息不會通過任何管道流傳出來，或者讓任何有心人碰巧看見什麼。

我只知道，我在車上睡了一個晚上，然後在吃下了第二天的第二顆藥丸時，我們終於到了這個邊境小城。

說是邊境小城，但這裡還趕不上發達地區的一些小縣城，而且這時江一才告訴我，這一次的行動當然不能在城市展開，而是在這個邊境小城的荒僻之地，畢竟是要考慮到很多問題的。

只是他攤開地圖的時候，我發現他給我指的最終決戰位置是一片山脈，那裡一般情況下，是沒有人煙的，但是偶爾有些偷渡客，是會翻越那片山脈的。

我冷笑道：「怎麼，魯凡明是準備偷渡回去嗎？」

「可以這麼說，但事實上，是我們一直在收網，把他逼到了這片地區，這一次的清剿行動，還涉及到一些不能洗清關係的圈內人，他們也是不能在我華夏待下去了，只能選擇流落南洋。可是曾經有一位偉大的帝皇曾經說過『凡我華夏天威者，雖遠必誅！』我是怎麼也不會讓他們成為漏網之魚的，他們逃不掉。」江一的神情變得嚴肅。

其實，我感覺江一和一般的修者不同，和其他對世事淡然的修者相比，他對國家有一種別樣的、深沉的愛和羈絆，這一次的行動我們都知道根本打擊不到C公司的根本，只不過進一步碾壓了他們，把勢力的相對平衡打破了，也順勢撲滅了他們囂張的火焰。

但是C公司的總部已經轉移到了國外，而且他們早就留下了金蟬脫殼的後路，所以和以前預想的連根拔起是有很大差距的。

我很怕江一會失望，卻不想他還是那麼鄭重，也沒有表現出半分灰心，他對我說道：「這次的行動，我們一定要乾淨俐落地完成，就算犧牲是在所難免的！雖然結果和我預想的不一樣，但是沒有關係，勢力的平衡至少被打破了，他們以後的行動也必須更加小心，畢竟小鬼事件讓某些人成了過街老鼠！這是一根勝利的導火索，蔓延開來，就能引爆整個C公司。」

這些事情應該是很久以後的事情了吧？在那個時候，我在哪裡？在尋找昆侖的路上，或者是已經到了昆侖？這就是我當時的想法！

但是世事難料，誰知道人間的紛爭，會不會因為火太大了，而蔓延到「神仙」那裡去呢？或者，有些人註定就要被捲入其中？誰知道？

也就在這時，車子終於停在了一個看起來很貧窮的地方，邊境小城至少還有貿易帶來的一些繁華，可是這裡是真的貧窮！

一層二層小樓，江一告訴我，這就是這次參與行動的人員居住的地方，在明天過後，網一收攏，這裡住著的人，就是主要的戰鬥人員。

第八十章　大戰前夕

這裡的小樓有些簡陋，踏入屋內就一股熱浪撲來，一個老式的落地扇「吱吱呀呀」的搖擺著，搧出來的熱風可能帶來的只是心理安慰。

屋子裡鋪著幾張薄薄的涼席，卻躺著一屋子的男人，只是站在房間，夏季特有的燥熱和男人們散發出來的戰鬥之前的躁動混合在一起撲面而來，讓人心裡也有一種像什麼東西爆炸了似的衝動，只想在這炎熱的季節裡，酣暢淋漓的大戰一場。

一個身影撲向了我，沒有像小時候那樣，習慣性的就掛我身上，只是跑過來，就站在我身邊，有些傻愣愣地笑著，眼神中都是激動。

「哥……」慧根兒開口叫道，接下來他反而有些「害羞」般的不知道說什麼了。

這些日子，他是急遽的長大了嗎？忽然變得沉默羞澀起來，是男人心理成熟起來的一個標誌，他再也不像小時候那樣的喋喋不休。

我習慣性拍了拍慧根兒的光頭，小時候的慧根兒很可愛，但他長大了，我也不抗拒，即使這長大的過程伴隨著很多刻骨銘心的事情。

「哥……」是強子走了過來。

「承一！」、「承一，你來了啊……」

……曾經和我一起戰鬥過的大家，元懿大哥，小北……等等，都圍了過來，我一一擁抱他們，沒有太多的熱情，但我放心在戰鬥的時候把後背交給他們，這就是男人的情分。

除了他們，屋子裡大多數人我不認識，大家或多或少因為江一的到來有些拘謹，慧根兒在我耳邊小聲說道：「哥，人可多了，樓上還有呢。」

我看著這些日子已經快曬成黑炭一塊兒的慧根兒，問了聲：「是嗎？這些日子苦不苦？」

「不苦，額覺得這才是男子漢該過的生活。」慧根兒的眼中有一種異樣的光彩。

而我不知道說什麼，手放在慧根兒的光頭上，只是沉默。

江一沒有說任何的話，只是站了一會兒，就轉身走出了屋子，我一手握著自己的背包，一邊望著江一的背影喊道：「你不參加戰鬥嗎？如果是你參加的話，至少可以避免很多人員的傷亡。」

見識了珍妮姐的本事，我覺得江一出手一定也是極其「驚天動地」的，老回的死已經在我心裡留下了極深的陰影，我懼怕身邊親密的戰友死亡，我渴望他們的戰鬥能得到庇護。

聽見我的喊話，江一忽然回頭看著我，說道：「如果身分和地位到了某些地步，就連戰鬥也是不自由的，因為圈子有圈子的規則，而我更多的作用是制約，你相信嗎？若我參加戰鬥，犧牲的人會更多。」

「為什麼？」我不解，為什麼江一會說他出手的話，會有更多的犧牲。

可是江一好像不欲多解釋，轉身邁出了大門，並給我丟下了一句：「到時候你就知道了。」

到時候我會知道什麼？我莫名其妙，但到底也沒有多追問，這裡的人大多是知道江一的身分的，或者，他需要保持自己的威嚴？我無聊的猜測著。

只是，在江一走了不久以後，屋內竟然響起了口哨的聲音，接著就有一個聲音說道：「×，憋死我了，來來，喝酒喝酒……」說話間，我也不知道那個人從哪兒掏出來了一罐啤酒，看起來很是舒爽的喝了一大口。

屋子裡不再沉默，反而在忽然間熱鬧之極，喝酒的，吹牛的，甚至打牌的……說實在的，這才像一堆男人待的屋子，我不由自主地笑了，放下行李，雖然我對融入「陌生人」有一些障礙，但這不妨礙我去享受這種氣氛，戰前的這種輕鬆的氣氛，至少可以緩解心理上的壓力。

一天半以後……

我曾經說過男人的距離很容易拉近，一根菸，一杯酒，也許就能換來一場暢聊，即使是我這樣不知道怎麼交流，也熱情不來的人，一天半的時間也足以讓我熟悉這裡的三十七個漢子。

他們就是戰鬥的主力！

離行動的時間還有兩個小時，這是本次行動我們這一支戰鬥隊伍的隊長提前通知我們的，他說：「還有兩個小時戰鬥，兄弟們要去找什麼樂子都行，只是到時候不要掉鏈子，那些傢伙罪大惡極，可以說不把人當人，也漠視生命，我們要結束他們的罪惡。」

就是這麼簡單的話，很是質樸，他說完以後，屋子裡的男人幾乎是一哄而散，吵著去找樂子了，但事實上很多人只是一個人出去轉悠緩解壓力，或是給家人打電話，只是不願意說明，那樣顯得有些軟弱。

我們六人坐在屋頂上，手邊是井水涼過的啤酒，慧根兒喝的是當地生產的一種汽水，五毛錢一瓶，他到底還是不敢喝酒。

此時已經是太陽西下的時分，空氣中總算帶上了絲絲涼意，偶爾還會吹來一陣讓人感覺很是涼爽的風，望著遠處的夕陽和山脈的影子，我的大腦出現一種奇異的空白，我真的是什麼都沒有想。

慧根兒還在我身邊和我「吹噓」著我躺在醫院那些日子裡他的經歷，就比如一次一次的收網活動，他們是如何行動，把魯凡明那一夥逼得如過街老鼠一般的逃竄，中間當然也不乏驚險，而我們都笑著，聽著慧根兒興奮地說起這些。

說著說著，慧根兒忽然就問了一句：「哥，你不會怪額，你在醫院的時候，額沒來看你吧？」

他說這話的時候，強子和元懿大哥也看了我一眼，眼神內疚，欲言又止……

我把手放在慧根兒的光頭上，看著遠方，喝了一口啤酒，問道：「怎麼想的呢？」

這一次回答我的不是慧根兒，而是強子，他的話幾乎是從牙縫裡蹦出來的：「我們想的是，與其說什麼，陪在身邊，不如多打擊打擊魯凡明，他越是狼狽，老回的仇和你的傷就越能報回來，這樣哪怕丟了命也在所不惜。」

我又灌了一大口啤酒，沉默了很久才說道：「我能理解，就如這一次，我說過手刃魯凡明，哪怕拚命也要做到。」

在風中，在夕陽下，大家沉默了，眼神中都流露出一絲堅定，每個人都捏緊了拳頭，而元懿大哥只是在反覆的數著手裡的藥丸，那是我一過來就交給他的，我還沒有說起他爺爺的事情，我只說是一個故人讓我給他的，但他莫名地對這藥丸在意非常，莫非是他感覺到了什麼？我不想去想，就快戰鬥了，大家都活著吧，活著回來以後，我們再說別的。

其實我很怕這樣的場景，當初在和黑岩苗寨大戰以前，師傅就曾經提出要和我在小鎮上走走，那一天也是夕陽漫天，可是從黑岩苗寨歸來後，師傅不久就失蹤了。

但願這一次，我們不要犧牲任何人！

兩個小時的時間很快就到了，大家默默集合在屋子裡，在之前，我們就已經換好了一身標準的迷彩服，塗抹好了防蚊蟲的藥水什麼的，和真正的戰士區別在於，他們是荷槍實彈的裝備，我們身上裝備的是各種法器和符紙之類的東西。

洪子先我們一步出發了，他是這次部隊的帶頭人，出於一些敏感的關係，這一次的行動部門也會參與，為的是防止在邊境線上出現任何的「意外」，就比如那邊的軍隊。

這是為什麼，我不想評價，也懶得去思考這些，我只知道，這一次要阻止這群人，手刃魯凡明，消滅小鬼，如果說小鬼是在魯凡明那裡的話，就是我們的最主要的任務。

洪子離開前，擁抱了我們，他說：「這一次我的任務是最輕閒的，說到底，我面臨不了什麼危險，但你們必須全部得活著！」

是的，希望我們能勝利歸來，而且全部活著，在出發之前，江一來了。

第八十一章　行動概要

「能把魯凡明逼到邊境線上來，已經是我們能做到的最好結果了，畢竟這樣的戰鬥要考慮很多方面的因素！我只說兩點，第一，盡可能的把他們都阻擊在那裡，不要留下一個，我不想動用重武器，國家也不想，在邊境線上動用這些東西是敏感的。第二，你們人人手上都有一把信號槍，我們得到的消息是小鬼已經轉交給了某個人，那邊已經有隊伍去清剿小鬼了，但由於我們的情報有限，也不能完全排除小鬼跟隨魯凡明的可能，如果發現小鬼，我要求你們不抵抗，立刻動用你們手裡的信號槍，明白了嗎？最後，我希望大家能活著歸來。」

這就是江一來這裡，給我們所說的話，話說完以後，他端起酒杯，和我們一同乾了一杯，這是出發之前的壯行酒，畢竟這一次的任務交給我們是艱鉅了一點兒，但也是沒辦法的事兒。

因為更多的力量都衝著小鬼去了……

「重武器不長眼睛的，能不動用還是最好別動用。」有一個人懶洋洋地說道，然後第一個跳上了那輛用來裝載我們的大卡車。

誰都知道重武器代表的是什麼，部門不會允許這一次有一個人外逃成功，在關鍵時刻，難保就不會用上科技的力量，可這個底線代表的是什麼？或許就是我們全部犧牲，都未能成功阻止的時候，就會動用吧。

而在邊境線上……我沒有去想太多，也只是默默地跳上了那輛卡車，坐在了車廂的邊緣位置，我不想去想，不代表我不明白，江一之所以會提出使用重武器的事，也是在提醒我們，有全部犧牲的可能。

可他說過我會活著，我眯著眼睛點上了一枝菸，心裡只有一個想法，是嗎？到時候又是誰來救我？但是無論是誰，沒有手刃魯凡明，我應該都不會離開。

車子搖搖晃晃地上路了，車廂裡的氣氛沉默，只有那個叫王武的隊長在給我們講解著這一次的行動，由於行動的保密程度很高，他也是在這時候才得到具體的行動指示。

「車子到這個位置就不會再繼續前行了，剩下的路程我們全部是要徒步，必須在今天晚上凌晨四點以前趕到這個位置！魯凡明一夥最遲會在明天深夜以前到這個位置，我們必須預留一定的時間休息還有布置一些東西。」王武指著地圖，給我們說著這次行動的安排。

這時有人說話了：「邊境線那麼長，萬一魯凡明一夥人不經過這個位置呢？」

他的疑問也代表了大多數人的疑問，說到這個問題，王武解釋道：「我們的行動其實背後串連著大量的行動來保證我們這一次的行動，魯凡明是一定會經過這裡的，他要回南洋，是事先聯繫好了幾個人的，這幾個人就相當於把他還有和他一起準備逃到南洋的人引出南洋圈子的接引人，這幾個人其實已經是被我們控制了，成了釣住魯凡明的關鍵魚餌，中間的過程有多複雜我也不知道，而他們約見的地點就在這裡……」

王武說話間指向了一個位置，我看了一下那個位置，的確，如果他們要到那裡去，我們所守的位置就是魯凡明的必經之路！可以想像，我們這次行動的背後，不乏各種危險和驚心動魄不下於我們這次行動的行動。

所以，我們不能失敗，所以，江一會提到重武器，這背後一定還有別的更大的玄機，只是江一沒有提起！

會是什麼呢？我忽然不由自主的就想起了那一抹紫色，那一個決絕的背影——楊晟，如果是這樣的話，這次的行動會到這個程度，或許有一個解釋！

「那邊的接頭人承諾魯凡明，只要他們順利接頭，魯凡明一行人就會徹底擺脫我華夏的控制，徹底安全下來，所以大家不必擔心我們會撲空的問題。事實上，他們約定的時間是明天的凌晨四到五點之間，山脈上翻越國境線只能徒步，而且這裡（我們埋伏地）到這裡（接頭地）還有一定的距離，所以初步判斷魯凡明一行人，最遲會在明天深夜經過這裡。」王武是一個耐心很好的人，他從方方面面都給了我們完整的解釋。

「總之，魯凡明一行人的行動完全是在我們的監控之下，如果行動臨時真的會有什麼變動，大家也會得到通知的。」說完，王武收好了地圖，然後從懷裡摸出一個密封的信封，扔給了小北，說道：「這是上面給下來的陣法詳圖，小北，你為首布陣，劉搏、李……你們幾個輔助，應該是沒有問題吧？」

提前的準備當然就是陣法，它能幫助我們許多，不過提前了幾乎整整一天，還是讓人驚奇的，到底是什麼樣的大陣，才需要提前那麼久啊？

小北接過那個密封的信封拿出陣法詳圖開始研究了，同時負責輔助小北畫陣的幾個人也擠到了小北的身邊一起研究起來，王武在旁邊說道：「陣法所需的材料，都已經提前準備好了，就在車裡，你就放心好了，好好看看，這個陣法的作用真的很大，關係到我們這一次行動能否成功的關鍵，你們一定不要失敗。」

王武這麼鄭重其事，惹得我也很好奇，不由得瞄了一眼那個陣法，只是一眼，就覺得那個陣法複雜之極，名字也十分的「霸氣」，竟然叫「困仙陣」。

能不能困住神仙我是不知道，不過敢取這麼一個名字，想必是除了困，還有攻擊的效果在裡面，真正厲害的陣法都是複合陣法！

小北開始專心的研究陣法，而王武還在給我們講著行動的細節：「這一個陣法根據上面的說法，是最適合這一次行動的陣法，但詭異的地方在於，這個陣法一旦完成，就會自主發動，不存在陣眼控制陣法的說法，它是一個殘缺的陣法，所以一旦發動，有效的時間只有一個小時，之後就會完全沒用，我們不能提前布置好陣法，就是這個原因，而且我們也不能提前太久等在那裡，免得打草驚蛇，畢竟那邊被控制了幾個人，現在還沒有驚動那邊核心圈子裡的人，我們的行動太急躁，那就不一定了。」

王武說的不是太詳細，不過我大概也懂，就是我們的行動一樣被制約著，只能掐好時間點兒，畢竟南洋那邊代表也是一股勢力圈子，在這種時候，能不碰撞自然是不碰撞的好。

說了一會兒行動的詳細計畫，王武也有些疲憊，他靠在車廂邊緣，說道：「這些年，部門的前輩退隱的退隱，消失的消失，還有一些因為傷病也不得不退到了二線，部門正屬於青黃不接的時候，也是我們年輕一輩應該成長起來，扛鼎的時候了，不能老是依靠老一輩啊，所以，這一次的行動該是一份我們交上去的漂亮的答卷。」

大家都沉默，從這一次，年輕一輩當這次行動的主力就可以看出，王武說的話是真的。

車廂裡很是悶熱，因為出於保密的原因，整個車廂是扯上了大篷布蓋上的，一盞黃昏的吊燈就在車廂的頂上，聚集了不少蚊蟲，而且還搖搖晃晃，那個位置是讓給小北的，為的是讓他看清楚陣法圖，至於我們坐在車廂的邊上，汗水一次又一次的打濕身上的衣服。

在搖晃了一個多小時以後，車子終於開到了目的地，這裡已經是處於山脈的邊緣，人煙罕至，土路都幾乎看不見了，從車上下來，很多人都疲累之極，畢竟那種悶熱不是人人都能承受的。

慧根兒把上衣脫了綁在腰間，就只穿了一條迷彩褲，一把戒刀掛在他的腰帶上，隨著他的走動一下一下地打在他的大腿上，果真，是放下念珠，拿起戒刀了吧。

我拿起水壺，灌了一口水，儘管我很想大喝幾口，但要在炎熱的山林間守候那麼久，水還是很珍惜的，我只能喝一口，讓冒煙的喉嚨稍微舒服那麼一些就不喝了。

大家都休整，但是只是休整不到五分鐘，王武的聲音就傳到了每個人的耳朵裡：「開始行動！」

望了一眼眼前茫茫的大山，我心裡祈禱著，我們這樣來，我們也能這樣安全的從山裡歸來！

第八十二章 不是人

上山路上的一路艱辛，自然不消細說，畢竟是一條跨越國界的「偷渡之路」，你還能指望它有具體的路嗎？山上也算是怪石嶙峋，雜草叢生，還有刺人的灌木叢，唯一的安慰就是山上的暑氣不算重，否則身體底子差一些的，在這樣的環境下，絕對受不了。

我在隊伍的中間，不算最辛苦，踏著他人走過的路，也算省幾分力氣，最辛苦的是殿後的部隊，要一路掩蓋痕跡，免得狡猾的魯凡明一夥發現什麼蛛絲馬跡。

這些負責殿後的人嚴格說起來，不算「異能者」，在一路上王武和我閒扯，像有特異功能的、會凡人不可思議法術的，統一是被稱為「異能者」的，有異樣能力的人。

而這些殿後的人，是武家的傳人！當然算不上異能者，可是我絲毫不敢小瞧他們，畢竟從小就看武俠書的我，從武家還是嚮往的，何況這些人不僅有武功，而且還兼備了現代特種兵的各項技能。

王武悄悄告訴我，這些人，穿上西裝，就是華夏的特級保鏢，那待遇比我們部門的人還高幾個檔次，不過人各有志，這些人情願留在特殊的部門，可能追求的是不一樣的人生。

原定是凌晨四點到達集合地的，但人的計算總是有些誤差，我們畢竟是一群和尚道士，不能按照專業的部隊要求我們，加上路上遇見一點兒小亂子，就比如有人被毒蛇毒蟲咬了，等我們到達的時候，已經是凌晨四點四十了。

到達目的地以後，我才明白為什麼要選擇這裡了，這裡是夾在山脈中的一個山谷，山谷一側的上坡平緩，但退回去的下坡路確實異樣的陡峭，魯凡明一夥一旦到達這裡，要逃怕是要費幾分氣力。

而我們守候的地方就在那個平緩的上坡，可以說是掐住了「咽喉要道」！

到達了目的地之後，王武的臉色不太好看，估計時間差了將近一個小時，會對計畫有一定的影響，他首先找到小北，說道：「小北，能不能不要耽誤，從現在就開始布陣，最好能在明天晚上九點以前完成。」

小北的神色頗有壓力，他望著王武欲言又止，躊躇了半天，才開口說道：「我盡力。」

我想這麼複雜的陣法，這麼艱鉅的任務交給小北，他現在的精神負擔也很重，我原本想安慰小北兩句，但終究還是什麼也沒說，可能現在任何一句話也會成為小北的壓力。

在交代完小北以後，王武關心了一下被咬傷兩人的傷勢，好在處理及時，應該不會影響明天的戰鬥。

我們不能紮營，甚至連生火都有嚴格的限制，總之一切關於人類活動痕跡的事情都是小心又小心，三十七個漢子，到最後只能生一堆火，為的是防備野獸，加上吃一口熱食。

幾乎是沒什麼休息的，大家輪流著休息，全部都在為小北他們幾個布陣當下手，這樣的大陣布置在山谷裡，光是不著痕跡的做陣紋也是一項大工程。

我是第一批上去幫忙的，儘管我很疲憊，但是也絲毫不敢懈怠，總是覺得這一次行動的規模大了一些，會不會有什麼隱瞞我們的？

但就算隱瞞了又怎樣？就像不能讓普通老百姓知道的事情，始終不會讓普通老百姓知道。

三個多小時，到早晨八點的時候，我被換了下來，然後被告知，我有六個小時的休息時間，我離開之前，看了一眼小北，他光著膀子，在這山裡並不炎熱的夏季早晨，額頭上汗珠密布，連手都有些微微發抖，可見壓力之大。

我原本是不打算說什麼的，但到底還是忍不住走過去拍了拍小北的肩膀，小北很是敏感的對我說了一句：「承一，我扛得住，我做得到。」

說這話的時候，小北的雙眼通紅，連神態都有些神經質，我怕這樣的任務把他給壓垮了，原本想說：「盡人事，安天命吧，有我們在，就一定給你完成大陣的保障，誰想破壞你布陣，除非踏著我們的屍體過去。」但是話到嘴邊，卻變成了：「我相信你。」

小北一聽這話就笑了，連皺著的眉頭都舒展開來了，彷彿我相信他，他就一定能夠完成一樣。

我默默走回了臨時的紮營地，說是紮營地，其實就是讓休息的大家都聚集在了這裡，地上鋪了幾張簡單的毯子擠在一起睡覺，為了減輕負重，連睡袋都沒有。

人疲勞到極限，反而一時半會兒睡不著，我爬上一塊大石，脫下有些沉重的軍靴，才感覺稍微好了一些，摸出了一顆藥丸和水吞下，心想這算是唯一的好處了，多一天時間，我可以多吃五顆藥丸，那時候能力就算沒有恢復到巔峰的時期，也算差不多了吧？就是山裡條件苦點兒，哪有溫水讓我化開藥丸，只能忍著苦澀，在嘴裡化開。

也就在這時，一雙手拍在了我的肩膀上，一枝菸毫無預兆的塞進了我的嘴裡，我回頭一看，是洪子，他不是先頭部隊，帶著人去到真正的邊境線，避免突發狀況出現嗎？怎麼會出現在這裡？

跳上大石，挨著我坐下，洪子說道：「部隊已經在那邊紮營了，對外打著的口號是臨時的、緊急的軍事訓練，部隊守在距離這裡直線距離兩三里以外的地方，過了那條線，事情就敏感了，那是最後一道防線。」

直線距離兩三里，在這山裡就是不可細算的距離，所以緩衝空間還是大的，說到底如果真有漏網之魚，部門以為的就可以用熱武器來解決了，不過事情的背後想起有點兒淒涼，至少意味著我們的犧牲消耗了那群人大部分的能力，大到可以用熱武器解決了。

吐出一口煙霧，洪子說道：「不過，我回來了，帶著一支五人的部隊和一些國際上禁用的槍械設備，作為你們這支隊伍的補充力量回來了。」

「為什麼要回來，這裡是戰鬥的第一線，那麼危險？」我眉頭微皺，說實在的，我的夥伴能多一個是安全的，都是好的啊。

「承一，我認識你，是我第一次執行任務，時間不長，經歷了很多，甚至生死，我沒有辦法看著曾經的生死夥伴在這裡戰鬥，而我卻在相對安全的地方等待著，承一，我做不到。當組織不放心，臨時宣布了這個任務以後，我就回來了，還帶回來了一個祕密的消息，這個消息王武也是知道的，剛才我和他溝通過，因為這個消息的不確定性，和特殊性，所以他是準備在明晚才宣布的。」洪子輕描淡寫地說道。

經歷了這麼多，我這顆心已經麻木到難以為什麼所震撼了，只是默默的吸菸，並不細問。

洪子自顧自地說道：「這一次，我們要面對的很有可能不是人，誰也不知道是什麼程度的傢伙，所以，我們帶著禁用槍械過來了，原本是沒這個必要的，畢竟這種程度的鬥法，普通人，熱武器所起的作用不大！但如果不是人的話，那麼……總之，你放心，我們作為狙擊手是離戰場很遠的。」

說到最後，洪子反而拍了一下我的肩膀，像是很輕鬆一般。

我知道他沒說完的話是什麼意思，如果不是人了，就要失去人最大的優勢——靈魂力，畢竟人是萬物之靈這個名字不是白叫的，那麼反而給了熱武器一定的發揮空間。

我的手抖了一下，因為我不由自主的就想起了楊晟，我會在這裡遇見他嗎？

可是不是人，反而不是讓我們輕鬆的事情，如果是人和某些存在混雜在一起，我們面對的情況更艱難，組織為什麼不提前告知我們這些？

腦子裡想的事情很複雜，可是到此時已經不是我關心的問題了，我更關心另外一件事兒：「洪子，你上次都被開膛破肚了，你的傷好了嗎？」

洪子一笑，一下子扯開了衣服，我看見他的傷口上趴著奇異的蟲子！

第八十三章　模糊的線

還沒等我看清楚，洪子已經拉上了衣服，很是輕鬆的對我說道：「完全的生物技術，效果不錯，我恢復得也不錯。」

「你能說清楚一點兒嗎？」我的目光中有了幾分焦急，我就在想，洪子那麼嚴重的傷勢，怎麼可能在我昏迷的短短幾天就好了？那隻奇怪的蟲子，難道是苗疆的蠱術嗎？洪子怎麼接觸到的，這樣的術法不可能沒有副作用的。

「其實，傷勢還是在恢復中，這蟲子是我在特殊的醫院，懇求一個醫生為我放的，牠沒有什麼副作用，說實在的，也沒有什麼醫治的作用，唯一有一個作用，就是牠能分泌一種液體，類似於微量的麻醉劑，讓我對疼痛沒有感覺，不影響我的行動，醫生說，那比化學藥劑要好一些，因為我固執地要參加行動，行為激烈，要求他給注射封閉，或者是……有強烈鎮痛效果的藥，他就給我用了這個。」洪子簡單的跟我說道。

我說為什麼看著洪子肚子上的傷口還觸目驚心，他卻還是行動自如？原來他是用這種代價來參與我們的行動，我開口欲說點兒什麼。

洪子已經一巴掌拍在了我的肩膀上，說道：「承一，你別說什麼了，這件事兒大夥兒都知道，我原本是帶領部隊的，大家放心，這一次就算來到了戰鬥第一線，也只是負責狙擊，對我影響不大的。我只是，只想和大家並肩戰鬥！和老回比起來，我這樣算什麼？當我是哥們，就別阻止我。」

說完，洪子掐滅了香菸，也不給我說話的機會，跳下了大石，我望著洪子的背影，心裡明白，只是和我的一次行動，已經讓趙洪這個男人從稚嫩的菜鳥變成了一個真正的戰士，這不是應該驕傲的事情嗎？為何我的心裡卻有一些難過？但具體難過什麼我也不知道。

為了保持戰鬥力，我最終還是去睡了，只是不忘給手機設置一個鬧鈴，讓自己能準時三小時服用一次藥丸，這裡的環境不是很好，雜草間總是有蚊蟲，躺在薄毯上，也感覺地上很硬。可是我到底是疲勞了，聞著青草與大地的泥土氣，還是很快就睡著了，只是中途起來，迷迷糊糊地吞了一顆藥丸。

下午兩點準時醒來，洗了把臉，又該我輪值幫助小北完成陣法，小北此時完全已經進入了一種癲狂的狀態，沉溺在了陣法裡，除了關於陣法的事情，任誰說什麼，問什麼，他都一概不答。

我不太懂得這個陣法具體的布置，但是我也是學習過陣法的人，所以我大概能看得出來，這個陣法連一半的完成度都沒有，但現在已經是下午兩點多，我的內心也忍不住有一些焦急，但願在魯凡明一夥人趕來之前，陣法能布置完成，從王武焦急的神色來看，這個陣法是這次行動的關鍵，非同小可。

我盡力地幫忙，也是壓榨似的對待自己，只希望陣法的完成能夠快一些，不過這樣複雜的陣法，我個人的力量實在有限。

一直到下午五點多，王武一再地催促，我才離開了布陣的範圍，看著王武，我的臉色不太好，王武卻誤以為我是不滿他的催促，才會如此，小聲的對我說道：「承一，你也是主要的戰鬥人員，陣法這種事情頗為消耗心力，你這樣會影響戰鬥力的。」

我也不說話，只是一把拖著王武到了一個僻靜的角落，說道：「你既然如此在乎這次戰鬥，又多次強調陣法重要，為何不提前把陣法圖拿出來給小北研究？」

「其實不是我，這是上面的……」王武微微皺眉，想要解釋。

「其實我很討厭道家陋帚自珍的那一套習慣，這套陣法圖很珍貴嗎？怕別人學會，所以這種時候才拿出來嗎？別為上頭找藉口。」我其實也明白，這件事不關王武的事情，我只是心力窩火，單純想發洩一下。

「這不是你以為的這樣的，你別這樣想！事實上，為了這套陣圖，據我所知，上面的高層人物有好幾個陣法大家，將近一個多星期不眠不休了，為的是能讓這殘陣能夠發揮作用，做到這一次沒有漏網之魚，有些事情我還沒有宣布，你是不明白的，我……」王武耐心這麼好的人，面對我的說法都有點兒急了。

我卻想到了什麼，張口想說，卻還是沒說了，果然王武說道：「等下八點的時候，我會開一個小會，到時候你就明白了。」

我點頭，沒有多說什麼，離開了。

休息的時間是寶貴的，為了自己能有最佳的狀態，我胡亂地吃了一點兒東西，就開始打坐，很多道家人都是如此，或者打坐在別人眼裡看起來很神奇，一不小心還會腿麻，但是對於懂得的人來說，這確實是調整自己狀態的最好方式，只是不足以為外人道也。

這樣的緊密的安排下，時間過得飛快，當手機的震動把我從某種狀態中驚醒時，抬頭已經是月上中天，晚上八點了……小北，還有幾個布陣的關鍵人員沒有參加會議，現在會議內容是什麼，我們要面對什麼，對於他們來說已經不是關鍵，關鍵是他們要在規定的時間內，完美地完成陣圖上的陣法，如果說深夜的概念是晚上十一點，那麼現在離十一點已經不到三個小時，還有萬一的情況出現，就比如魯凡明一夥會提前到達……我不敢想這個可能，我遠遠地看了一眼在燈光下忙碌的小北，他的臉色蒼白而難看，頭髮也亂七八糟地豎立著，嘴上還神經質地念念有詞，情況應該不是太好。

王武的臉色也不是很好看，第一次會議時，他問別人要了一枝菸點上了，只抽了一口就直咳嗽，可他還是拒絕了別人遞過來的水，又狠狠地抽了一大口才開口說道：「這個時候，是要透露給大家一個消息，這個消息，我也是在臨走之前才收到的，因為上面不確定，只是在臨走前，覺得有百分之四十的可能，才特意在我面前強調了一下。因為這個消息涉及到一些真正的大機密，我是沒有辦法給大家提前透露什麼的，只有到這個時候，我才有透露的許可權。」

大家都很沉默，到了這裡以後，惡劣的環境，像發條一樣繃緊的忙碌，讓大家的心理承受能力到了一個臨界點，如果沒有爆發，那就是麻木，和我一樣，什麼消息都不足以引起我的震撼了。

王武也不想管大家的情緒，做什麼戰前激勵，估計他的壓力也挺大，他一邊狠狠地抽菸，一邊有些暈乎乎地說道：「我們要面對的可能不是人，是一種特殊的怪物，介於殭屍和人之間，關鍵的不是這個，關鍵是有一條消息，魯凡明一夥人會把某樣東西作為『禮物』帶出華夏，可是那樣東西是不能流傳出我華夏的，包括某些祕密，我也不是很清楚，這中間還牽涉到內部的博奕，我們不要問原因，只記得一點兒，不能放他們任何一個人過去，而他們所有的隨身物品，特別是箱子，一律不許碰，務必完整地帶回去，如若戰鬥到最後一個人，都無法阻止，那麼最後那一個人，請記得無論用什麼代價，那把信號槍都必須打響。」

王武說完了，往地上一躺，有些難受的樣子，這是第一次抽菸醉菸的表現，這小子壓力太大，已經到了承受的極限，一個不會抽菸的人，大口大口地抽菸，沒有吐出來，已經算他厲害了。

箱子？重要的物品？我腦子裡模糊地串起了一條線，卻覺得關鍵的地方串連不上，我懶得再想，我始終只記得一點，這件事情估計和楊晟有關係，按師傅的說法，他已經流落到了國外，可是我卻明明在國內也看見了他，就在那一天，我還收到了他的信，事情不會這樣偶然的。

王武難受，一個作為副隊的人，繼續分配著任務，我腦子裡想著事情，也只聽了個大概，總之沒我什麼事情，我只需要準備戰鬥就行了，就比如說準備各種法器、符籙、藥丸什麼的……別到時候因此延誤時間。

另外，有一個人被派了出去，這個傢伙不肯透露真名，只肯說自己叫小霍，他有一手絕活，就是可以和某種動物溝通，這一次他的任務是「斥候」，就相當於偵察兵。

在某種時候，這種存在比高科技來得更加保險。

不過，「斥候」都已經派了出去，離戰鬥打響的時刻還遠嗎？我莫名地沒有覺得任何的緊張，只是緊了緊自己的鞋帶。

第八十四章 來了

可是人是群居動物，所有的情緒都是會受到他人感染的，當那些代表著緊張的此起彼伏的呼吸聲，那「滴答、滴答」的時間流逝聲在我耳邊響起時，我原本還平靜的情緒，終於被點燃，我的呼吸開始慢慢的急促起來，心跳也開始加快，大顆大顆的汗珠從我的額頭滴落，我也算是經歷過很多次生死大戰的人了，我不明白我這次為何會忽然緊張到這種程度。

整個紮營地很安靜，除了布陣時傳來的「窸窸窣窣」的腳步聲，剩下的就是小北偶然的咆哮聲，他是催促那些幫忙布陣的人，讓他們動作快一些，讓他們不要出現一絲紕漏，而每當這種時候，王武就會衝上去捂住小北的嘴，然後在小北的身邊柔聲的安撫他，但具體小北有沒有聽進去，我也不知道，因為他還總是會咆哮，至於王武，是過於擔心打草驚蛇吧？

慧根兒站在我的身邊，然後過了一會兒又坐下了，接著就是反覆地擦拭他的戒刀，這樣的動作他已經重複了四、五次，我把手放在他的光頭上，問道：「緊張嗎？」

「嗯，緊張，因為額沒殺過人。」慧根兒說到殺字的時候，手明顯地顫抖了一下。

「為什麼會說你今晚會殺人？殺戒難道不是要戒的嗎？」我問道。

「如果不殺，就會死更多無辜的人，造更多的孽，那可不是慈悲，佛法不是一成不變的，有時候殺即是仁，就如孫悟空一路行去，還殺了不少妖怪咧，那些傢伙不是人。」慧根兒對我說道。

這些話不無道理，那些傢伙也的確算不得人了，我想起了魯凡明的密室，想起了那慘絕人寰的一幕一幕。

沉默了一會兒，慧根兒忽然開口說道：「哥，其實額怕。」

我手放在慧根兒的光頭上，到底他也還是一個十幾歲的少年，而且在這之前，心性比一般的孩子都要單純許多，忽然就要面對這樣的殘酷，逼著他成熟，只有這句我怕，還代表著他是一個孩子。

「其實哥以前也經歷了很多，在那之前，哥也害怕，可是你相信哥，當你投入其中的時候，你就不會害怕了，真的。」安慰是沒有用的，這個時候只能把自己的體驗告訴慧根兒。

慧根兒還想說點兒什麼，可已經沒有機會說了，這個時候，一個身影顯得有些倉皇地跑回了營地，是小霍，我的心陡然提緊了，下意識的看了一眼手錶，現在不過十點十分，魯凡明一夥這麼快就到了？

不止是我，所有人都緊張了起來，有好幾個人站了起來，甚至有人問出了「怎麼回事兒？」，不是說好深夜的嗎？畢竟是要面對不是人的傢伙，誰沒壓力？

在如今的華夏大地上，就算圈子裡的人，見過殭屍的又有多少？畢竟殭屍在某些政策下，已經沒有太多存在的可能了……

可這時王武表現出了一個隊長該有的素質，他揚起了一隻手，比了一個手勢，那就是安靜，王武說過，到了某些時刻，一律用手勢交流，為的保證不要打草驚蛇和行動的一致性，那些並不算太複雜的手勢，已經被大家牢牢記在了心裡，此刻就是用手勢的時刻了嗎？

這是一個大行動，沒人敢不聽指揮，王武的手勢之下，大家很快安靜了下來，可是那緊張的呼吸聲卻是怎麼也掩飾不住，王武也顧不得這些了，因為此時小霍已經跑到了王武的身邊，在他耳邊說著什麼。

王武的神色變得嚴肅，然後忽然扯下了對講機，直接用對講機和大家交流：「還有二十分鐘左右，魯凡明一夥，四十一人就會趕來這裡，立刻收拾現場，準備埋伏。」

這時小北的聲音忽然又開始咆哮：「我的陣法還沒有做完，我……」

王武捂住了小北的嘴，他的聲音通過對講機清晰的傳入了我們每個人的耳朵：「陣法等一下再繼續，因為必須把這些人困在山谷裡，相信我，我們會用生命給你爭取完成陣法的時間。」

小北還在癲狂的掙扎，王武這時乾脆拿起小北放在旁邊的水壺，劈頭蓋臉的給小北淋了下去，那「嘩嘩」的水聲在對講機裡分外的刺耳，但這一招是有效的，小北從一種癲狂的狀態中醒了過來，有些頹廢地低下頭說道：「陣法至少還需要一個小時才能最終完成。」

王武在小北的肩膀上拍了一下，說道：「放心吧。」

小北蹲下去，有些痛苦地揪住了頭髮，我瞭解小北的痛苦，顯然那一句用生命為他爭取時間刺激了他……

他如此癲狂的投身於陣法之中，為的也就是最終不要拖累大家。

也不知道是出於什麼衝動，我忽然對著對講機說了一句：「小北，我們願意，我們為你爭取時間，你為我們爭取生命吧。」

我這一句無心之言，卻像是點燃了某一種情緒，我的話剛落音，就聽見慧根兒在旁邊說道：「小北叔，額也願意。」

「我們願意……」、「我們願意……」我聽見旁邊有很多的聲音這樣說道，此時王武拿著對講機放在了小北的耳邊，我看見王武的臉色也變得激動起來。

小北拿過對講機，手有些顫抖，聲音有些沙啞地說道：「謝謝，我不會辜負大家的。」原本只有沉悶和緊張的戰前情緒，經歷了這麼一下變化，忽然變得熱血了起來，大家都有一種拚命的覺悟，這倒是意料之外的事情。

接下來的事情變得簡單，山谷布陣的現場迅速被打掃乾淨了，不算密集的樹木也有效的遮擋了月光，使得這些已經畫好，並且掩藏好的陣法更加的不露痕跡，山谷變得黑暗起來，我們居高臨下地趴在山谷的上方，觀察著一切。

我的情緒在這個時候前所未有的集中，連呼吸都變得很輕柔，盯著山谷中的變化，風輕輕的吹著，可我卻連眼睛都沒有眨動一下。

「慧根兒，你知道這個小霍嗎？他的消息可靠嗎？」此時，離王武說的二十分鐘還差了十分鐘，我忽然問起了慧根兒關於小霍的事情，我認識這個小霍，對他具體的事情卻不算瞭解，其實我不是不相信他，我只是覺得自己這樣心神太過集中會導致緊張，所以想聊點別的，緩解一下自己的心情。

「小霍可厲害咧，他能和狼啊、狐狸啊什麼的溝通，他說過如果他承受得住，這漫山遍野的狼啊、狐狸啊，都是他的好幫手。」慧根兒小聲的對我說道。

溝通狼、狐狸？我還以為是蛇呢！因為小時候，我曾經接觸過一對趕蛇人，那個趕蛇人爺爺還送了我一竹罐子藥粉，非常有用，到現在我都記得！比起蛇來，無疑狼啊、狐狸啊什麼的更加聰明，而且更容易發現人類的行蹤，有牠們幫忙偵查，確實是非常厲害的一件事情。

這真是大千世界，無奇不有，難道小霍是狼孩兒？我想起了一些傳說，不過這小霍看起來可不像。

就在我胡思亂想的時候，在山谷的那邊，有閃爍的光芒亮點忽然出現了，晃一下，又消失了，接著越來越多的光芒開始晃動，那種光芒我很熟悉，是強力手電筒，他們來了嗎？

這是我的第一個想法，第二想法卻是這魯凡明夠囂張的，在如此的壓力下偷渡，都敢用強力的手電筒！

扯了一片草葉子放在了口中，我的心忽然就充滿了強烈的戰意，魯凡明這一次你再也跑不掉了！

第八十五章　戰鬥打響

手電筒的光芒越來越多，也越來越亮眼，漸漸的，有一個人影出現在了那邊的山頭，接著就是第二個，第三個……我們隱藏在暗處，他們打手電，所以，山頭那邊的風吹草動我們都看得很清楚，因為有消息說，我們面對的很有可能不是人，我怕看見的是一群「殭屍怪物」，但事實上不是這樣，至少我看見的已經出現了二十來個還是很正常的人。

氣氛已經到了一個緊張的臨界點，此時在我周圍幾乎連呼吸聲都聽不見了，人緊張到極限的時候，不是大口的喘息，而是本能的屏住呼吸，現在我們就是這種情況。

越來越多的人湧到山頭，走在前面的人已經開始下山，這個時候我也才看見了不對勁的地方，最後出現的十個人，在這麼炎熱的天氣裡，竟然一人戴著一頂帽子，身上披著斗篷，難道這就是……？我眉頭微皺，第一是因為真的可能有這樣的怪物，第二是因為我沒有看見魯凡明的身影。

不過，這也正常，按照老回留下的資訊，魯凡明已經變為了怪物，說不定那四個戴著帽子的人裡，有一個就是魯凡明！只不過他們帽簷壓得太低，又穿著斗篷，我認不出來而已。

不多不少，四十一個，這些人開始陸陸續續地下山，兩個山頭之間的直線距離並不遠，只是中間隔著一個山谷，所以在安靜的深山裡，我們能聽見他們斷斷續續的說話聲，不過都是沒什麼意義的廢話，什麼但願此行順利啊，挨過去之後，又可以過好日子了啊之類的。

王武趴在最前方，此時已經比起了一個手勢，這個手勢的意義代表是，只要他們一下到山谷，接近陣法之前，第一隊就要衝出去。

第一隊有十四人，是一個純粹的武力小隊，說明白點兒，就是擅長肉搏戰的隊伍，他們將擋在第一線，拖住那些人，為我們爭取施法的時間，慧根兒就在這第一小隊裡。

時間一分一秒的過去，下山谷的山坡雖然陡峭，但是畢竟是下坡，所以他們前行的速度不算慢，只是短短二十幾分鐘以後，他們大部分人已經下到了山谷中，剩下的只是那些披著斗篷的人。

他們的動作有些僵硬，所以導致下坡的速度有些慢，我心裡冷笑，到底是到不了老村長的「高度」，這算是失敗嗎？

已經下到山谷裡的人倒也耐心，就站在山谷的邊緣等待著，很神奇的事情發生了，那些披著斗篷的人彷彿是不耐煩這樣一步一步地走下山谷，在剩下將近三分之一路程的時候，竟然在如此陡峭的山坡上，一個個縱身跳了下來。

在聚集的手電筒光下，我清楚的看見那些人跳下山坡以後，若無其事的站了起來，其中幾人的帽子掉了，在手電筒光下，那是幾張極其恐怖的臉，這種臉我是第三次看見了，新的皮膚和腐敗的舊皮膚交錯，新的肌肉組織和舊的肌肉組織交錯，凹凸不平，異常恐怖的臉……

我的身後響起好幾聲低低的吸氣聲，顯然是被這詭異的一幕嚇到了，王武回過頭來，狠狠的瞪了後方一眼，那些一時間承受不住的人，紛紛捂住了自己的嘴，不讓自己發出一點兒聲響來……

那行人繼續前行，王武舉起了右手，伸出了五指，開始倒數計時，所有人都清楚，當王武的手捏成拳頭的時候，就是行動開始的時候，狂風暴雨應該來了……

五，那行人已經走過了山谷的邊緣……

三，他們離山谷中掩藏陣法的那片稀稀疏疏的林子還有三十米左右的距離……

零，王武捏緊了拳頭，那個碩大的拳頭在月光下，竟然充滿了一種異樣的爆發力，此時那行人剛好走入那片稀稀疏疏的林子前方的那片雜草叢生的空地……

「衝……」一個漢子忽然站了起來，這個人是第一隊的隊長，名叫陳力，個子魁梧，身高有兩米之高，也是一位佛門用祕法修體之人，他陡然站起來，就如一座山峰拔地而起，那聲「渾厚」的衝字無疑瞬間就點燃了戰火。

陳力第一個衝了出去，一直趴在我身邊的慧根兒也虎吼了一聲，站了起來，跟著陳力衝了出去，一時間十四個漢子如風一般紛紛都衝下了我們所在的那個山頭。

那是一幅震撼的畫面，一群男人如風一般的衝刺，帶著爆發的力感，和咆哮的虎吼提升氣勢，這樣的場景讓我有些恍神，不自禁的就會想起如果是真的戰場，千軍萬馬的衝刺該是一幅怎樣的場景。

與此同時，一聲響亮的呼哨聲在我們隊伍中響起，接著是一聲唯妙唯肖的狼嚎聲在山頭上長嘯不已，帶著長長的尾音迴盪在整個山脈，是小霍……

而回應小霍的是從四面八方傳來的類似狗叫聲，卻短促有力得多的狼叫聲，是狼群過來了……是山林狼！雖然沒有草原狼強壯，可是卻狡猾得多的山林狼群……

那些狼叫聲從四面八方傳來，聲音越來越接近，是朝著魯凡明那行人身後的山坡，為的是堵住魯凡明一行人的後路！

短短十秒鐘，異變陡生，站在空地上的魯凡明一行人就這樣措手不及地被包圍了，在手電筒光的映照下，我看見他們有些慌亂，甚至還沒有回過神來。

此時第一隊已經藉助下坡衝出了一百多米，在山谷裡，魯凡明那行人終於反應過來了，我聽見一個沙啞難聽的聲音叫道：「關上手電筒……」而那聲音並不驚慌，帶著鎮定，彷彿我們的突然包圍都是意料當中的事情。

這個聲音有些熟悉，但是又極度陌生，可是在那一瞬間，我就咬緊了牙關，是的，是不一樣，但不妨礙我聽出來那就是魯凡明的聲音！關上手電筒，很精準的判斷，一下子就扳回了劣勢，只要關上手電筒，趁著第一隊還沒衝到他們跟前的空檔，就四處散開，躲藏起來，無論是鬥法，還是想趁亂分散逃跑，都爭取了極大的優勢。

可是有用嗎？此時的我已經站了起來，越來越多的人也已經跟隨站了起來，在這邊的山頭上，是一片刻意修理平整的空地，一時間，各種行咒的聲音響起，掐訣的，踏罡鬥的，用言咒行佛門祕法的紛紛行動起來，我們要為第一隊護法，讓他們順利衝過去！

「澎」「澎」「澎」接連的幾聲，在手電筒光紛紛熄滅以後，幾個巨大的探照燈亮起，直指山谷中的空地，所以有用嗎？我們早就已經做好了準備。

我沒有急著出手，因為我靈魂受創，此時並沒有恢復完全，也就意味著我出手是受到了巨大的限制，我已經打定主意，要不我就不出手，一出手就要是「絕殺」！

我的眼睛死死地盯著慧根兒，他在奔跑中，那把戒刀已經拿在手中，雪亮的刀光在燈光的映照下，在極快的速度中，在黑夜裡印下一道道雪亮的光影，今夜，它是註定要飲血的，但願慧根兒不會有事情，我必須盯著他。

隨著第一隊人的衝出，小北他們幾個負責陣法的人也匆忙的跑下了山頭，他們身負重任，還要完成陣法！

而魯凡明一行人經歷了最初的慌亂後，在探照燈下，卻在瞬間已經不再驚慌，他們的那群人中，魯凡明那沙啞難聽的聲音不時的響起：「不要慌！」「開始鬥法吧！」「拿命出來拚吧！衝過去，就是好日子等著我們！」

我隨著聲源，不停在尋找著魯凡明的身影到底在哪裡，終於，我發現了魯凡明，就是那群戴帽子的人當中，身形最高大的一人！

魯凡明，雖然我沒有輕易的出手，但不代表我沒有辦法，不會出手，我從衣兜裡摸出了幾張符籙！

第八十六章　震撼的戰場

我用過各種方式去戰鬥，但是很少用符籙去戰鬥，原因有兩點，第一，是能夠直接用於戰鬥的控符術已經失傳，戰鬥時，你總不能傻呼呼地跑別人身上去貼張符吧？要知道在短兵相接的鬥法中，能夠直接用於攻擊的一般都是五行符籙，那符籙是作用於別人身上的。第二，師傅曾經說過，過多的依賴外力，最終只能淪為末流，儘管現在的符籙幾乎都是輔助類符籙。

我這幾張符籙是藍色的符籙，嚴格說起來是屬於五行輔助類符籙，積雲採雷符，就是輔助人快速聚集雷氣，不耗費自身的靈魂力引雷而來，不過威力也實在有限，每一張符籙只能輔助人發出一道雷電。

不過這也夠了，配合我學習過的一個祕陣，確實是夠了！

我掏出的符籙有五張，剛好夠一個小小的祕陣使用，這個祕陣也沒有過多的作用，說簡單點兒，就是一個聚合型的祕陣，可以把五張符籙的威力合而為一，今天小爺要用一個特別的戰鬥方式！

我的目標只是魯凡明，其他的人我信任我的戰友！

我穩定又快速地拿出朱砂盒和畫陣的工具，望了一眼戰場，我不得不說比起千軍萬馬的戰場，加起來將近上百的「異能者」戰場，更別有一番震撼效果！

曾經刻印在我心裡最震撼的戰鬥是在黑岩苗寨深谷裡的那一場戰鬥，為了十方萬雷陣，幾十個道士同時踏起步罡，同時行咒，而在山坡上幾十個男人在雷雨中奮不顧身的戰鬥！

這一次，比起那一次毫不差勁，因為各自施展術法，踏罡鬥之身影，掐訣之行咒聲不絕於耳，這些術法都是要溝通天地而成，如此多的人在如此狹小的範圍內同時施術，這一片地方的天地氣場已經被隱隱打亂，失去了一種固有的平衡，最直接的表現就是一股股亂風毫無規律地從四面八方吹起，大地也在隱隱震動，樹葉被吹得嘩啦啦作響，亂草的草葉顫動，朝著各個方向亂七八糟地倒去，或者草葉交錯！

天地能力，氣場聚集到了極限，山雨欲來風滿樓！

更加具有視覺衝擊的是，一雙雙在黑夜裡閃著特有綠光的眼睛出現在山谷的那頭，越來越多，狼群來了，在亂風中，在震顫的大地之上，一隻跟小牛犢子一樣大的頭狼在月光下，仰天發出了一聲聲的長嚎，群狼安靜，回應牠的是小霍同樣的仰天長嚎……

這才是「異能者」、「修者」的群戰，讓人在心情激盪之下，不禁想夢迴那個神話時代，親自去參加那一場「封神之戰」，我輩可否求得一榜之名？

深吸了一口氣，在靜心訣的輔助之下，我從這震撼的戰鬥場面中抽離出來，完全沉浸在了自己的心神之中，隨著我一筆筆符紋的落下，那個屬於老李一脈特有的小祕法之陣——聚合陣很快就已經完成。

閉目，恢復了一下自己的心神，再次睜開眼時，陳力帶著第一隊已經衝出了那個掩藏著大陣的稀疏樹林，隔著十米的距離，就要與魯凡明一行人短兵相接了。

那邊的隊伍沒有驚慌，只是從隊伍裡站出了十來個人，道家一樣有專門的祕法修體者，而站出來的人也有佛家之人，或許嚴格說來他們跟隨如此喪心病狂的隊伍，應該也不算佛門之人了吧，佛門中也有惡頭陀，再說佛門分支頗多，也有打著佛家名聲的邪教之人！

對於這些人站出來，我不太在意，我在意的只是，在這些人當中，赫然就有兩個披著斗篷的人，不，那不是人，是怪物！

可是，此時短兵相接也只是瞬間的事情，我擔心慧根兒也是不能阻止他們的「碰撞」的，我捏著幾張符籙，抿著嘴角，一張，再一張，彷彿是完成一個神聖儀式一般地放下一張張符籙。

「兄弟們，拚了！啊……」陳力那彷彿是從胸腔中放出的渾厚男聲，在山谷中響起，迴盪，伴隨著一聲長嘯般「啊」字的尾音，陳力提起了手中那根傳聞中頗為不凡的銅製長棍，第一個和敵人碰撞了起來！

而他碰撞的對象赫然是一個身著斗篷的怪物，只因為這斗篷怪物的速度太快，幾乎是身形一動就衝到了人群的最前方！

那是力與力的純粹碰撞，雙方都在極限衝刺的速度之下，沒有防禦，只有發狠般發力的碰撞，這一種碰撞，彷佛是兩顆飛出炮膛的炮彈狠狠碰撞在一起，發出一聲沉悶的「砰」的悶響，竟然震顫了整個山谷……

兩人幾乎是靜止了一秒，然後各自被那強大的力量彈射開去，那個身著斗篷的怪物像個滾地葫蘆一般的滾開來去，而陳力也是狼狽地倒退了十多步，在一聲怪吼之下，他狠狠把手中的銅棍插在了地上，才穩住了身形。

這一次角力，是陳力勝利了，這是什麼樣的怪物啊？竟然和殭屍怪物來了一次比拚力量，還勝利了。

我有一種心情激盪的感覺，我華夏傳承幾千年，臥虎藏龍，就算到了當代，人類或者走上了另外一條路，可是傳承的光輝豈能因此湮滅？

而這時，小霍的長嚎之聲就如戰鬥的背景之音在我們身後響起，頭狼回應一聲，狼群衝了下來！而在魯凡明一行人的隊伍裡，又是三個身著斗篷的人站了出來，迎上了狼群……

我的陣法已經完成，靜心掐訣，我已經不能再關注戰場的一切，但願慧根兒能在這第一波衝擊之下，像個男子漢一般的屹立不倒，如果你選擇的是這樣一條路，如果你已經身陷在這種漩渦當中，這就是必然的成長過程！

這是我對慧根兒的祝福。

在符籙輔助之下，我這一次的引雷幾乎沒有任何的難度，歲月讓人成長，曾經我以為我很弱，是一個菜鳥，卻屢屢以年輕一輩的身分做出一些「驚世駭俗」的事兒，我以為這靠的是老李一脈的名聲，靠的是我的靈覺，就算我在鬼市莫名得了一個年輕一輩第一人的稱號，我也覺得有一種不真實的感覺，覺得是別人謬讚於我！誇張了而已……

這其實是一種不自信，也是師傅從小把我保護得太好，卻又離開得太匆忙，造成了我這樣依賴心重的不自信，可是在經歷了那麼多，在今天，我知道自己是可以背負起來的，我能的！

符籙幫助聚集雷氣，五張符籙，就有五道雷，一道、兩道……經過陣法的作用，在我靈覺的操控之下，聚積在了一起，在我特有的存思世界裡，它們就如五條雷龍一般纏繞在了一起。

沒有什麼困難的，就算在我靈覺受損的情況下，也沒有什麼困難的！我驚喜的發現，其實在不知不覺中，我的靈覺已經得到了成長，而我卻不自知！

陡然睜眼，在我眼中別人的身影，彷彿都已經消失了，我的目光在搜尋之下，一下子就鎖定了魯凡明的身影！

手指扣攏，控雷之訣完成，五道糾集在一起的雷龍形成一道巨大的雷電，一下子劃破天空，直直朝著魯凡明劈落。魯凡明，這是我送給你的第一份「禮物」！

彷彿是有所察覺一般，我看見魯凡明陡然抬頭，看見的卻是天空中呼嘯而下的雷電，藉助符籙之力，我竟然是所有人中第一個完成術法之人！

「吼」，魯凡明發出了一聲不似人類的咆哮，身形在瞬間就動了，雷與火無疑是殭屍類怪物的大敵，它不是傻子，想第一時間避開這道雷電，可是，你變成怪物以後，是能提高身體的極限速度，但是你快得過雷電嗎？

「轟」的一聲，雷電狠狠落下，直直地擊落在了魯凡明的身上！

第八十七章　這是戰爭，這是戰場

如果你懂得欣賞雷電，你會發現那是自然界最美麗的事物之一，它的美不是優美，亦不是幽美，而是一種力之張揚的美麗，只是第一眼，你滿心能感受到的就是一種震撼，心臟彷彿是在收緊。

在很久以後，網路發達的年代，你會輕易地找到一張張捕捉雷電的照片，你會感受到雷電應該是屬於男人的美麗，因為張揚有力得就如男人的臂膀，充滿了陽剛，所以它能成為修者的神罰之劍！

可是雷電最美麗的一刻，不是它在天空中起舞的時刻，而是它在落下以後，最激烈的碰撞，彷彿是一團煙花炸開，絢爛卻帶著別樣的凶猛，就如男人那有力的臂膀，在積蓄滿了力量以後，代表著懲罰的拳頭，終於「砰」的一聲砸向了罪惡，爆裂開來！雷光劃過，炸在魯凡明身上的那一刻，我心中彷彿是響起了一曲悠揚的音樂，我從來不是殘忍之人，可是這一刻我毫不掩飾的享受，以至於揮舞起了雙手，為我心中的樂章伴奏。

而在那一刻我也看見慧根兒，在雷光之下，高高地舉起戒刀，流線型的腱子肉如同鋼鐵一般，在上面刻畫著一個血色的，栩栩如生的怒目金剛，配合著慧根兒自己如金剛一般的表情，在雷光下是如此的震撼。

雷電落下，慧根兒的戒刀亦落下，魯凡明被狼狽擊飛那一刻，慧根兒的刀下閃耀出一串紅色的血珠，和魯凡明身上的輕煙交相輝映。

「噗通」一聲，是魯凡明的身體落地的聲音，夾帶著另外一聲慘嚎，是慧根兒身前的敵人倒下的聲音。

那一刻，我臉上帶著微笑，是復仇的微笑，我的眼前是老回那一天頭也不回，衝向屍群的背影，這只是開始不是嗎？

而慧根兒也彷彿表現出了不一樣的鎮定，那是他第一個刀下之惡人吧？他沒有激動，沒有畏懼，他也只是留下了一個微微側頭的背影，糾結的肌肉，血色的金剛，身上有交錯的傷痕，提刀的右手，刀上那道觸目驚心的血痕。

是的，他不需要激動，更不需要畏懼，早在密室，慧根兒就已經留下了誓言，從此以後放下念珠，拿起戒刀，他的刀要飲盡惡人之血！

一道雷電顯然不足以為魯凡明這樣的「高級生命」帶來足夠的傷害，何況這不是真正的神罰之劍——天雷，只是普通的雷電罷了，如果是五道天雷的話……我沒有再多想，至少做到這一步還是我能力之外的事情。

魯凡明徐徐地站了起來，或許是在想，他和另外四個身著斗篷的人自始至終都沒有動作，為什麼鬥法的第一道攻擊就會找上他？

我面帶冷笑的看著魯凡明，顯然這第一份「禮物」還不夠重，不過我也不著急，這一次我是打著為老回「找場子」的心來的，拚上性命我也會手刃魯凡明。

慧根兒咆哮著再次加入了戰鬥，他幸運的遇見的敵人很弱，可是卻很難纏，他的戰鬥短時間內不會停息，而也在此時，有人的術法完成了，是召靈之術，我沒有開天眼，也看不見具體召的是什麼靈體，總之就感覺到一道狂風撲過，直直地衝向那邊的戰場！

這是我們先行施法的優勢，可是那邊也有高手，面對著那一道快要撲落的狂風，那邊也使出了一道狂風，帶著隱隱的腥味，和幾乎肉眼都可見的血色。

果然是一群邪惡之人，做了如此多傷天害理的事情，手下如此多的人命，他們或者是認為不用來修邪法太過可惜了吧？

兩道狂風狠狠碰撞在了一起，攪起了陣陣的旋風，一棵矮樹不幸處於風口之中，竟然被那靈體力量碰撞之下的旋風力量連根拔起，吹到離地一兩米之遠的地方，旋轉了兩圈，才「砰」的一聲重重落下。

而這靈體狂風的碰撞，就如此刻我和魯凡明視線的碰撞，一樣的那麼水火不容，充滿了恨不得把對方千刀萬剮的仇恨。

不得不說魯凡明這傢伙真的有他的厲害之處，就算變為了殭屍怪物，感覺還是那麼的敏銳，在他站起來之後，竟然第一時間就望向了站在山頭前方的我，目光就如一條陰毒的毒蛇。

而我也沒有畏懼他的必要，目光輕描淡寫地迎上了他，眼底卻也不掩飾那刻骨的仇恨，手上的動作更是不停，再次拿出了五張藍色的符籙，小爺這次把家底帶來了，你要怎樣？

我臉上出現了一絲戲謔般的笑容，盯著魯凡明，而魯凡明對我做了一個抹脖子的動作，在他們那邊，估計是又一個高手已經催生出了一道紅色「妖雷」，直直地朝著我們這邊呼嘯而來，妖雷比一般的雷電威力要大，因為要獻祭有靈力的仙家靈體，這仙家從某一方面來說，也算是妖！

我相信他不是能直接召喚「妖雷」之人，只能靠獻祭之法，否則我們這邊這些人還不夠看的。

但是，我不緊張，這些獻祭之雷，不應天道，根基不穩，有什麼好怕的？果然，在我們這一邊，又有一道雷電迎了上去，一道又一道，勝在連綿不絕，消耗著妖雷之力。

雷電真美，兩相碰撞之下，如同真正的煙花在空中盛放，伴隨著大地的震顫，狂風的呼嘯，也是這一刻我和魯凡明第一次視線碰撞的背景，他抹脖子，我只是冷笑，沒有必要在乎他的挑釁，我只是對著他，一字一句地說道：「這只是開始！」

接著，一張符被我拿在手裡，又放入了陣法裡，是的，這只是開始！

如果你是一個體育迷，是可以來看一次修者的戰鬥，因為這裡有各種祕法加持的各種極限，就如超越了人體極限的速度和力量……如果你是一個沉迷於電影特效的影迷，你也可以來看一次修者的戰鬥，因為這裡有各種挑戰你想像的特效極限，天空中盛放的雷電之花，身邊呼嘯著迷離人眼的駭人旋風，甚至你可以把天眼當成3D眼鏡，看著各種你不可思議的靈體，在天空中一次次的碰撞、撕咬、吞噬，伴隨著大地的震顫。

是不是很刺激？但前提是你一定不能是一個心軟的人，更不要是一個心臟有問題的人，因為在這裡你同樣要承受戰場的血腥，甚至這種血腥更直指你的心靈，因為這比熱武器殺人更加震撼……

我不知道狼群來了多少，死了多少，牠們一個個倒地的屍體，只是為了證明那些身披斗篷的怪物戰鬥力有多麼驚人，風一般的速度，變態的力量，不知疲倦的身體，甚至不怕撕咬受傷的承受能力……楊晟啊楊晟，這就是你的研究成果，做出來的怪物？

如果狼屍不夠震撼，那一地的狼藉也不夠震撼，就看看前方浴血奮戰的戰士倒下的屍體吧！是的，到現在為止，我們這邊前線戰鬥的人已經死去了七個人，對方也死去了十個人，每一個人的死亡，都是廝殺到了極限，那廝殺帶來的每一道傷口都在挑戰人類承受的極限，這不是用語言能描述出來的傷痛與悲涼……

而還在戰鬥的人，也是在承載人類能承受的極限傷害與痛苦！

前方的人戰死，後方的鬥法人也一樣不好過，鬥法之下，輸了就一定是死亡，因為沒有人保留，出手既是大術，就算大術的餘波也不是人類的身體能承受的。

我們這邊鬥法的人死去了整整五個，那邊我沒辦法統計，因為我也在不停的施術，只是每次都會看著一個又一個的人倒下，這就是戰爭。

來時的三十七個漢子，只是戰鬥了四十一分鐘，就已經死去了十二個。

可是戰鬥還在繼續，誰也沒辦法停下來，我被鬥法的餘波傷到，嘴角溢血，還被雷電的餘波傷到，身上多了幾處焦黑，我的手還沒有停歇地摸著身上的每一個衣兜，都空了，只剩下最後一個兜，那裡面裝著五張紫色的雷符，我能做到什麼程度？

看著身邊的元懿大哥，也是戰鬥到了極限，我之所以能在如此多的鬥法之下安然，是因為元懿大哥一直在我身邊戰鬥，高寧也會時不時地支援我，至於強子，我不知道他在幹什麼，元懿大哥一再提醒不要我看。

慧根兒幾乎已經成了一個血人，可手中的刀未鬆……

我看了一眼小北，他已經陷入了一種絕對偏執的狀態，神色冷靜，可是眼神已經瘋狂，大陣是快要完成了嗎？我感受到了天地氣場一陣陣異樣的波動！

呵，戰吧，我分出一張紫符放入了陣法之中，這是我僅有的五張紫色雷系輔助符籙，是師傅留給我的「財產」當中，僅有的五張……

第八十八章 戰局風雲

在放入最後一張雷符的時候，我從開戰以來，一直穩定的手第一次有一些顫抖，第一是因為這是我僅有的五張紫色雷符，於我來說，那是代表著對師傅的一種紀念，如今我將要用掉它們。第二，是一張紫色符籙的威力於我已經是很可怕了，何況是五張雷符的聚合？我能控制得了嗎？

我無法去預測後果，五張雷符聚集引來的是什麼？可是戰爭比逆水行舟還可怕，逆水行舟，不過是不進則退，而戰爭確實不戰則亡，而且還要承受失敗帶來的可怕後果。

犧牲已經很多，狼的血和人的血混合在一起，就算天地氣場因為鬥法而如此的不穩定，狂風大作，可也吹不散瀰漫在戰場上空的血腥味。

可是你以為這場戰鬥這樣就已經到了白熱化的程度，那就錯了，因為十個披著斗篷的怪物一個都沒有死掉，一個都沒有，而我們已經犧牲如此之多！

當大陣開啟之時，那才是殘酷的開始吧？另外，我用掉了身上幾乎所有的符籙，現實卻很諷刺，我只是給魯凡明造成了一定的麻煩，連他有沒有受傷我都不敢肯定！

這究竟是要戰鬥到什麼程度啊？把最後一張符籙放進了聚合陣，我深吸了一口氣，我並不失望，魯凡明沒有怎麼樣，我也沒有怎麼樣，至少事到如今，我連自身的二十分之一都沒消耗到，只是控雷而已算什麼？真正對拚的時刻還沒有到來！

閉上眼睛，這一次我不敢托大，因為當最後一張紫符放入聚合陣的時候，我立刻就體會到了天地間有一股狂暴的能量正在聚集，而且速度快到幾乎超出我的想像……

我努力控制著這狂暴的能量，第一次靈魂力消耗到了某種高度，這一次五道巨大的雷電已經不像我使用其他符籙一般只是纏繞在一起，而是奇異的產生了一種互相融合的狀態！

這是要做什麼？雷電在聚合完成的那一剎那，由金黃色變成了一種更淡的顏色，卻變得更加細小，那隱含的威壓鎮壓得我靈魂都在顫抖，我熟悉它，曾經在十方萬雷陣，我就已經體驗過它──天雷！真正的神罰之劍！可是我怎麼也想不到，五張紫色的雷符經過了聚雷陣，竟然變成了天雷。

那是最高之雷，當它產生的時候，整個天空彷彿都低矮了一截，那巨大的氣勢壓得所有人都喘不過氣，狂風呼嘯間，我睜開了眼睛，忽然「轟隆」一聲，一道淡金色的雷電劃破了整個天空，朝著下方直直的落下。

控雷，我掐著手訣忙不迭的控制天雷，上一次控天雷的是我師傅，而這一次是我，我才感覺到壓力有多大！

天雷就是王者，當它出現的瞬間，天地間彷彿都安靜了，我聽見有人在後面說道：「陳承一竟然引來了天雷！」

「什麼，真的是天雷？」

「這就是年輕一輩第一人的力量嗎？」

我來不及解釋這只是符籙的威力，只是操控著雷火朝著我的目標魯凡明狠狠劈去，彷彿也是感受到了天雷的威壓，在那一刻魯凡明也瘋狂了，儘管在之前，他不知道出於什麼原因，很是低調，只是被動地承受著我的雷擊，有些不在意的樣子，可這一次他不敢這樣做了。

魯凡明在那一瞬間終於爆發了，他的動作快若閃電，比之前快了不知道多少，他當然沒有妄想躲掉天雷，他只是撲向了正在浴血奮戰的慧根兒，只是瞬間，他就抱住了慧根兒的身體！

不！原本操控著天雷的我一下子瘋狂了，我不認為慧根兒能夠承受天雷的打擊，在那一刻，靈魂力不要命一般地湧出，我硬生生地操控著天雷劈向了另外一個方向，那裡有一個披著斗篷的所在，天雷毫無徵兆地劈在了它的身上。

「轟隆」一聲，是天雷落下之際，碰撞在那殭屍怪物身上的聲音，彷彿是最絢爛的煙花爆炸，卻又捨不得離開，在那一朵最大的電火花盛開以後，還有無數細小的電流之花纏繞在那個殭屍怪物的身上，發出碎裂的爆炸聲。

這一次，那個斗篷怪物沒有再站起來……它只是被楊晟複製的怪物，它不是那紫色植物直接造就的怪物，它能承受幾道天雷？就算那逆天的紫色蟲子也是不能承受太多天雷的，毫無疑問，這隻斗篷怪物已經徹底死掉了！

「噗」，在天雷落下以後，我忍不住喉頭一甜，一口鮮血噴了出來，這就是強行逆轉天雷方向，消耗心神所帶來的後遺症，可是我哪裡還顧得了那許多，我擔心地望向了慧根兒的方向，卻聽見奇異的咒語在我的身後響起，憑著靈覺，我感覺到那奇異的咒語帶著奇異的能量，所朝的方向是下方正在浴血奮戰的第一隊，而力量的主頭是面對著慧根兒。

我沒有顧得上回頭，我只是看見在那一刻，慧根兒仰天咆哮，而魯凡明彷彿爆發出了惡魔一般的力量，一隻手牢牢禁錮著慧根兒，一隻手朝著慧根兒的咽喉抓去，而在它身後，死死抱住它那隻手的是陳力這個漢子，此刻的陳力全身肌肉鼓脹，看起來已經快超出了正常人類的範疇，可就是這樣，他還是緩緩的被魯凡明的一隻手拖動著。

情況已經到了一個危急的臨界點，我剛剛殺掉一個斗篷怪物如果說是給大家打了一針強心劑，那麼此刻魯凡明無疑在瞬間使用了什麼祕法，把戰局又扳了回來……

他們幾個的纏鬥無疑成為了整個戰場的焦點，那些斗篷怪物的注意力全部被吸引了過來，彷彿都意識到了慧根兒、陳力是主力一般，殺掉他們就是對我們最大的打擊。

我要拚命，我要拚命，在那一瞬間，一個狂暴的想法幾乎瞬間就點燃了我的全部熱血，我絕對不可能讓慧根兒有事，我幾乎是忍不住的就想到了魯凡明密室裡的那些殭屍，我華夏修者的殭屍，雖然化為殭屍，可是還保留著生前一部分的能力，魯凡明是比它們高級的吧，它會殺掉慧根兒的。

在下一刻我就要踏動步罡，因為我注意到魯凡明的手已經在一寸寸地接近慧根兒，陳力快撐不住了，而那些斗篷怪物也在想盡辦法接近那個「戰場核心」，而無論是在下面戰鬥的第一隊，還是在上面施法的我們，都在拚命阻止這一切。

我幾乎是紅著眼睛看著我的戰友，有的因為鬥法已經超過了靈魂承受的臨界點，變得面若金紙，有的比我這口吐鮮血還狼狽許多，幾乎是七竅流血，這是承受的極限啊！

就算戰鬥結束，他們最幸運的情況也是功力將要倒退好幾年，我怎麼可能不瘋狂？原本留下的想要拚命的底牌，我也顧不上了，就是此刻，我要拚命。

可是這一刻，一雙手拉住了我，是元懿大哥，他對我說道：「你看慧根兒，再看看強子，還有，這一次讓我來，知道嗎？我們曾經對王武說過，你是我們勝利的底牌，我不會讓你現在就要拚命的！」

說話間，元懿大哥拿出了一個大印，笑著對我說道：「這是我恢復之後的第一次真正大戰，你看我比起當年，風采可曾退卻？」

那一刻，元懿大哥豪氣沖天！我彷彿是看見了當年的他，而他手中那個大印，罕有的盤踞著一條蛟龍，整個大印不知是什麼材料所製，晶瑩剔透，中間卻隱隱含有一股別樣的壓力與生機在其中。

而我還知道，整個元家最出色的，其實是印法和大印，師傅曾經告訴我一個傳說，元懿大哥的爺爺，一人一印，一夜之間，封印盤踞在一處的數十個百年厲鬼！那沖天風采無人能比……

第八十九章　猛龍入海，各展神通

拿出這個印章以後，元懿大哥的神色第一次變得鄭重又沉重，儘管此刻是戰場，講究不得那麼多，他還是仔細拍了拍身上的塵土，然後恭恭敬敬地把手上的大印放在前方，手持道家拜祭之禮，拜了三拜，口中念念有詞。

他說得太快，我沒有聽清楚他具體說些什麼，但我至少能聽懂他大概的意思，那意思是今日請祖印，事有緊急，禮數不周，也無法焚香沐浴著正裝，無盡惶恐之類的。

這印是什麼來頭，竟然讓元懿大哥誠惶誠恐到了如此地步？可我知道，元家是一個以家族為傳承的修者世家，能冠上祖印之名的，那就應該是傳家之寶，傳家之印了。

趁這個空隙，我抓緊時間回頭看了一眼強子，在一開始元懿大哥、高寧都不准許我看強子，此刻元懿大哥卻讓我看一眼，只是一眼我就已經確定那奇異的咒語之聲是出自強子，他的周圍沒有別人，空出了一塊很大的空地，而他此刻踩著一種有著奇特韻律的步伐，彷若一個已經徹底融入自己世界的癲狂舞者，在空地上一邊念著奇異的咒語，一邊舞蹈。

這樣的施法過程是巫術的典型施法，我覺得沒什麼奇怪的，就是覺得強子已經帶有了巫者該有的那種神祕的氣勢，而這種氣勢，曾經也在一個流星般消逝的天才，另外一個高寧身上出現過。

但是這有什麼奇怪的，為什麼元懿大哥和高寧不讓我看？畢竟這裡沒有聚集燈光，我也沒有看出所以然，只是確定強子沒有危險之後，又轉頭看向了戰場，此刻我倒像一個無事之人，其實我也是在抓緊時間恢復一下自己的狀態，剛才控制天雷，莫名的竟然消耗了我三分之一的靈魂力！

戰場中，慧根兒、陳力、魯凡明依舊是那股膠著的狀態，而戰場；的戰鬥也更加激烈，為了阻止那些斗篷怪物朝著他們靠近，所有術法就如不要命一般的集中在那片區域，一直以來，我們的隊伍都占著一個微弱的優勢，此刻魯凡明一行人太需要一場小的局部勝利來鼓舞自己了，所以面對我們這邊鋪天蓋地的術法，那邊使出的術法也彷彿不要命似的，拚命和我們落下的各種術法對撞，為的就是有人能夠靠近那個膠著的狀態，殺死陳力與慧根兒！

我不知道熱武器的戰爭，千炮齊發，子彈漫天飛舞，甚至轟掉一個山頭是怎麼樣壯烈的情景，我只知道我們這一場戰爭，區區不到一百人，也沒有使用任何熱武器，就已經把這個山谷弄得千瘡百孔，天地變色，這說出去應該沒有普通人會相信！

狼群也不知道是不是被殺光了，此刻已經沒有狼再來了，山谷少了那陣陣的狼嚎聲，反倒少了一種豪壯的色彩，多了幾分悲涼，我有些擔心小霍，可是我看見小霍站在隊伍的後方，神色平靜，拿著一個奇異的哨子，不知道是要做什麼？

再次看向慧根兒，我發現慧根兒的情況有些不對勁，就算沒有開天眼，我也發現了這種情況，因為慧根兒的身上隱隱呈現一種奇異的紅色，全身的肌肉膨脹到了一種不可思議的地步，就是身上每一塊細小的肌肉都已經膨脹到清晰可見，我看見慧根兒彷佛很痛苦，脖子上青筋鼓脹，臉上的神情也痛苦到了扭曲，慧根兒在做什麼？

可是，我不能開天眼，因為此時是術法亂飛的時候，我開天眼估計看見的應該是另外一個層次的「慘烈」了，況且天眼會緩慢地消耗靈魂力，我不能這樣做！

所有的燈光都聚集在那膠著之處，我在焦急之下，終於發現了一個不一樣的地方，我發現半裸著身子的慧根兒身上的血色金剛紋身竟然在慢慢消失，我知道那紋身是在慧根兒借助金剛之力時才會顯現，力量越是膨脹，紋身的顏色就越是鮮紅，這消失是一種什麼樣的情況？

我不瞭解佛門的術法，一時間腦子裡的念頭亂七八糟，千迴百轉，此時，有一個在戰鬥第二隊的佛門中人站了出來，說道：「這孩子了不得，那紋身之血，傳說是高僧大能參悟金剛之力以後，留下的種子，從另外一個方面來說，包含金剛之力，它也可以稱為金剛之血，浮於身體表面是不能完全吸收，可是可以用祕法，使自身暫時吸收金剛之血，也就是說把自身之力，和金剛之力徹底融合，真正的化身金剛，這孩子竟然要這麼做！了不得啊……」

我不懂這些，我只是知道一個簡單的道理，只要是祕法，就一定對身體有損害，任何不是腳踏實地的提升，對天道而言就是逆天的，當然是會有懲罰，我幾乎是迫不及待地問道：「那對自身會帶來什麼樣的影響嗎？」

「大智若愚，大音稀聲，大象無形。此等祕法修到至高境界，血色紋身會完全消失，這孩子的紋身纖毫若現，想是才種下種子不久，你就想一想，在一個氣球裡強行灌進五個氣球的氣，會怎麼樣？是會爆炸的，他這樣使用祕法，無論是身體還是靈魂都會……除非只是維持很短的時間，但之後，也會留下累累的暗傷。」那個大和尚如此對我說道。

我一下子著急了，恨不得現在就衝下去阻止慧根兒，可是此刻是在戰場，我有什麼資格因為個人的感情去破壞整個戰場？但是，我想著捏緊了拳頭，腳步還是忍不住朝前走了一步，我陷入了劇烈的掙扎……

「哥，你放心，我護著慧根兒。」也就在此時，一個帶著憨厚的聲音從我身後傳來，我回頭一看，不是強子又是誰？他帶著一種前所未有的神祕而強大的氣勢，單手持著他的手杖，用單腳支撐著身體，以一種詭異的姿勢站在那片空地之上。

此刻，再一道閃電劃破長空，也不知道是因為天地的氣場終於被這逆天的大鬥法破壞了平衡，致使降下了雷電，還是又是誰引來了一道雷電，總之那些都不重要，重要的是，我終於看清，強子有什麼不同，那就是他現在只穿著一條複雜的短裙，充滿了原始的氣息，我能理解他的穿著，巫師信奉遺留的力量，會借助各種骨骼、毛髮來增加自己的力量，不像道士，某些時候穿著只是為了禮數。

讓我震驚的不是這個，是強子從頭到腳都畫上充滿了神祕色彩與一種蒼涼氣息的圖案，那個圖案和慧根兒的紋身一樣呈血色，我看得出來是巫族的一個圖騰，那個圖騰傳說中充滿了庇佑之大力量，卻又充滿了殺戮的狂暴，是一個雙面之神！一面流淚而悲憫，一面凶悍而無情！

可是，這些都不是關鍵，關鍵是在那一瞬間，我看清楚了強子的臉色，呈一種異樣的蒼白，難道他身上的血色圖案是……？而且運用精血最多的不是道術，而是巫術，他……？

我幾乎是忍不住的脫口而出，大喝道：「強子，你……？」

可是，強子望著我神祕而自信的一笑，彷彿他此刻已經化身為遠古的大巫，強大而自信，代表著信仰，他手中的骨杖朝著地上重重地一插，一直提起的一隻腳重重地踩在地上，術法正式完成，因為骨杖代表著圖騰，圖騰柱一立，術法一往無前，再無收回之可能！

而在那邊，慧根兒發出了一聲震撼戰場般的痛苦嘶吼，我的心還沒有從強子帶給我的震撼傷感中回神，就轉頭看見慧根兒身上還剩一個頭像的血色紋身猛然消失，然後慧根兒的身上彷彿在瞬間被十幾把匕首刺過一樣，「噗」「噗」「噗」的竟然爆出十幾道血柱……氣球，爆炸？我下意識地再次捏緊了拳頭，指甲刺得掌心生疼……

於此同時，在我的耳邊，一道威嚴的咒語聲音越來越大，越來越近，越來越充滿了不可抗拒的氣勢，如一座高山拔地而起般的震撼，如洪鐘大呂一般的迴盪在我腦海，震得我連神都回不過來！

我幾乎是麻木的轉頭，看見元懿大哥莊嚴而威嚴，急促地念動著咒語，而他擺在身前的那個祖印，竟然隱隱而動，彷彿有什麼東西要破印而出。

元懿大哥每念一句咒語，一股鮮血就從他的嘴角流出，我想阻止，可是這時正是施術的關鍵，又怎能阻止？終於，一聲震撼的尾音彷彿是響徹於天地之間，元懿大哥一口鮮血噴出，術法完成。

大印開始發生奇妙的變化，而元懿大哥轉頭，望著我笑，牙齒上全是血跡：「承一，這一次，我卻是撐住了，看我重展我元家的威風予你！」

我的夥伴們，兄弟們，這是要最終的爆發了嗎？

第九十章　那一刻的絢爛

我的腦子呈一種麻木的狀態，看著兄弟們拚命，自己卻什麼都不能做的狀態實在是太難受了，可我必須冷靜，我知道在大家的心中，無論是我在鬼市的事蹟，還是江一對我在密室「神奇表現」的肯定，已經讓我成為了大家心中最後的底牌。

包括這個隊伍裡的人，也是一樣的心情，因為剛才那道神奇的天雷，僅僅是一道就劈死了一個斗篷怪物，讓大家對我不自覺的就投入了一種希望在其中。

這是一種肯定，也是一種壓力，壓抑著我不能衝動，因為我扛著希望，不出手則已，一出手必然是雷霆一擊，扭轉整個戰局。

在我身後，強子已經完成了他的巫術，只是在那一瞬間，我的身後就已經是狂風大作，吹得我身上略顯有些沉重的迷彩服都獵獵作響，這股狂風中包含著一種別樣的意志與威壓，卻又有一種神奇的力量蘊含其中，只是狂風過處，我感覺自己的精氣神都略有恢復，而這股力量還不是針對我！

這就是巫師的力量嗎？我震撼了，可是從場中的情形來看，最危險的是慧根兒，我沒敢回頭看強子，只是死死地盯著慧根兒，讓我長吁一口氣的是，慧根兒的噴血已經止住了，更神奇的是他原本已經膨脹到極限的肌肉，忽然慢慢地變回了正常的水準，甚至比以前還有不如，看起來不像什麼肌肉大漢了，反倒像個平常點兒就是有些結實的小夥子。

這是怎麼回事兒？失敗了嗎？不過失敗了也好，至少慧根兒不會像一個氣球一樣的爆炸，想起如果我要面對那麼一幕，我會瘋掉的，那會是我一輩子都跨越不過去的陰影！而且，有強子和元懿大哥在，慧根兒應該不會有事的，嗯，強子不是有協助的能力嗎？

短短的兩秒鐘，我的腦子裡就閃過了如此多的念頭，可是下一刻，讓我震驚的事情就發生了，原本被魯凡明緊緊鉗制住的慧根兒竟然舉起了手，抓住了魯凡明抱住他的那一隻手，開始緩慢的，緩慢的推開了那隻手！

這……這莫非就是所謂的大象無形？力量積蓄到了極限，反而變回了平常？其實仔細看去，才會發現慧根兒此時的狀態是不平常的，比起以前那看起來有些笨重的疙瘩肉，現在慧根兒的肌肉不是那麼顯眼，可是呈一種充滿了美感的流線型，我是不太懂這個，只是想起曾經慧大爺評論武家人的時候說過一句：「很多人以為，我華夏古老的武學其實只是小說中描寫得神奇，事實上是比不過西方人的格鬥的，首先就輸在肌肉力量上！不過你想想看，華夏的武學大家，哪一個又是那肌肉疙瘩？你讓他們脫下衣服，一般都是身上的肌肉相連，像獵豹一般的流線型，想想獵豹的奔跑速度吧，再想想其他充滿了力量的野獸，哪一個又是肌肉疙瘩？其實這樣的肌肉才是最有爆發力的，才是蘊含著可怕力量的。」

想想真的是如此，在這一刻，看著魯凡明被慧根兒緩緩推動，我的心激動了！

也就在這時，我又聽見強子大喊了一句：「慧根兒、陳力，我來助你們。」說話間，那吹動的狂風好像靜止了一秒，下一刻，忽然發瘋般的一下子就朝著慧根兒和強子呼嘯而去，我忍不住回頭看了一眼強子，此刻他站在他插在地上的骨杖之後，雙手以一種奇怪的姿勢交叉於胸前，神情平靜，卻又神聖莊嚴，在那一刻，一種彷彿是來自天地裡的壓力，直接就洞開了我的天眼，我看見在強子的身後，浮現出一個巨大的虛影！

圖騰！那個神異的雙面圖騰形象出現在了強子的身後，不是那麼清晰，甚至是有些模糊，在它的身下，我們所有人都顯得是那麼的渺小，儘管它是只是淡淡的，就像華夏的山水寫意畫，淡淡幾筆，大白留白，可是卻給人以無限的視覺，彷彿是真的看見了青山淡水，這圖騰也是如此，給人以無限的震撼，告訴人們，這是神的力量。

「哥，我的本命神。」強子如是說道，儘管他此刻是在叫我哥，可是我不自覺卻感到他彷彿是在站在九天之上，在和我說話，讓我自覺渺小。

我還來不及說什麼，強子已經閉上了眼睛，在下一刻，那個充滿了庇佑悲憫之面的臉，忽然就睜開了眼睛，我聽見戰場中，浴血奮戰的每一個第一隊的人忽然都同時長嘯了起來，彷彿無窮無盡的力量又回到了他們的身上，只是這麼短短一刻，戰場發生了奇異的變化，那些已經疲憊的戰士忽然狠狠地朝著「敵人」碾壓過去，魯凡明一行人中出現抵抗的練體之人竟然被打得連連後退，並且死去了一個人。

太神奇，真的太神奇，在那一刻，我的心中充滿了激動和自豪，是的，為我的兄弟們激動，為兄弟們自豪，因為這時慧根兒忽然發出一聲仰天的長嚎，一個憋勁，忽然就推開了魯凡明，然後他一回頭，一把拉過陳力，接著一腳狠狠的朝著魯凡明踢去，以魯凡明此刻的力量，竟然被踢出了幾步遠！

陳力激動的看了慧根兒一眼，慧根兒舉起了戒刀，刀鋒直指魯凡明，而魯凡明不知道是怎麼想的，望著慧根兒的刀鋒所向，竟然避開了慧根兒鋒芒，一回頭轉身退開了去，站在戰場相對安全的一角，不知道在想些什麼。

這個魯凡明，從一開始接觸他，我就知道這個人雖然瘋狂，卻是心機百出之人，他莫非是有什麼陰謀嗎？我揣測著，在天眼之下，戰場紛亂，天空中各種力量的碰撞，有些干擾我的思緒。

短短幾秒，發生了如此大的變化，都是我的兄弟們在拚命啊！可也就在這時，一句輕輕的：「差不多了。」傳入我的耳朵，是元懿大哥，什麼差不多了？

我轉頭一看，卻發現元懿大哥的祖印再次發生了變化，當元懿大哥施術完成的時候，那方晶瑩剔透的祖印就變了，那裡面蘊含的不明力量，在那一刻彷彿就如煮沸了一般，轟然而上，就快要溢出祖印，而祖印的顏色也詭異地變成了一種晶瑩的土黃色。

可是此時，祖印已經徹底地恢復了平靜，甚至顯得有些死沉，連之前那股莫名的不明力量也彷彿消失了，這怎麼是差不多了呢？元懿大哥到底……

但我的思緒還來不及調轉的時候，忽然天地間再次傳來一股莫名的威壓，讓人心悸！

和強子施術完成後的威壓不同，這股威壓的神聖和震撼不及強子，可是它清晰得多，清晰到就像在你眼前一般，而強子的雖然強大，但是太過模糊而悠遠，不像這股威壓真實得讓你感覺到威脅！

抵在你脖子上的刀，和隔著你幾十公里的大炮，誰更有威脅？肯定是刀，就是這個道理！

莫非是元懿大哥做的？我只是剛冒出來這個想法，忽然就聽見身後驚呼聲接連傳來，下一刻，一條栩栩如生的，土黃色的蛟龍之靈就出現在了天空，它一出現，原本在天空中搏鬥撕咬的各種靈體力量都安靜了下來，雖然蛟龍不是龍，可是卻已經很接近龍了，帶著龍的威壓，龍的力量誰敢冒犯？

「高寧，助我！」元懿大哥大聲嘶吼了一句，高寧毫不猶豫地就去到了元懿大哥身後，然後盤腿坐下，下一刻，身上竟然冒出了絲絲藍光，不惜以靈魂力和功力雙重的力量去助元懿大哥，高寧……

我有些哽咽了，是的，他的傳承也許並不耀眼，他的術法也許也並沒有多麼神奇，可是他一樣有一顆拚死的心，靈魂力功力雙重的力量去助元懿大哥，一旦超出範圍，高寧幾十年苦修將毀於一旦，說到底這是與元懿大哥同生共死一起鬥法的行為！

是的，老回沒有死，在我這些兄弟身上，老回又復活了，死算什麼？男子漢重於泰山一般的死去，有什麼好遺憾的？就如當年師傅平靜地對我說的那句話，人，是應該有些大義的，人，也是該有些底線的。

這種東西或許已經燃燒不了現代人的靈魂，可是我始終相信，當危難來臨時，給我們感動的人，會比讓我們痛恨的背叛者多得多，多許多！

有了高寧的幫助，元懿大哥原本已經顯得有些虛弱的氣勢一下子提升了起來，而直接的表現就在於那條土黃色的蛟龍身上，它搖頭甩尾長嚎一聲，下一刻，隨著元懿大哥的一個「鎮」字，那方已經顯得平凡無奇的祖印，忽然躍起，然後重重落下，那條蛟龍也咆哮著衝了下去，下一刻就鑽入了大地之中！

第九十一章　魯凡明的陰謀

接著，我看見元懿大哥快速地結著手訣，下一刻，戰場中就瀰漫著一股無形的氣場，一下子變得凝重而厚重，更神奇的是，原本在戰鬥的魯凡明一夥人動作開始變得遲緩，甚至有些稍顯弱勢的人，一動都不能動，我聽見元懿大哥輕輕吐出了四個字：「地蛟之鎮！」

這就是這方祖印的威力嗎？把手印結於胸前，元懿大哥高呼道：「殺吧，我能為大家堅持三分鐘！」

而我也激動了，這才是元家真正的力量嗎？在元懿大哥的高呼下，所有人都激動了，而強子奇異的咒語聲再次響起，我回頭一看，他身後的圖騰之像另外那一側凶惡的臉，眼睛也在慢慢睜開，這一次，是殺戮圖騰的力量也要動用了嗎？

在那一邊，慧根兒長身而立，一把戒刀在手，高高舉起，劃過自己的中指，鋒銳的刀刃輕易的割開了皮膚，鮮血立刻染紅了刀刃，慧根兒這是要……？

在下一刻，慧根兒竟然衝了出去，一口氣跑上了一個小斜坡，重重踩下，然後高高躍起，雙腿連蹬，竟然藉著小斜坡的高度一下子躍出了將近十米之高，在空中，慧根兒高高舉起了戒刀，一刀斬下，在空中爭鬥的敵方靈體竟然被慧根兒一刀斬於無形……

彷彿是慧根兒拉開了這場殺戮之戰的序幕，接著，每一個在強子圖騰之力加持下的人們，無一不展現出了最後壓箱底拚命的手段，趁著元懿大哥的地蛟之鎮，展開了一場占據了極大優勢的殺戮！

地蛟之鎮真的太強悍了，卻也稱不上逆天，畢竟是作用於那麼多人身上，外加還有九個不可計算力量的斗篷怪物，它雖然鎮壓了敵方之人的行動，可是其中大部分人還是有反抗之力的，只是遲鈍了許多，但就是這樣，我方也是第一次占據了那麼大的優勢！

魯凡明那行人，倒下了一個、倒下了兩個……在這短短的兩分鐘內，我們的人奇蹟般的一個都沒有犧牲，而魯凡明那一方整整犧牲了八個人，還是在有斗篷怪物的幫助之下，它們彷彿天生對鎮壓就有極大的抵抗力，行動雖然變得遲緩了一些，但也影響不了太多。

而我們的人學聰明了，在殺人之後就遠遠避開，鬥法之人也故意避開那些披著斗篷的怪物，因為知道起不了多大的作用，它們？它們還有大陣等著收拾它們呢！

「該我了！」強子的聲音從我的身後傳來，我回頭一看，他那圖騰之像代表殺戮的一面，眼睛也已徹底睜開，霎時，那個圖騰之像，竟然從強子身後瞬間消失，下一刻出現在戰場之中，巨大的拳頭揮舞而出，竟然不比慧根兒差勁兒，甚至更加強悍，一拳迎上，任何的術法都一拳破之，甚至偶爾會砸到戰場之人的身上，那個人表面看起來沒有什麼傷痕，只是在天眼之下，你可以看見那些人的靈魂被輕易的砸傷，甚至虛弱一些的，直接砸到靈魂破碎……只是我看見強子的臉色出現一種病態的潮紅，他快支撐不住了嗎？

可也就在這時，我忽然看見小北如癲似狂的叫道：「成了，大陣馬上成了！再給我三分鐘，不，兩分鐘！」

說話間，他的鼻血噴出，嘴角也流出了鮮血，他竟然不知道，這已經不是心神消耗過度的表現，那是快接近崩潰邊緣的表現了，而且我不知道是不是我的錯覺，我發現小北的頭髮好像忽然之間已經變得灰白！

望著遠方的天空，我暗想，這是要勝利了嗎？我竟然還沒有開始戰鬥，就要勝利了嗎？可是，我心底卻有一種異常危機的預感，這是我靈覺的直接體現，我很相信我的靈覺，看著戰場中那個披著斗篷的九個身影，我知道，不，沒有結束，遠遠沒有結束……

戰場的情況由於元懿大哥、強子和慧根兒的連連爆發，在這幾分鐘內變得出乎意料的順利，我方沒有傷亡，而對方在這幾分鐘內，除了九個斗篷怪物，已經沒有活著的人了。

另外，更好的是，小北的大陣快成，此刻他又一次全神貫注的投入，完成最後的布陣。

可是，這大好的形勢之下，卻掩藏著異樣的危機，那就是慧根兒的身上又開始接連的噴血，那原本已經止血的十幾道血柱，再次的爆發出來，而強子已經直接趴在了地上，連喘息聲都變得微弱，臉上異樣的潮紅不僅沒有褪去，反而全身也開始顫抖，至於元懿大哥和高寧，這一次是兩個人同時變得面若金紙，兀自強撐，希望能為小北多爭取一點兒時間，這一次不止是元懿大哥，就連高寧的七竅也開始流血……

轉而看所有人，在經歷了剛才那亢奮的「小高潮」以後，都已經變成了強弩之末，有的人直接已經失去了戰鬥力，生生地昏倒在了地上，還清醒著的，也是在擠出自己最後一絲潛力。

表面上，我們取得了巨大的優勢，事實上對方剩下的九個斗篷怪物，誰也不知道還保存有多少實力！

我不知道我的五張紫符竟然能引來天雷，一開始我不捨得用，摻雜著複雜的情感，另外一方面也是因為我有暗傷，想盡可能的保存實力，來個雷霆一擊，操控五張紫符之雷，實在是太過消耗，若不是魯凡明挑起了我巨大的仇恨，衝動之下，我想我應該不會用五張紫符，世事難料，沒想到這一衝動，竟然是唯一一次殺死了一個斗篷怪物！

大陣成了，我們也許就真正的贏了，這是我的想法，也是所有戰到疲憊，戰到極限的戰友們的想法，可是也就在這時，一直在戰場上有些躲躲閃閃的魯凡明動了……

看著它貌似無心的行動，一種巨大的危機感在我心中陡然爆發，我幾乎是不加思索的大吼了一聲：「慧根兒，停下，回來，全部都回來！」

我的話剛落音，就看見魯凡明先是以平常的速度衝了兩步，接著速度快到了它的正常水準，要知道，這是在元懿大哥的地蛟之鎮的鎮壓之下啊！

如果是這樣，我看著它奔跑的方向，一下子明白了，它的目標是——小北！原來，它一直注意小北的存在，只是等著一個機會，等著我們一個筋疲力盡，卻心神放鬆的機會，也是想給予雷霆一擊，它竟然抱著和我一樣的想法！看它兩次出手，莫不是關鍵時刻，這魯凡明真的太狡猾！

彷彿是一個約定似的，魯凡明一衝刺，在它身後，那八個斗篷怪物竟然也跟著發力，一起衝了過去，它們的速度比不上魯凡明，但也造成了極大的威脅！

可是小北根本渾然不覺，還在專心的布陣，其他跟隨小北的人也是這樣，跟著小北陷入了一種無人的癲狂之境，只是全身心地投入陣法。

「它們要衝出去，大家攔住啊！」發出大喊之聲的是陳力，在我高呼了讓大家退回來之後，他竟然置若罔聞，反而朝著那九個殭屍怪物衝了過去！

陳力一呼之下，其餘的幾個戰士也跟著衝了過去，慧根兒此時卻陷入了更危機的境地，也不知道是流血過多，還是出於什麼的別的原因，他原本是高高躍起，準備借助一躍之力，追上一個斗篷怪物的，卻根本沒有躍起，反而是從那個小斜坡上重重摔落下來，然後滾了很遠，人事不省，只是手中還牢牢握著戒刀！

而那些殭屍怪物似乎只是想一舉殺掉幾個布陣之人，強行突破，也顧不得滾落在戰場後方的慧根兒，只是朝前衝去，這難道是慧大爺在遠方對慧根兒的庇佑嗎？

我不知道！我根本不知道慧根兒的情況如何了！

可在此時，我的腦子卻奇異地冷靜了下來，我該出手了吧？但是有什麼術法是可以瞬間就完成的？我畢竟不是我師祖，比起我師傅也差得遠啊……

第九十二章　其實……

是的，我沒有可以瞬發的法術，在這一局的「對峙」中，我承認面對狡猾的魯凡明，我棋輸一著，太局限於自己的傷，總是想著要把力量留到最後，在關鍵時刻留著給魯凡明一行最致命的一擊！

而我的夥伴們也抱著這種想法，他們寧可拚命在前面，一次次的阻止我，也要我留在最後，把最後的希望留下！

可惜戰鬥不是鬥地主，一般都把王炸留到最後，魯凡明顯然比我更懂得這場戰爭的「牌局」！

只不過，我還沒輸，瞬發的法術嗎？我沒有，可是付出代價的話，不是不可以做到，就比如不是運用靈魂力，而是直接燃燒靈魂力，這樣的結果就是靈魂力再不可以恢復，因為變相的來說，那是燃燒靈魂！

陳力他們已經衝了過去，我不能眼睜睜地看著，他們用生命來阻擋魯凡明一夥，我結起一個手訣，要開始了，燃燒靈魂力的手訣並不複雜，只需要耽誤五秒鐘，這個手訣一結完，我就可以發出瞬發的大術，即使最後的結果是我身死！

是的，後果就是這樣！

但在這時，一聲響亮的槍聲響起了，「砰」的一聲炸開在這夜空，我清楚地看見，衝在最前面的魯凡明身子一頓，速度明顯就慢了下來，接著，槍聲接連響起，那九個奔跑中的斗篷怪物，速度都跟著慢了下來，最弱的一個甚至已經停下了腳步。

槍聲，洪子出手了嗎？我心中一喜，我一向是看不起熱武器的，沒想到它們竟然還有這樣的威力，可以阻止奔跑中的殭屍怪物，也不得不讚歎洪子他們的槍法真的很厲害，如此高速的行動目標都可以命中！

也就在這時，剛才站在我身邊的小霍也說話了：「是時候了。」說話間，他帶著一種憂鬱而傷感的眼神，輕輕吹響了手中那奇異怪狀的樂器，樂器發出奇特的聲音，聽起來像是一頭孤狼在如泣如訴的嚎叫。

我還來不及說什麼，我的手忽然被一個人拉住了，我一看是王武，因為鬥法，此刻的王武已經很疲憊了，我看得出來，他是費了很大的力量才跑到我身邊的，他有些氣喘吁吁地說道：「陳承一，不要出手，你一定不要出手！有人說過，你會在最後的時刻出手，如有變故，一定要我阻止你，否則會很嚴重，很嚴重……」

這是什麼話，這話又是什麼意思？彷彿背後有什麼資訊似的，不出手，為什麼不要我現在出手，我心中疑惑，可是看著王武的眼神焦急又真誠，估計他也是不知道原因，否則到這種時刻，他應該早就說出來了，而且此刻我心中的危機感，不但沒有減退，反而越來越盛，彷彿是內心深處有一個想法也在不停的對我訴說，不要出手，如果現在出手一定會後悔！

是的，我開始正視這個聲音，畢竟戰場的情況幾經危機，我的兄弟們已經戰鬥到了這個程度，我始終忍著沒出手，就是內心有個聲音在一直的阻止我出手，是的，不到時機出手，一定就會後悔！

我選擇相信了王武，放下了雙手，聽見身後槍聲大作，按正常的說法，洪子他們應該不會有危險才是，畢竟除了九個斗篷怪物，所有的敵人已經死光，洪子他們選擇出手的時機很正確，這個戰術安排也很正確。

我隱隱覺得這場戰鬥，其實是有高人在布局啊！

為什麼說熱武器在修者的戰鬥中沒用，只因為無論你隱藏得多麼好，只要槍聲一響，立刻就有修者會判斷出你的位置在哪裡，不要說別的術法，就算放出一個靈體，你的靈魂也會遭受到重創，還談什麼攻擊力？要知道放出靈體幾乎不屬於施法的範疇，攻擊力於修者不高，所以也不需要什麼施法的準備，換一個角度來說，再好的槍炮也是需要人來操作的，不是嗎？

所以說，修者的破壞力是可怕的，一直都有一股無形的力量控制著修者，不會去參與普通人常規的戰鬥，這股無形的力量除了人為的制約，甚至連天道也隱隱有如此的意思，修者對常人，不管是不是巧合，總會遭受到很慘的下場！

就如魯凡明如此喪心病狂之流，敢去對付常人，也絕對不敢去參與到常人的戰鬥，除非他已經下定決心，斷了自己的修行之路！

所以，我鬆了一口氣，看著熱武器去阻止這些斗篷怪物也是頗有成效，而斗篷怪物就算保留了一部分能力，我也不相信它們能隔著如此遠的距離施法，距離越遠，所需要的靈魂力越多，它們已經喪失了這個資格！至少表面上來看是如此，畢竟它們不是逆天的老村長，服用的不是紫色植物的本體！

只是，我內心為什麼會有一種傷感的情緒，傷感到我想要流淚？我一時間理不出頭緒！

卻聽見身邊的元懿大哥和高寧同時悶哼了一聲，然後同時悶悶的一下子倒在地上，而在天眼之下，我看見那個鎮壓的氣場破碎了，原本被熱武器阻擋的斗篷怪物速度一下子又快了起來！

我甚至聽見了一個槍手的叫罵：「×，達姆彈也打不碎這些傢伙，到底是些什麼玩意兒啊？要速度慢一點兒，可以爆頭就好了，這麼快，要打不中了。」

我沒聽見洪子說話，是的，它們的速度陡然加快，怕是命中也有些困難了！

可是，在這時，其餘的斗篷怪物頂著子彈在朝前衝，可是有一個卻停下來了，然後摸摸索索，竟然從懷中拿出了一件兒東西，隔著距離我卻看不清楚！

只是也在那一瞬間，我心中的傷感一下子爆發了，我忽然想到了什麼，幾乎是聲嘶力竭的吼道：「洪子，你們快跑！」

可是跑得掉嗎？下一刻，一道流光一閃而過，我甚至都沒有看清楚，就聽見我身後的樹林傳來幾聲「什麼東西？」還有幾聲嚎叫，然後就是有人摔倒的聲音！

我根本無能為力，因為人再快，也快不過靈體！

竟然有這種東西，我真的沒想到對方竟然有這種東西！那東西的名字很拗口，通俗點兒說，那就是「靈體炸彈」，封印的是充滿了仇恨，卻即將要魂飛魄散的靈魂，這種靈魂一旦對準目標，就是不死不休地發洩仇恨，反正已經是要魂飛魄散了！

修者都覺得難纏，普通人怎麼會扛得住！

我之所以沒有料想到對方會有這種東西，那是因為，即將要魂飛魄散的靈體收集起來簡直是萬分困難，而且還可遇不可求，真的是人算不如天算，怎麼會這樣？

洪子，洪子他……？我幾乎是發瘋般地朝著洪子他們埋伏的地點跑去，完全沒有注意到，小霍的樂聲已經完全停止，從戰場幾個幾度隱祕的死角，鑽出來了幾條跟小牛犢子一般，眼神妖異的大狼，此刻一隻大狼已經猛地撲向了剛才停住腳步的那個斗篷怪物。

我再次體會到心碎的感覺，雖然元懿大哥、高寧、小北、慧根兒、強子的情況都很糟糕，可他們畢竟活著，難道我又要犧牲一個兄弟嗎？

我跑著，王武在身後緊緊跟著，我聽見他費勁地說道：「求你，千萬不要出手，不要……」

我的心亂如麻，傷心得要命，可是讓我驚喜的是，洪子竟然從埋伏的地點走了出來，抱著一把看起來就很牛B的大槍，我一下子就驚喜得笑了，卻發現洪子此刻的狀態有些不對勁，連走路的姿勢都有些不對！

他開口對我說話了：「承一，其實我已經死掉了。我沒有告訴你，其實我是做好了必死的準備了，我怕你難過。快了……」

什麼？眼前在我面前活生生對我說話的洪子，他告訴我，他已經死掉了？什麼快了？

不會的，不，不，這是什麼意思？我張大著眼睛，呼吸困難，話語輾轉喉間，可是心裡堵得要命，而在我旁邊，王武一下子跪下了，拉住我的手，幾乎是嘶喊著說道：「請你忍住，不到時候千萬不要出手，求你！」

第九十三章　龍

曾經有一句話是這樣說的，世界上最遙遠的距離，是我站在你身邊，而你卻不知道我愛你，這是一種深入骨髓的無奈，這種無奈的疼痛比直接面對結果的疼痛更加讓人撕心裂肺。

就如此刻，我和洪子，他在和我說話，可是他告訴我，他死了，而我卻無能為力，這種不可挽救的無能為力又一次在我心間炸開，就如那一個晚上，我眼睜睜地看著老回衝回去的背影！

我不知道要說什麼，千言萬語哽在喉頭也說不出口，洪子卻淡然一笑，摸出一根菸叼在了嘴邊，斷斷續續地說道：「沒有辦法了，不能和娟子結婚了，好在我父母有我哥哥和妹妹，我最崇拜的其實是小馬哥，這一次，我要像小馬哥一樣。」

我不認為洪子是在和我開玩笑，因為我還開著天眼，我在下一刻就清楚的看見惡靈散去，洪子的靈魂從他的身體裡飄出，他對著我笑，然後又是一個標準的軍禮，接著轉身朝著一個未知的方向走去，很慢卻又很快，眨眼間就已經消失！

「啊……！」我禁不住跪在了地上，對著天空痛苦地嘶吼了一聲，我才知道人痛到這種程度，如果不能大吼出聲，會瘋的……

可是，眼前的洪子還在我面前站著，雙眼已經慢慢失去了人類該有的情感，變得木然而平靜，嘴角還叼著那一枝剛剛點上，沒來得及抽的香菸，我呆呆的看著他，他卻端著槍，走一步扣動一次扳機，換子彈，上膛，動作快得不可思議，如此大威力的槍，他卻好像無視了後座力一般，連身子都紋絲不動，一整套標準的動作，配合著快速的步伐，動作行雲流水……「很像小馬哥……」我看著洪子，說出這句話的時候，喉頭都在發痛，我知道他已經聽不見，可是我只是想這樣說，面對我們這些異能者，修者洪子一直都很自卑自己的能力，可是此時，他憑一己之力，在這戰場上，用子彈硬生生的打出了一首屬於熱武器的交響樂。

這是一個奇蹟，一個人，一把槍，一些子彈，配合著底下小霍召喚出來的「妖狼」，就這樣生生地阻擋了下面九個斗篷怪物的腳步，這時的洪子幾乎彈無虛發，動作快到子彈與子彈之間就像機槍射出的一般，卻比機槍精準了很多倍。

在我身邊的王武也呆呆地看著這一幕，情不自禁地說道：「好強大的意志，好強大……」我木然的轉頭看了王武一眼，他一定知道洪子此刻的狀態是怎麼回事兒，可是我卻沒有心情問，此刻是屬於洪子的時間！是洪子的舞臺！

「砰」「砰」「砰」接連三槍，我看不清楚子彈的軌跡，可是我看見一個躲閃速度如此之快的斗篷怪物，竟然被洪子打中了腦袋，是三顆子彈同時擊中了大腦，它的大腦被生生轟去了一小半，倒下了！

死去的洪子，竟然生生地打死了一隻殭屍怪物。

又是「砰」的一聲，洪子手裡的那把大槍竟然因為射速過快，槍膛過熱而生生炸膛了，槍管頓時裂開了來，洪子被忽然產生的爆炸力轟得倒退了幾步，接著他就這樣提著槍，靜靜地站在了那裡……

也是在這時，布陣的稀疏樹林裡傳來了小北張狂的笑聲，天地陡然變色，大陣已成……雖然有洪子和妖狼的阻擋，但是魯凡明一夥剩下的八個斗篷怪物卻也衝進了稀疏的樹林，距離小北一行人非常之近，可是此時的小北竟然完全不知道逃跑或者是躲閃！

「走啊……」衝過來的是陳力他們，在幾個斗篷怪物被阻擋步伐的時候，第一隊僅存的幾個人拚命的衝到了這裡，首當其衝的陳力，一把扛起小北，就發瘋般地朝著山頭這邊跑來，剩下的幾個人也扛著那些輔助布陣之人，朝著山頭跑來！

魯凡明又怎麼會甘心，或者是它已經感覺到了危險，總之是拚命朝著陳力一行人追去，它深知大陣完成到大陣徹底發動有一個緩衝的時間，它唯一的機會就在於此了！

如果魯凡明一行人衝上來，那麼後果是不言而喻的，我明明是那麼的哀傷，卻又緊張到了極限，可是身邊的王武緊緊拽著我的胳膊，那意思是到現在我都不能出手！

魯凡明意識到了危險，速度快到了一個非常的境界，陳力他們的速度已經是普通人想像不到的快了，可是魯凡明一夥人更快，眼看著只是幾秒時間就要追上陳力他們，也就在這時，那個山谷的天地像是忽然扭曲了一般，異變忽生，魯凡明重重地跌倒在了地上，就如撞到了一堵牆上一般，接著它驚恐的站起來，打量著四周，開始發瘋般地攻擊起來……

這是怎麼回事兒，我已經不想去探究，我只知道這個要命的大陣在這個時候終於發動了，但威力若然只有如此，只是厲害一些的幻陣（可以影響到殭屍的程度），我心知是絕對控制不住魯凡明一夥人的。

果然，魯凡明在瘋狂的攻擊之下，竟然朝著正確的方向走了幾步，那是朝著我們這個山谷的方向，不只魯凡明，其餘的幾個殭屍怪物也是如此！

但讓小北耗盡心力的陣法決計不止如此，事實上也證明，這個陣法又產生了新的異變，大量的白霧莫名從四面八方湧出，然後朝著上空聚集，漸漸形成了低矮的一層層的雲霧，那些雲霧也在快速的聚集，形成了一層層厚厚的雲！

這個陣法我看出來了，竟然不像我曾經畫過的那些粗陋的陣法，是無差別的攻擊，它彷彿只作用於魯凡明一夥人，剛才攻擊魯凡明一夥人的幾條「妖狼」受傷了，在小霍的遙控指揮下，只是靜靜趴在地上，卻沒有任何的事情。

那些雲層是什麼作用？難道是自動的雷陣？若然如此的話，威力也不小了，但是我皺著眉頭看著，總覺得這個陣法在束縛上好像差勁了一些，魯凡明一夥人不停的在前進，儘管前進得如此之慢！

更何況這個陣法只能運行一個小時！

洪子就站在山頭的前面，臉上因為槍械的炸膛血跡斑斑，我用袖子幾下擦乾了洪子臉上的血跡，然後摘下了他嘴邊那根已經燃了一半的香菸，自己狠狠抽了一口，自言自語般的對洪子說道：「看著吧，我們最後會勝利的！洪子啊，你也給了我一個奇蹟！以前在我以為，熱武器對付修者，對付怪物是沒用的，簡直是笑話！因為武器再厲害，也是靠人來操作的，普通人沒有辦法對付靈體，只是一個稍微強悍點兒的靈體，不誇張的說，就可以影響一個部隊，不說讓他們死亡，至少讓他們發瘋，甚至互相攻擊都是可以的。你說定時定點的武器呢？就如地雷，就如定時炸彈，哈哈……你不知道吧，修者都是一群怪物，到了一定的程度，你根本不能小視他們的靈覺，越是殺傷力大的武器，他們就越能感知到危險！除非是重型武器！真正的大傢伙！飛機大炮都不行，只要是人為操作的都不行，再遠的距離都不行，靈體是不受物理限制的，你不能估算它們的速度，熱武器也傷不了它們！可是你以為國家會為了幾個人而發動重武器嗎？如果跑掉了一個呢？那後果簡直是極其危險的，一個修者不要命，也不管後果的，要去暗殺一些人，那是多麼的恐怖？所以這裡還有一個微妙的制約關係在裡面。可是，洪子，你給了我一個奇蹟，竟然用一把槍，幹掉了一個斗篷怪物，你很厲害。」

我莫名其妙地說了一大堆，儘管洪子不能聽見，我還是在說，只因為洪子在我們面前，一向都自卑自己的能力問題，如今他犧牲了，可是他卻給了我一個奇蹟。

戰場到現在彷彿安定了，陳力他們也回來了，並且成功地帶回了小北他們幾人，可是這幾個人在陣法完成之後，竟然昏迷了，王武終於鬆了一口氣，放開了我的胳膊，他對我說道：「承一，如果陣法裡的事兒，有了突變，就一定要你出手了。」

我看了王武一眼，有些麻木，眼前的陣法只是不停地在聚集雲氣，我看不出來它的威力到底表現在哪裡，我只是靜靜地盯著陣法，王武卻在我耳邊自顧自地說道：「洪子是服用了禁藥，這是很多年前借助一些事情研究出來的成果了，只是後來因為一些事情和極大的阻力，這項研究就停止了，我不知道具體的情況，只知道這項研究帶來的副作用很大很大。」

我的表情木然，這是看著滿目滄桑血腥的戰場，心中的哀傷已經不知道怎麼發洩的木然，可是王武的話我還是聽見了，我問道：「這藥的作用是把人變成殭屍對嗎？你是告訴我洪子此刻是殭屍，對嗎？」

「可以這麼說，是會變成相當厲害的怪物！如果意志力不夠強大的人服用了這個藥，一定會發瘋只剩下本能的，攻擊性極其強大，生前的一些技巧，比如說格鬥，比如說射擊，在異變以後，也一定比生前厲害很多。但是意志力強大的人可以控制自身，就如洪子，他生前一定在最後關頭服下了這種藥丸，然後在發作之前，給你說了幾句話，就徹底變為了只有戰鬥本能的……但他真的很偉大，他憑藉著生前的意志，還記得該做什麼，該阻擋什麼，他……可是，承一，只是一小段時間，他終究是會發瘋的，到時候……」王武沒有說下去了。

可是，我明白的，我甚至比王武還清楚，這個項目的研究人極有可能就是楊晟的老師，看來，楊晟之所以進展那麼快，還是借助了他老師的一些成果，我沒有說話，望了一眼直直站在我身邊的洪子，他木然地站著，無神的雙眼也只是靜靜地朝著戰場的方向，彷彿我們的勝利是他最後的心事，我拍了拍洪子的小腿，就如他還活著，我在招呼他坐下，但手裡傳來的卻是僵硬的觸感，異變終究會掙脫洪子最後的意志力發生的，那個時候，我的心裡沉痛了一下，我知道那個時候，終究是要動手的。

只希望一切快一些結束，慧根兒還在戰場中受了重傷，昏迷不醒，我還牽掛著慧根兒。

一些彷彿變得平靜，只是等著大陣收拾魯凡明一夥人，但在這時，讓我終身難忘的事情終於發生了，在陣法的運轉下，那雲層越積越厚，終於一道閃電劃破了雲層，幾聲莫名的沒有威力的，甚至沒有落下來的悶雷響過之後，雨終於「嘩啦啦」的落了下來，不只陣法的範圍，整個山脈都被波及，連在山頭上的我們都被這突如其來的大雨淋濕了身體。

陣法帶來雨是怎麼回事兒？我想不通這其中的關節，可在此時，一個顫抖的，異常激動且帶著一種激動到變調的聲音大吼道：「龍……是龍來了，龍……真的是龍！」

龍？我剛開始一點也沒有反應過來，甚至是下意識的就想說一句：「什麼龍？」可是還沒待我說出口，我的心跳一下子就加快了，龍！提起這個字，哪個華夏兒女會不激動？因為龍是我們華夏的圖騰，是許多人僅存的信仰，因為我們是它的子孫，剛才那小子竟然說看見了龍？

我幾乎是下意識的就轉頭望向那小子，卻看見他指著陣法上方的天空，激動得難以自持，不止是他，我看見很多人的臉上都激動又顫抖，我終於忍不住朝著那個方向看去，讓我終身難忘的一幕出現了！

在那陣法聚集的，漂浮在上空厚厚的雲層中，能夠清楚地看見，一條龍在雲層中翻滾！

第九十四章　鬼現，出手

這就是這個殘缺古陣的威力嗎？竟然召喚了一條龍出來？大雨傾盆，而那條呈淡灰色的龍在雲中翻滾著，我始終看不見龍頭，只能偶然看見龍角、龍身和龍爪，但是就從這些來看，這絕對是一條真龍無疑，但是它從哪裡來的？莫名其妙地出現的嗎？亦或是……我忽然就想到了那紫色蟲子消失的一幕，忽然覺得心跳加快，喉嚨發乾！

也就是在這時，一道和普通雷電不同，帶著妖異的藍紫色的雷電忽然就從天而降，狠狠落在了其中一個斗篷怪物的身上，「嘩啦」一聲，那一個怪物竟然被擊打得直接趴在了地上，身上輕煙裊裊……這道雷電……！我心中一凜，應該就是典籍中所描述的龍雷，僅次於天雷和神雷的龍雷！

隨著第一道雷電的落下，越來越多的藍紫色類雷電紛紛落下，朝著幾個強悍的斗篷怪物落去，顯然這龍雷的傷害力確實比普通雷電的傷害力要大得多，魯凡明一夥人被這樣的雷電擊打，一時間狼狽無比。

但是，他們顯然也不會坐以待斃，在這個時候，竟然紛紛掐起了手訣，開始施法，對抗這從天而降的雷電，魯凡明顯得要更加輕鬆一些，它的身後竟然浮現出了一道虛影，我看著眼熟，那不是曾經出現過在他的地下室裡的邪神雕刻中的其中一道嗎？

我知道魯凡明練有一種功夫，抗打擊能力特別強，難道就是這個？

「我就知道沒有那麼容易。」一聲帶著頹廢的聲音在我的耳邊響起，我回頭一看是王武，顯然這些斗篷怪物所表現出來的強悍，讓他震驚了，如果照此抵抗下去，這些龍雷能不能滅了這些斗篷怪物都是兩說。

真龍出現了，是讓大家激動，可是這真龍好像是受著什麼束縛，始終只是在雲中翻滾，連自身能力的十分之一都發揮不了，憑藉這些龍雷，對付這些強悍的斗篷怪物是始終不夠看的，畢竟那不是天雷。

「看下去吧。」我的心中也是震驚，可還維持著表面的冷靜，難道這就是所謂的高級形態？不僅擁有殭屍強悍的肉身，之前的能力也被保留了下來？不過想想老村長那肉身強大，靈魂更加強大，甚至可以分離的狀態，我心中也就釋然了，楊晟到底是沒有完全成功的。

事實上，這個大陣也被我說中了，能力遠遠不只如此，那條真龍在雲中翻滾了數十秒，雷電開始落下之後，竟然無聲無息，毫無預兆地消失了，只剩下漫天的龍雷在雲層中一道一道的落下。

但是在安靜了十幾秒後，陣中狂風吹起，攪得陣中的雲霧四溢，但卻越來越多的雲霧湧出，也就在這時，一條淡灰色的真龍之靈出現了，停留在了陣法的上空，盤旋著……

在天眼的狀態下，這條真龍之靈被我看得清清楚楚，馬臉、蛇身、鹿角、鷹爪、魚鱗，儘管只是一條顯得很是淡淡的真龍之靈，但完整狀態下的它無疑是比剛才只是在雲層中翻滾，若隱若現的真龍來得更加讓人震撼！

真龍之靈的威壓太過強悍，就算一些沒開天眼之人，也在這股威壓之下，莫名的洞開了天眼，每一個醒著的人都清楚地看見了這條真龍之靈。

氣氛沉默，沒有一個人說話，比起未完全現身的真龍來，這條真龍之靈顯然才讓大家感覺到了什麼是龍的威壓，包括我在內，都覺得內心顫抖，不敢輕易開口。

龍靈盤旋於陣法的上空，陣法中幾個關鍵的陣眼忽然毫無預兆地閃亮了起來，和上空的龍靈相互呼應，竟然在陣法中形成了一種奇怪的力場，接著我看見正在施法苦苦抵抗龍雷的魯凡明幾個怪物竟然被束縛在了陣法之中，連動都動不了，有好幾個怪物甚至保持著施法的姿勢，卻偏偏掙扎不得。

「吼」「吼」「吼」直到此時，那些斗篷怪物才發出了絕望的呼號，那聲音就如野獸一般，畢竟它們在某種程度上已經不算是人了，發出這樣的聲音太正常。

「我不要死，我明明已經是不死之身了。」

「不，不不……」

「魯凡明，你快想辦法，你說無論他們做什麼，我們最終都能衝到南洋的。」

幾個嘶啞難聽，彷彿是妖魔怪物在說話卻顯得異常驚慌的聲音在陣法中響起，顯然這次大陣的真正威力顯露出來，終於讓這些斗篷怪物絕望了，它們把希望都寄託在了魯凡明身上。

我默默摘掉了帽子，在雨中站了起來，我有一種感覺，應該是我要出手了，果然在這些聲音響起過後，一聲帶著癲狂的聲音從陣法中傳來：「給老子閉嘴，我們是逃不掉了，但是我們可以有仇報仇，有冤報冤，說不定還可以收回很多的利息，死也就死了！哈哈哈……」

陣中雲霧翻滾，除了偶然落下來一道龍雷，可以看見陣法中的一角，其餘已經看不清楚，但是我也不用看清楚，因為，只是聽聲音，我就知道這話是魯凡明說的，在這種絕望的時刻，它終於要翻開最後的底牌了，果然是魯凡明的作風，就算死也要拉上許多墊背的。

我沒有說話，只是靜靜等待著，想要看看魯凡明的底牌是什麼，但結果卻是讓我絕望無比的底牌：「點點，給我出來，殺，殺光他們，殺光以後，就給我衝下山去，衝進村子裡，衝進鎮子裡，衝進城市裡，給我見人就殺，殺個痛快，這一次我不會再束縛你了，給我殺，殺殺殺！」

魯凡明的聲音帶著異樣的癲狂，伴隨著瘋狂的笑聲，配合著它那已經不是人類的聲音，在此刻，就像是深淵裡的魔鬼發出的聲音一般，在滅亡之前，迎來最大的瘋狂。

魯凡明的話剛落音，就如龍靈出現一般，陣法中的雲霧同樣開始瘋狂翻滾起來，不同的是，這一次的翻滾帶著隱隱的，給人以無限壓力的血紅之光，那逆天的，讓高層核心人物都頭疼的小鬼，終於是要出現了嗎？

小鬼以煞氣為攻擊，卻以怨氣為生存的能量，只要它心中還有無盡的怨氣，它就不死不滅，除非是以絕對雷霆的手段，一擊必殺！不然，就算是絕對的高僧也化解不了小鬼心中的怨氣，想一想它承受的折磨吧。

只可以暫時的壓制小鬼，若想滅了它，除非是珍妮姐那種等級的存在吧。

到了此時，我的心中反而冷靜了下來，兄弟們一個個都拚命了，這一次終於輪到我了，我拍了拍依舊站在雨中一動不動的洪子的肩膀，千言萬語也就無言了吧，然後掏出了信號槍，朝著天空射出了信號彈。

這是江一反覆叮囑的，如果小鬼出現，可以打響信號槍，但是他們要多久才趕來，我心中是沒底的，或者這只是通知他們一聲，這裡有小鬼，必須善後，免得發生更大的悲劇，就如魯凡明所說，衝進人群聚居的地方殺人，但拖延時間還是靠我們的。

怪不得要我在關鍵時候才出手，一切都隱隱有些明瞭了，果然部門有高人在布局，提前算到了一切可能，是卜字脈的高手嗎？

陣中紅光越來越盛，連龍靈都受到了這股暴虐的影響，變得有些焦躁，但是龍靈的目標是魯凡明它們，並不是直面小鬼，所以陣法還是照常維持著。

扔下了信號槍，我抹了一把臉上的雨水，再次看了一眼陣法中的情況，踏起步罡，掐了手訣，我沒有別的更好的辦法，只能先請來師祖再說，或者就算請來了師祖，對付小鬼，由於我本身能力的不足，師祖也會受到束縛，力有不逮，但是我更需要他的經驗。

如果，這一次，我還能請來那個充滿了自我意識的師祖。

雨大風急，雷聲陣陣，山頭上，終於出手的我，所有人希望的眼神，陣法中若隱若現的紅光，地上累累的屍體，一幅戰場的滄桑之圖，畫到了現在，終於是塵埃落定的時刻了嗎？

第九十五章　師祖傳法

外界的情況我已經不知道了，全身心投入在了中茅之術上，可是心中壓抑了太多的悲哀，在這一次聲聲的呼喊中，我溝通的靈魂之聲，竟然帶著哀哀的哽咽之意，戰友們的鮮血，慧根兒的生死不明，已經犧牲的洪子，一個人承載著所有人生命的壓力，失去祖輩們庇佑的委屈，各種的情緒竟然在這個時候爆發——師祖，師祖，師祖，師祖……

我沉浸在自己的世界，我聽見了外界那種帶著恐懼的驚呼之聲，我聽見有人說怎麼承一施法會哭？出現了什麼？我哭了嗎？一切的一切我都聽在耳朵裡，可惜我沒辦法思考，只是驚喜的感覺到我觸摸到了那股熟悉的力量波動，帶著一種異樣的關懷的感情，忽然就充斥在了我的身體。

沒有絲毫的費勁，甚至無須掌控接引，是一次又一次的配合，我熟悉了，還是師祖意志已經有了什麼不一樣的地方？

我還來不及想什麼，由師祖意志控制的我的身體忽然站定，雙眼睜開，接著我第一次真真實實地看見了小鬼，也明白了大家為什麼明明在陣法的保護之下，也會發出如此恐懼的驚呼聲了。

它是一個小男孩，可是完全狀態下的它在靈體的形式下，是如此的巨大，和上次我和慧根兒在幻境中看見的那小小的形象是差了如此之多，依舊是純黑色的雙眸，帶著讓人心悸的眼神，扭曲的神情，微張的嘴裡，竟然是一口獠牙，在小鬼如此巨大的形態下，我也終於看清楚了它為什麼是紅色的，因為它身上是真的帶著層層的鮮血，一層一層的湧出，彷彿流之不盡一般。

它用一種已經無法用筆墨形容的仇恨眼神望著在場的所有人，就算透過陣法，那種恐怖的，冰涼的殺意也成功的傳遞了過來，讓人膽寒。

陣法中的龍靈束縛的只是魯凡明一行人，對小鬼彷彿是一種無能為力，在我的眼中，它在「撕裂」著陣法僅有的束縛，朝著我們山頭上的一行人前進著，我不懷疑，只要它一掙開陣法的束縛，只是眨眼間就可以殺掉我們所有人。

「完全體的小鬼，是上一次那個傢伙吧。」當看清了場中的一切，我終於收到了師祖的資訊，這是第一次我在師祖的表達裡，感受到了一絲怒意，更讓我驚奇的是，師祖的意志裡怎麼會存留上一次的記憶？

可惜這時根本不是探究的時刻，我嘗試著與師祖交流，「師祖，阻止小鬼吧，否則會死很多人的。」

因為有了上次的經驗，我知道在偶然的情況下，師祖的意志竟然可以和我做一些交流，在這次我也著急地嘗試，陣法困不住小鬼太久的，小鬼一出來，就意味著很多的生命會消逝啊。

我以為師祖不會回應我，他一貫的做法只是去做，可是這一次，我卻收到了這樣一段資訊：「以你的能力，就算請來了我一樣對付不了小鬼的。真正能對付小鬼的只有你自己。」

「我自己？」我完全迷茫了，請來師祖都對付不了的小鬼，能對付它的竟然是我自己。

「是的，你自己，我最珍貴的一件法寶，早已傳承給你，可惜我……」師祖說到這裡靜默了一下，接著才說道：「陳承一，聽我傳法。」

師祖竟然要現在傳法於我？雖然靈魂的直接交流根本不耗費什麼時間，可是在這個時候忽然傳法，來得及嗎？

另外，為什麼請來的一段意志竟然會傳法？

可惜，我的師祖是一個我行我素，更不愛解釋什麼，甚至有一些強硬自我的人，根本容不得我滿肚子的疑問問出，接下來，一段鋪天蓋地的資訊就直接傳入了我的靈魂，我在瞬間解讀以後，心中不由得驚呼，竟然是這樣！竟然一直以來是這樣的……師傅不知道，我竟然也一直不知道——虎魂的真正用法。

「直接傳法於你靈魂，於我也是頗為耗費心神，但你已經能用了吧！記得吞下多餘的藥丸，你承受不住，它卻一定能承受得住。好自為之，這一戰當由我老李的徒孫撐起，為免生靈塗炭，你不能退卻。」說完這番話，那股熟悉的力量就從我的身體裡消失了，師祖竟然就這麼離去了。

他離去的時候，我能夠感覺到這一次傳法以後，他比上一次助我完成禹步還要疲憊，這種直接的傳法，是道家最玄妙的一種傳法方式，最是耗費靈魂力，可見師祖在最短的時間內，已經判斷出了該要這麼做？

剎那間，我已經回過神來，眼前的場景又再次恢復了，陣法對小鬼的束縛越來越弱，而大家帶著恐懼與希望的眼神全部都落在了我的身上，王武站在我的身邊，眼神更是焦急，看我呆呆的站在雨裡，他也不知道發生了什麼，更是不敢催促我，只是這般焦急地看著我，嘴上完全是無意識地說道：「會死很多人的，真的會死很多人的。」那聲音竟然隱隱帶上了哭腔。

是的，會死很多人的，如果我們阻止不了的話，從另外一個角度來說，我們即便身死，也會背上太多的負疚，道家人最怕因果罪孽，但是因果罪孽不是你本意不想，就不會纏上你的。

「不會的，因為有我在。」我淡淡地對王武說出了這樣一句話，然後下意識地摸了一下掛在脖子上的虎爪，原來它才是師祖留下的最珍貴的法器，而我和師傅卻一直不知道，那句可惜的背後，師祖卻是欲言又止。

接著，我掐起了手訣，這個手訣異常地簡單，配合心靈的存思，只是為了一點，那就是喚醒傻虎。

幾乎沒有耽誤什麼時間的，傻虎就在第一時間被我從沉睡中喚醒，但在喚醒的一剎那，它就感覺到了小鬼的存在，竟然在我身體裡發出一聲畏懼的低吟。

我沒有說話，盤腿坐下，然後從背包裡摸出密封好的藥丸，一顆接著一顆的往嘴裡扔著，我想王風如果在現場，一定會用盡各種辦法來指責我暴殄天物，可是這一次是師祖教給我的辦法，吃著吃著，我臉上竟然帶起了一絲篤定的微笑，這樣的戰鬥方式才更為有趣吧。

一連吃了很多顆，直到剩下了我還需要留下來修復自己靈魂力的藥丸數目，我才停住了，然後從容的把藥丸重新放回了背包。

藥丸在我的胃部化開，那麼多藥丸爆發出來的狂猛藥力，就像是威力最大的炸藥，直接震顫著我的靈魂，按照正常的情況，接下來，這些藥力就會在我吸收不了的情況下，慢慢的逸散，就如王風所說的浪費！

但是，我閉上了雙眼，按照師祖所傳我的祕法，喚出了傻虎，用祕法讓傻虎本身的靈魂力遍布我的身體，逸散的藥力，全部被傻虎毫不客氣地吸收了！

在我的存思世界裡，傻虎變了，變得更加威風凜凜，如果說以前它只是一頭正常的黃虎形態，在此時，它竟然變成了一頭體積巨大的，舉手投足之間充滿了王者風範的真正虎王，身上的毛皮顏色也開始漸漸淡化，化為了一頭上應四象的白虎！

可是在那個世界裡，它的眼神竟然是畏懼的，因為要面對的是小鬼，但是這重要嗎？根本就不重要！因為傻虎的真正用法，並不是召喚出它來作為靈體戰鬥，而是我即將要化身為虎！

我要親自迎戰小鬼！

第九十六章　化身為虎

我是盤坐在地上的，雖然眼睛是睜開的，可是已經進入了自己的存思世界，我看見陣法對小鬼的束縛快要消失了，我看見王武以及所有人都用一種焦慮到眼神都快要冒火的神情盯著我，卻又不敢出聲催促……

是啊，當所有人看見我面對如此危急的情況，只是神色平靜地吞下一顆又一顆的藥丸，然後盤坐坐下，畢竟都會如此吧？

這些情形映入我的眼簾，卻不能引發我任何的思考，在成功的讓傻虎這個「大胃王」吸收了藥力以後，我一下子閉上了眼睛，這一次是徹底沉入了自己的世界！

用元神出竅的辦法聚集自己的靈魂，但卻並不是要真的從靈台出竅而去，這一次是用我師祖的祕法，聚集我的靈魂以後，和殘缺的虎魂徹底融合！

這是一個很奇妙的過程，這也是一門真正的老李一脈的「壓箱底祕法」，就好比殘缺的虎魂是我的盔甲，而我將穿著它去戰鬥，換一個方法來說，就是我的靈魂和虎魂徹底融合，讓虎魂成為真正的完整虎魂——大妖之魂！

不會有排斥，多年來的溫養，虎魂吸收我的靈魂力與我共生，它既是我，我既是它，在祕法的指引下，我和虎魂的融合是如此順利，就像我們原本就是一江之水，由於地形變成了兩條分流，卻又再次融合在了一起。

這是一個奇妙而享受的過程，盤坐中的我幾乎是憑著本能掐出了一個又一個的祕法所需要的手訣，我不知道這速度是有多快，只是憑著肉體的感覺，感覺到我的雙手肌肉呈一種抽搐的疼痛，而我也聽見周圍驚呼聲不斷，甚至有人在說：「天吶，這手訣掐得竟然帶上了殘影，年輕一輩怎麼可能有這樣的功夫？他是本人嗎？」

可惜的是，我不能有任何的回應，隨著手訣的接近完成，我已經陷入了一種奇妙的狀態中，我已經是那頭威風凜凜的白虎，我在透過它的視覺，精神，思維感受著一切，而它也被我的意志指揮著一切的行動，我們共同透過我的靈台，用一種靈體的方式，看著外面的世界，那是一種純粹能量的表現，戰場裡瀰漫的血氣、死氣、雷電的能量，還有正前面那一股巨大的煞氣和怨氣交雜的能量，充滿著讓人心悸的力量，現在還有一絲絲的力量束縛著它，可是它快要掙脫了。

然後我的眼前一花，又變為了正常的視覺，這就是我的意志已經主導了整個虎魂的表現，視角也變為了人類的正常視角！

但是魂魄離體，身體也會存活不了多久的，所以這祕法還有最關鍵的一步，分離我的一魂兩魄，留守身體，靈魂撕裂的疼痛是普通人無法承受的，可是在祕法的指引下，這種分離是絕對平和而可以承受的，但是時間緊迫，我要快點兒，要再快一點兒……我幾乎是逼出了自己的極限，快速地掐動著手訣，而在這時，一個絕望的聲音帶著哭腔在我的耳邊響起：「承一，它出來了。」

祕法也在這個時候完成，我猛然睜開了雙眼，正好看見小鬼從陣法中跨了出來，這一刻虎魂即將衝破靈台，我只來得及說幾個字：「看好我的身體！」

我的話剛一落音，小鬼已經衝出了陣法，只是眨眼的一瞬間，就已經衝到了我們所在的山頭，隨身的煞氣只是瞬間，已經如實質般的影響到了在山頭的我們，只是氣流先到，我已經看見盤坐在地上的我的身體，臉上出現了一道血痕！

我出來了？我幾乎沒有反應過來，下意識地抬手，看見的卻是栩栩如生的一隻虎爪，完整的大妖之魂，竟然可以到如此的程度，就快要化為實質了！

可是我還來不及適應這個新身體，就看見小鬼身體的右手急遽的在我眼中放大，拍向了我和王武，的確是很狠辣又快速的殺人方式，用它本身那凶狠的煞氣直接把我們的靈魂從身體裡拍碎或者拍出身體，接下來面臨的就是它的吞噬！

這個小鬼，連利用自己的怨氣去影響人都懶得使用，是的，它此時只想殺戮，不停地殺下去！

融合了虎魂的我，幾乎本能的就掌握了傻虎的戰鬥方式，我弓下身體，借助身體的一弓之力，猛地撲了出去，然後用衝撞之力狠狠撞開了小鬼……我感受到了小鬼身上煞氣的厲害，以及白虎本身的煞氣，這樣的碰撞，就如同兩把利劍碰撞在一起，一聲金鐵之聲，在我的靈魂深處迴盪，震顫到我的靈體都差點有些不穩。

但還好，在下落的過程中，我已經穩定了下來，這只是最基本的碰撞而已，雙方都還沒有怎麼戰鬥！

無聲無息的，我和小鬼在碰撞之下，同時從山頭上掉落，落入了山谷的上方，靈體本身為無形物質，一般的情況下，都是漂浮在空中，我很快穩住了身形，小鬼也重新站了起來。

我看不到自己到底有多巨大，只是在我眼裡，剛才還很巨大的小鬼，已經和我的體積相當了，而原本在山頭的人們，包括我自己盤坐在地上的身體，都變得很小很小了，小到就像一隻老鼠和老虎的對比！

我邁動著步子，慢慢地環繞著小鬼，眼神冰冷而充滿殺意，傻虎的靈魂一樣在影響我……而小鬼站起來之後，也同樣地打量著我，只是眼中的戾氣和恨意越燒越旺。

周圍的議論聲不絕於耳，彷彿都在驚歎這場大戰，栩栩如生的大虎和猶如真人般存在的恐怖小孩，在空中的對峙。

「這是承一的護身靈體嗎？是他召喚出來的嗎？太驚人了！」

「是啊，我都懷疑承一把四象裡的白虎召喚出來了！」

「不，絕對不是，你們沒發現承一本人已經陷入了一種奇怪的狀態嗎？這難道是承一本身的靈魂？可是說不通啊？」

無論如何，這樣的手段已經超出了人們的認知，他們的驚呼聲不斷，聲音裡也充滿了希望，有如此厲害的白虎，這一場戰鬥終於有了希望，至少能拖到援兵的到來，那時候就是我們的勝利了。

但是，在空中的我卻不是那麼輕鬆，因為小鬼的氣場壓迫著我，彷彿我從怎樣的角度出手，都是充滿了危機的，可是那暴戾而暴躁的小鬼卻不想和我拖延時間，只是這樣對峙了幾秒鐘，下一刻，它嚎叫著，竟然就朝我這樣狠狠撲來，露出的是滿口的獠牙，它竟然選擇了最粗暴的方式，要直接吞噬，啃噬我！

靈體之間互相吞噬，是絕對正常的，因為都是同樣的能量屬性，何況白虎也是充滿了煞氣的大妖之魂，小鬼如果能成功吞噬我，無疑就是對它最好的補品！

可是我是白虎，虎本身就是王者，白虎更是王者中的王者，我豈可示弱？這就是虎性！我來主導靈魂，已經是徹底消除了對小鬼的恐懼，剩下的自然就是虎性！我也撲了上去，揚起我的虎爪，直面小鬼的啃噬，狠狠朝著小鬼搧去，這是野獸般的爭鬥方式，最直接的戰鬥方式，我們在空中碰撞起來……

伴隨著震耳欲聾的小鬼的嚎叫，和我長長的虎嚎之聲……

這是最慘烈的碰撞，在旁觀者看來，就是雙方都不計傷害的碰撞，白虎靈活，小鬼狠戾，撕咬，抓擊，拳頭，腳踢……最野蠻的方式，最原始的爭鬥，動作快到旁人幾乎看不清，卻又不是驚心動魄四個字可以形容。

在碰撞中帶起的怪風，在雨中咆哮，那風力大到竟然連根拔起了一根又一根的樹木，「轟隆」「轟隆」地倒在泥濘之中！

天地變色！

第九十七章　激鬥

我並不能去判斷觀戰者的感受，他們或許會緊張，會焦慮，會感受到其中的驚心動魄和危機重重，可他們絕對不能體會到我在戰鬥中的痛苦。

旁人穿過靈體是無形無質的，但是靈體之間本身的碰撞，特別是以煞氣為主的靈體之間的碰撞，就如同兩塊巨大的金屬塊撞在一起，堅硬，激烈，沒有任何的取巧之處，就是完全而直接的硬碰硬！

只是持續了兩分鐘這樣激烈的戰鬥方式，就讓我牙關緊咬，全身感覺都顫抖，而靈體的狀態也是會受傷的，那種直接作用於靈魂之上的撕咬之傷，拳頭砸下來的悶傷，那種疼痛是從靈魂傳來，是肉體疼痛的十倍，還伴隨著一種精神上的折磨，讓整個腦袋都處於一種悶痛的狀態。

我受的傷，會直接展現在我的身體上，就如此刻那個盤坐於地上的陳承一臉上的痛苦表情一般，小鬼又一次攻擊到來了，根本沒有餘地去閃避，我們又一次碰撞在了一起，然後分開……

這一次，我嘴上叼著一塊小鬼的「肉」，眼神冰冷地吞噬下去，沒有選擇，必須要吞噬來補充自身，否則受傷過多，我的魂魄會散掉，它也一樣，受傷抓著一塊虎「肉」，眼神中充滿暴戾之氣的吞噬了下去。

身體感覺很是難受，原本那漂亮的毛髮也變得狼狽，流不出鮮紅的血液，但傷口是那樣橫七豎八的遍布在身體之上，這是靈魂受傷的最直接的表現。

可是，如今我是一隻老虎，我不會微笑，只能報以一聲虎嘯，來表達自己心中的痛快，因為讓人談論起來如此可怕的小鬼，也被我「揍」得同樣狼狽，至少這一輪的碰撞之中我沒有吃虧！

小鬼的肉（能量）一入肚，和之前一樣，沒有任何的滋味，只是在剎那間就能感覺到一股靈魂力的滋養，包含著煞氣，但同時也包含了小鬼太多的負面能量，可是我本身多年的意志累積，這一些負面能量很快就逸散了開去，並不能對我造成任何的影響。

只要本身的意志不被磨滅，盡可以放心的吞噬，這是靈體間吞噬的「潛規則」，無須有什麼顧忌。

感覺自己狀態好了一些，我眯起了虎眼，再次踱開了優雅的虎步，尋找著下一次進攻的機會，可是小鬼這種被怨氣直接影響的生物哪裡會有那麼多的心思，它越來越暴戾，嘴上只是嚷著：「殺，殺殺，殺死你！」

我聽小鬼說得最多的就只是這個了，在它的世界裡彷彿就只有這一句話，也就只有殺戮，是啊，它要靠殺戮來平息它心底翻騰不息的怨氣，我很驕傲，為我自己，也為老回，我們從魯凡明手裡搶回了憶回，否則他也會淪為這樣只知道殺戮的怪物。

在小鬼嚎叫的同時，新一輪的變化開始了，小鬼握緊的拳頭開始長出了無色的尖銳的刺，它的獠牙也泛起了一層無色的光芒……

我依然眯著眼睛，我太清楚了，下一次的碰撞會更加的激烈，小鬼直接在使用它的煞氣了，它的煞氣化為了實質，竟然要攻擊我。

我很弱嗎？當然不是，在很多年以前，我是一片山林中的大妖，以一隻虎之身修煉有成的大妖，若我能恢復全盛時期，我就算突破那空間的束縛，去到那傳說中的地方，又有什麼不可能？可惜，在那些年我殺孽太重，被人收了……

這是什麼？我一下子變得清醒了，我竟然觸摸到了傻虎的記憶，什麼叫突破空間的束縛，去到那傳說的地方？我的心情一下子變得很激動，我像抓住了什麼，可是我還是清醒的，我在戰鬥啊！

它小鬼會煞氣化形，難道我就不會嗎？彷彿是無師自通一般，我很快就會運用煞氣了，那尖銳的虎爪子在我的虎掌上長出，同樣在原本虎爪的基礎上延伸出了無色尖銳的刺，我的牙齒同樣也泛起了一層無色的光芒！

我用一種戲謔的眼神看著小鬼，我要表達的意思其實是，你啊看見沒有，我的人長得周正，就算變成了老虎也是他媽一隻特帥的老虎，玩煞氣，你以為就你會？小爺我也會！這是你羨慕不來的。

顯然那小鬼可不懂這些幽默，只是殘酷地吼叫著，在煞氣化形以後，我們又一次異常有「默契」地碰撞在了一起，這是比上一次更為激烈的碰撞與廝殺，就算沒有鮮血四濺的殘酷，可那四散的威壓，讓下方觀戰的人群紛紛抱著受傷的人員後退了好多步，因為那帶去的勁風竟然隨意的就在樹木上和大地上留下了一道又一道的痕跡，如果不躲開一點兒，一不小心就會被誤傷！

這一次，也是一次持久的廝殺，小鬼自然不會後退，因為它可以說是厲鬼的一種，也算厲鬼最厲害的幾種之一了，它心中翻騰的是怨氣，無時無刻地在折磨它，只要放開了束縛，它就只會以殺戮來平息心底的痛苦，它怎麼可能在殺戮中後退？

而我自然也不能後退，師祖在離去之時，曾告訴我這一次是老李一脈的事情，這一次絕對不能後退，就算是我本身也完全沒有後退的可能，今日我要後退了，那麼在之後，就會是一幅血流成河的地獄場景擺在我的面前！

你難道能指望魯凡明那個瘋子去束縛小鬼嗎？不能的！他這種瘋子只恨死的人、為它墊背的人不夠多！

行動越來越慢，發出的攻擊也越來越無力，我根本就已經忘記了時間流逝了多少，身上的傷痛也把我痛到麻木，我看著自己的身體漸漸變得有些黯淡，可是它不退開，我絕對不會退開！

又一次殘酷的碰撞，我在小鬼的肩上咬下了一塊「肉」，並且用虎尾狠狠抽了小鬼一記，與此同時，小鬼的爪子在我的虎背之上，也狠狠抓下了一塊「肉」，在被我抽飛的同時，一拳不忘狠狠砸在我的虎頭之上……

我只能勉強避開了那拳頭，可是拳頭的勁力卻讓我倒退了好長一段距離，而小鬼也同時被我虎尾蓄力一擊，也抽飛了好遠，在激鬥了不知道多少時間以後，我們再一次的分開了。

這一次，我和小鬼的身形都同時變得黯淡，如果要用人的傷勢來衡量我們，那就是重傷的狀態了，要再戰嗎？當然還要再次戰鬥！

我們的戰鬥已經到了這個關口，根本沒有退卻的可能了，我甚至看見下方的龍靈也受到了我們的影響，咆哮不已，彷彿是在表達，如若不是為了維持陣法，它也想加入這場激鬥之中！

可是變為了妖魂傻虎，我這也才知道，下方的龍靈根本不是真的龍靈，連真龍靈十分之一的力量都沒有，簡單點兒說，用傻虎來做比喻，它只是殘魂，是連當初傻虎殘魂都不如的殘魂！

在我的印象當中，老李好厲害，他也有共生之魂，那是，那是……我忽然想不起來，我也不知道為什麼我會在戰鬥之中想這些，一恍神，我才發現，我又陷入了傻虎的記憶之中！我也感覺有些混亂，因為我在融合了之後，感覺自己已經不是純粹的陳承一，而是陳承一與傻虎的綜合體！

強行讓自己回神，我一抬頭，這才發現，不遠處的小鬼全身已經泛起一種不正常的紅光，紅到發黑，它彷彿很吃力地在調動著這股紅光，一下子，我毛骨悚然，虎毛乍起，我忽然明白，那個傢伙是不想纏鬥了，它要用厲害之極的攻擊了，因為它迫不及待的想要殺戮了。

在我以為，我和小鬼之間只能原始一般的殺戮，因為我們同為煞氣靈體，任何的環境，怨氣都不可能影響我們，因為煞氣是破除萬氣的，卻不想，它真的是有不一樣的手段！

怎麼辦？怎麼辦？我第一次有一些慌亂，就算剛才的激鬥中，幾次生死危機，我都沒有如此的慌亂，我不是怕死，是怕死掉都不能阻擋這個小鬼！

可也就在這時，傻虎的記憶又浮現在我的腦海中，而同時，我自身也想起了師祖剛才傳法中的一道法門，畢竟我只是囫圇讀了一遍，掌握了最基礎的融合，這篇法門是深之又深的。

那麼應該是這樣吧？我又一次瞇起了虎眼，我知道下面那個盤坐的陳承一也要參與其中了！

第九十八章　風與海的碰撞

想到這裡，已經沒有猶豫的時間了，我集中精神，開始溝通起王武：「王武，我是承一，劃破我的中指，把中指血抹在我的眉心、胸口……然後用這樣的手法刺激我的……」

王武很快收到了我的靈魂訊息，一開始他有些茫然，但確定我是陳承一以後，他立刻就動手開始這樣做了，儘管他不知道這樣做的原因！

我看著王武迅速做著這一切，其實發自內心的想苦笑，無奈我是一頭大老虎，根本就笑不出來，只能無奈地眨了眨虎眼，其他人不知道，但我卻知道我這是要做什麼，我是要讓自己「起屍」，再簡單點兒說，就是要化成洪子臨死前的那個狀態，又有些許的不同，洪子是魂魄完全離體，而我其實更像傳統意義上的殭屍，身體活著，只是留著一魂兩魄在身體裡！

可是這也不得不讓我感慨師祖傳下的祕法匪夷所思，這種以殘魂魂共生，一主一輔，雙魂合一，身體還能輔助的祕法簡直不像來自於人間！

王武做這一切，自然引起了大家的驚奇與質疑，王武在焦急地解釋，我卻管不了這一切了，虎生風，雲從龍，在這個時候，我也是要用出傻虎殘留在記憶深處的祕法了。

心神沉下，利用傻虎的靈體我陷入了存思的狀態，在某些方面動物會羨慕人類是萬物之靈，修行、思考、開智都比動物要占有許多的優勢，但作為人類我也羡慕起傻虎來，一旦修行有成，用起祕法來，甚至比人類簡單很多，只要靈魂力足夠溝通天地，什麼步罡、手訣統統都可以邊兒玩去，根本不需要。

但是事情沒那麼簡單，我還要心神一分為二，聯繫那個陳承一，共開祕法，給予小鬼致命的一擊。

和傻虎的共生體，在我存思的當頭，利用心中默念的奇異咒語，很快就感受到了一股股活潑的風，縈繞在身邊，累積越多，壓縮在身邊，就如同在構造一個危險的炸彈⋯⋯

而那邊陳承一的身體在王武用我教導的祕法「刺激」以後，忽然就睜開了顯得有些木然的雙眼，我努力溝通於留在陳承一身體內的魂魄，不停在思維的世界裡與那個魂魄溝通某項祕法！

畢竟是我自己的靈魂，這種溝通雖然不易，卻也有一種很奇特的共鳴，很快在我的努力溝通之下，那個盤坐於地上的陳承一動了，開始掐起一種奇怪的手訣，說是奇怪，因為道家的一百零八種手訣我雖然不是全會，但是一眼也能認出這一百零八種手訣中絕對沒有這樣的掐法，這不知道是來自哪裡的奇怪手訣！

那個陳承一的雙手動了，越動越快，帶起了一道道殘影，速度還要快過我剛才在接受傳法後那種奇妙的狀態，可是這並不值得驚奇，只因為人在「殭屍」的狀態，身體受到的「束縛」少，自然也就能發揮到身體的極限，所以說殭屍往往力大無窮，所以說洪子爆發出驚人的射擊天賦。

已經開始了，那我也就放心了，全身心地沉浸於風的溝通與聚集！

大雨還在傾盆而下，伴隨著雷聲陣陣，詭異的是風停了，像忽然間的一首澎湃的樂曲嘎然而止，天地間連一絲風都沒有剩下，是的，它們全部聚集在了我的身旁。

那是一股恐怖的能量，就如同我在親手製作一個高當量的炸彈，但是不夠，還是不夠，我都能感覺到在我身邊壓縮聚集的風那其中蘊含的狂暴能量是多麼的恐怖，可是這是不夠的，因為這是，剩下的，最後的，雷霆一擊！

這種奇怪的對峙，看似平和而又安靜，卻不停在提升著危險而恐怖的氣氛，雙方接下來就將會是一觸即發的大爆炸！

「嘩」「嘩」莫名的，天地間傳來了浪濤翻滾的聲音，可是我還在聚集著風，只要還有靈魂力，我就不會放棄把它聚集到極限！剛才吞下的藥丸，在快速發揮著作用，非常可惜的是它並沒被傻虎的靈魂吸收多少，反而在此刻發揮了作用，每當我靈魂力要枯竭的時候，就有一股溫和的藥力從靈魂中湧出，補充著我急遽減少的靈魂力！

「嘩嘩」「澎澎」，浪濤翻滾的聲音越來越大，甚至大到響起了如同驚濤拍在大石上的聲音，我沒有顧忌外界，都能感覺到那一股狂暴的能量，甚至於我能嗅到一股深入骨髓的冰冷的血腥氣味！

天地間的雨聲，雷聲全部被這浪濤聲所淹沒，震耳欲聾！

可這還不是結束，各種呼號的聲音開始傳來，有男有女，有老有少，他們都發出了最淒慘，最恐懼的哀嚎，夾雜在那浪濤聲中，帶著無盡的怨氣和被束縛的悲哀，似是在掙扎，卻又帶著不甘想要吞噬的怨氣。

蓄勢待發！我感覺到一片血海正在形成，就要蓄勢待發。

我從存思中醒來了，睜開了冰冷的虎眼，可是我的靈魂還在不停地溝通天地，聚集著風，哪怕能多一絲也是好的。

我沒有辦法思考，我只能觀察，果然在我的前方，在小鬼的身形之後，一片滔天的血海已經形成，中間漂浮著無數的怨靈，浪濤拍岸，氣勢驚人，那血海上空聚集的怨氣只是看一眼都刺得我眼睛生疼！

這是地獄！這也就是傳說中小鬼的怨氣外放，它那彷彿無窮盡的怨氣所形成的世界！還好，只是一片海，如果形成了一方怨氣世界，在祕密典籍的記載中，那就需要神仙的出手了。

所有人都安靜地望著上空，估計心裡已經緊張到了極點，這片血海的形成，此刻要有個普通人在現場，估計都能看出一眼，那就是天空莫名被染成了一種血紅的顏色。

第一次，小鬼的臉上出現了一絲人性化的詭異表情，不再是無盡的怨毒，而是勾起了一絲冷笑，它立於血海之上，當那絲冷笑在它臉上散去之時，那熟悉的「殺，殺殺殺了你們全部」又再次從它的口中喊出，還帶著天真的童稚之音，可是這就是催命的聲音！

血海呼嘯，朝著我們所有人，帶著一種驚人的氣勢撲面蔓延而來，見過漲潮嗎？這就是血海的漲潮，可是這氣勢比起漲潮快了好幾倍！轉眼就瀰漫到我的身前！

那些在血海中漂浮的怨氣，瞪著無助卻又瘋狂的雙眼，一張扭曲而恐怖的臉上，帶著異樣的興奮，隨著血海的呼嘯而來，也伸出了乾枯的雙手，彷彿是想要第一個抓住我。

溫和的藥力終於不再從靈魂中溢出，而靈魂力也終於到了一個臨界點，如果再過度使用，就會像上次那樣，傷及我和傻虎靈魂的根本了。

是時候了！

此時血海已經蔓延到了我的跟前，處在最前方那個冤魂的爪子已經快伸到了我的眼前。

我瞬間清醒了過來，壓縮到極限的風力瞬間呼嘯而出，朝著蔓延過來的血海瘋狂吹去……這就是最直接，另外一種方式的角力，在狂風放出的剎那，血海的波濤就被吹起數米高，朝著後方倒捲而去，在上面漂浮的冤魂帶著驚恐的眼神，被一陣陣呼嘯而過的狂風吹入了血海深處！

這才只是開始，狂風開始聚集著能量，形成了狂暴的龍捲風，而血海也氣勢洶洶的在被吹退了數米以後，重新的延而來……我和小鬼立於天空的兩方，分別操控著自己的大招，準備著迎接下一次的碰撞！

第九十九章　本命妖雷

我不知道在自然界中真正的狂風和一片海域的碰撞應該是什麼樣子，是該狂暴的龍捲風把海水捲入空中，還是海域連綿不絕用滔天的大浪壓制著狂風，厚重而凝實！

如果真是在自然界中，我就是該輸了吧？我疲憊地站在天空的一方，這樣想著，但事實上，這片血海只是小鬼的怨氣所化，所以我召喚聚集而來的狂風一次次的和血海碰撞，並沒有處在下風，反而是風狂暴地吹過，一次次把血海逼退，怨氣被吹散，血海的顏色越來越淡薄。

我能看見小鬼眼中的暴戾與狂躁，它是很厲害，以煞氣為武器，以怨氣為存在的根本。可是它忘記了，無論它是怎麼樣有天賦，又是怎麼樣被刻意的「培養」，但它的靈魂力絕對不可能和一個修行多年的修者外加一個大妖的殘魂相比！

狂風還是呼號，明眼人都能看出那片怨氣化形的血海，已經是節節敗退，在普通人的眼中，這一定是怪異的天氣吧，天空泛紅，而莫名其妙的狂風亂舞，隨著狂風的一次次吹過，天空漸漸還原出本來的顏色，是紅色的雲被吹走了嗎？

普通人或者是會這樣想吧，我知道自己會勝利，但我也很清楚勝利的關鍵也永遠不在於這片血海是否消散，而是在於小鬼這種以怨氣而生的怪物是否能夠被鎮壓！

我沒有自大到以為自己可以徹底消滅小鬼，那只怕是我師傅才能做到的事情，我只求能夠暫時鎮壓它，或者說，我可以去賭一賭我是否能夠真的消滅小鬼，從此時的跡象來看，至少我沒有看見所謂援兵的影子！

小鬼的可怕是在於不死不滅，只要還有怨氣，它就會一直存在，我疲憊的踱著虎步，看見又一輪的狂風吹過，這片血海是快要消散了吧。

小鬼彷彿已經是被我激怒到了極限，在這時，它竟然收縮起了血海，那一片血海聚攏在它的身邊，那鮮紅的顏色又再次出現，它在聚集能量，想要給我最後的一擊，看是狂風最終吹散了血海，還是最終血海吞沒了我！

而我也不緊不慢地聚集起來了所有的風力，看了一眼正在下方飛快的掐著手訣的陳承一，心裡只是默默想著，差不多了吧？

只是靜默了幾秒鐘，剛才呈蔓延趨勢的血海忽然猛地變成一段江河那樣的存在，狂暴地朝著我呼嘯撲來，中間的冤魂統統消失，變成了河面上一張張掙扎的臉……

而我這邊，一股巨大的龍捲風衝天而起，也瘋狂朝著那條血河席捲而去，兩相碰撞之下，竟然出現了短暫的靜止狀態！

可是我會贏的，我只是看了一眼在天空中膠著的能量，心中幾乎是無悲無喜地想到，也許在普通人看來這就是怪異的地方吧，一道龍捲風竟然在某個地方出現了短暫的靜止不動的情形！

我不再看著那最激烈的戰場了，而是邁著虎步，輕巧地轉身，下一刻就猛地朝著我的身體撲去，我沒有感覺錯，從那邊靈魂傳來的資訊，施法就要完成了吧？

「怎麼，那條白虎怎麼跑了？是要輸了嗎？」
「不會輸的，你看那風已經逼過去了，那血河被吹散了啊！」
「那為什麼那白虎要逃？」
「是啊，難道是終於敵不過了嗎？那咱們就拚命吧？」
下面的議論聲紛紛，可我怎麼可能去一一解釋，在撲入自己身體的前一刻，我聽見王武大喝了一聲：「你們鬧什麼？相信承一吧！我們會贏的！」
是的，我們會贏的，下一刻，我的靈魂就回歸了我的身體，可是是以虎魂與我的靈魂共生的形式回到了我的身體，並沒有分離！
一道紅光出現在天空的盡頭，那奇異的手訣，竟然以人的身軀溝通到了最驚人的妖雷！
是啊，畢竟是人，能夠以手訣溝通妖雷已經是了不得的成就，根本不可能指引妖雷落下，而普通的妖雷又怎麼可能傷得了小鬼這種逆天的存在？
除非複製當年那一場大戰，我們能夠擺出十方萬雷陣，才能生生劈散了小鬼，而且劈散怨氣如此堅固的傢伙，所需的天雷絕對比劈死一隻蟲子需要的天雷多數倍！
所以，要用這頭傻虎的祕法——妖雷！但是這不是普通的妖雷，而是本事要融於雷電當中，是本身的靈魂力融合雷電之力，生生的用自身撞碎那個小鬼，而雷電本身就有淨化怨氣的作用！
這是一加一大於二的事情！
可惜傻虎是殘魂，而且本身的能力在風，不在雷！殘魂之軀，更不可能溝通來那道本命之雷！只能借用靈覺超強的陳承一的身體，去引來那道妖雷，在最後關頭注入傻虎的靈魂力，引下那道妖雷，再徹底融合於那道雷電之中！

在傳說中，各種修煉有成的妖怪，都有一顆本命的元丹，可誰知道，那不是什麼固體的元丹，而是本身的一口精氣氣場，可以保護自身融於一道妖雷！但也會重創自身！

這才是真正的本命元丹的真相，這也才是本命元丹攻擊厲害的真相，真正厲害的大妖，可以發出一道又一道的本命妖雷，這也才是真相！

「嘩啦」一聲，那道召喚而來的紅色妖雷終於劃破了長空，以陳承一身體強大的靈覺感受到了妖雷所在，以虎魂的本身指引著妖雷的落下，雷電果然落下了……

也就在這個時候，虎生風的終極意義體現出來，一道虎影幾乎是借助著風之力，瞬間衝出了我的身體，我的靈魂和傻虎融合在了一起，彷彿在此刻置身於了無邊無際的，溫和親切的風的懷抱！

連我自己都搞不懂這速度究竟是有多快，只是在衝出身體的剎那，我感覺靈魂都傳來了一股要命的酥麻之意，本命的精氣氣場在這一刻瞬間布滿了全身，那一刻的感覺是奇妙的，彷彿我就是知道，因為我的存在，天空中才誕生了那麼一道雷電，這道雷電是我的，所以當我的氣息散發開去，這道雷電就立刻認可了我！

我不懂這其中的原理是什麼，妖有妖雷，可我知道神也有神雷，是否人要擺脫了生命本身的桎梏，才能擁有一道屬於自己的雷電？那是一種頑強的逆天抗爭的精神吧！擺脫桎梏！

在那一瞬間，我想了很多，又彷彿什麼都沒有，我的靈魂力融入雷電，彷彿是徜徉在自由的宇宙，可是我義無反顧地指引著它，朝著小鬼狠狠劈去！

「轟隆」一聲，那是絕對的能量碰撞，我根本無暇去顧及結果，我只覺得那一下的碰撞，彷佛就像我化身為了巨斧，被人揮舞在手中，與另一柄巨斧在蓄力完畢的情況下，不要命地碰撞在了一起，只是靜止了瞬間，山崩海嘯般的能量就將我淹沒……

黑暗，無邊的黑暗中，我卻並不孤寂，是要塵埃落定了嗎？我感覺我的身體在慢慢往下飄蕩，我看見師傅前行的背影忽然停下，轉身，朝著我微笑，對我說道：「走吧，回竹林小築去……」

我看見如雪溫柔的用手拂過我的臉頰，告訴我：「承一，不可以睡，睜開眼睛，睜開……」

是要睜開眼睛嗎？在那一刻我彷佛有了自我的意識，我看見傻虎從我的身體掙脫開去，閉上了虛弱的眼睛，靠在我的胸膛沉睡，而我應該——睜開眼睛！

這個念頭如同一道驚雷在我的腦海中閃過，我猛地一下睜開了眼睛，周圍的光亮一下子刺得我的眼睛有一些短暫的不適應！

和以前一樣，我會是躺在別的什麼地方嗎？不，不是的，我在稍微適應了一下之後，發現我還是在這個戰場，周圍的戰友圍繞過來，不停的喊著我的名字：「承一……」

「我昏迷了多久？」這是我醒來以後的第一句話，有一些虛弱，靈魂力又消耗到了極限，再多一些，怕又會出現上一次的那種情況，好在這次還沒到臨界點，可以慢慢恢復。

感謝師祖那神奇的祕法。

「什麼昏迷啊？你不過一下子就倒了下，到現在不過幾秒鐘。」回答我的是王武。

我沒有昏迷？我望著遠處的天空，哪裡還有小鬼的蹤影，那麼是結束了嗎？我不敢肯定！

第一百章　點點，回來吧

一切似乎都安靜了下來，剛才還如此激烈的戰場，只剩下風雨的聲音，外加偶然落下的雷電，雨點打在燈光的範圍內，顯得細細密密，帶著別樣的山林的夜的氣息，傳入了每個人的鼻端。

是結束了嗎？我的心底再次浮現出這樣的疑問，王武坐在我身邊疲憊地說道：「還有十三分鐘，大陣也就運轉完畢了，還能去看看山谷裡還有沒有活著的人？」

我抹了一把臉上的雨水，也顧不得地上的泥濘，很乾脆一把躺在了地上，我的所有兄弟不是重傷就是昏迷，還有一個已經死去了，直挺挺地站在那裡，可他是不是還有未了的心願？怎麼還如此站著？

我沒有辦法思考，青草的氣息，泥土的氣息，雨水的氣息，伴隨著一陣微微的山風包圍了我，可是只是這樣安靜了不到半分鐘，我總覺得有股子血腥的氣息夾雜在其中，揮之不去。

怎麼回事兒？我敏感地坐了起來！可是還來不及觀察什麼，就聽見從天際的那邊傳來了直升飛機的聲音，是援兵到了嗎？我剛鬆了一口氣，卻看見在剛才我戰鬥過的上空，天空也出現了詭異的淡紅色，夾雜在黑色裡，不是那麼明顯，但確實是在。

「我×！」我幾乎是下意識的就罵了一句，然後站了起來，死死盯著那片飄忽的紅色，我只聽見了直升飛機的聲音，還沒看見它的出現，只是但願他們能快點兒。

我異樣的表現，引起了剛放鬆下來的所有人的注意，大家順著我目光的方向都看見了那片紅色，但同時也聽見了直升飛機的聲音。

那片紅色意味著什麼，剛才看過我和小鬼大戰的所有人都明白，王武吃力的爬起來，站在我的身旁，聲音有些顫抖的問我：「怎麼辦？」

怎麼辦？我苦笑，終於回憶起了那最後一幕，小鬼被傻虎的妖雷衝散，傻虎和我的共生靈魂在這衝撞下，也虛弱得不成樣子，只要再有一點外力，就能直接破碎，在這種情況下，傻虎的本能意識忽然占據了主導，它用最後的氣力，咬住了小鬼碎片那塊最大的碎片，囫圇吞噬而下，接著又咬住了一塊，忽然的能量衝擊，和使用本命妖雷的疲憊，讓我和傻虎同時陷入了沉睡。

那還有一戰的資本嗎？我不敢單純去賭和時間賽跑的問題，仔細探查自己的身體，傻虎莫名的，自主陷入了沉睡，而我的靈魂力也到了臨界點，再戰鬥下去，我又會陷入上次的情況，那麼這一次，我還有上次那種運氣嗎？王風那裡也是沒有存藥了啊？

我抬頭望了一眼天空，彷彿是嫌情況不夠糟糕似的，那紅色越來越盛，我在這種情況下，不得不開了天眼，在天眼之下，一個淡淡的小孩子虛影已經出現。

我的臉色難看，而在下一刻那一句熟悉的，震顫所有人心靈的「殺，殺殺，我要殺光你們！」又再次傳入了每一個人的腦海！

小鬼復生了！

果然是這樣吧，那個以怨氣為生的怪物，只要怨氣存在，就一定是不死不滅，果然還是這樣吧，我的能力終究不夠！

沒有時間猶豫了，那邊遠遠的終於出現了直升機的影子，可是那麼遠，我打賭它的速度是快不過小鬼的，嘴裡彷彿有一種叫苦澀的東西蔓延開來，我安靜的說了一句：「拚命吧，只要能拖延一點兒時間。」

話一說完，我踏起了步罡，就算是以後不能當道士了吧，我也不能把所有人的命送進去，師祖說過不能後退，而師傅說過，人總是要心中坦蕩而無憾的。

在我踏動步罡的同時，小鬼的身形已經漸漸出現，那扭曲得充滿了怨恨和暴戾的臉，再次出現在了我的面前。

來得及嗎？來得及嗎？就算施法，又能阻擋多久？可是我不敢分神，施法的時候，最忌的就是分神。

情況已經滑向了絕望的深淵，但就在這時，兩個身影出現在了山谷的那頭，其中一個身影我是那麼的熟悉，可是我一時想不起是誰，而另外一個身影，顯得有些怪異，我只是模模糊糊看見，他好像多出了一雙手，顯得非常臃腫，畢竟燈光不是朝向那方的，可是，下一刻我就看見一個身影從那個顯得臃腫的身影上跳下，抱著一個什麼東西，踉踉蹌蹌，跌跌撞撞走向前方，顯得情緒很是激動。

這時我才鬆了一口氣，原本我以為是遇見什麼怪物了，原來是其中一個人背著一個人啊！難道這也就是我們的轉機嗎？

「阿彌陀佛，但願我和師傅提前趕來，能多救下幾條性命！承一，還好嗎？」一個熟悉的聲音從山谷的那頭傳來，是覺遠！是覺遠那小子，他怎麼來了？

可是，我抬頭看了一眼天空，小鬼的身形已經快要凝聚完畢了，我大喊道：「你要再不快點兒，我馬上就要不好了。」

那邊沒有傳來任何的回應，卻見覺遠和他的師傅盤腿坐下，另外一個身影一步一步的走下山谷，接著，我就聽見了那充滿悲天憫人的，熟悉的誦經之聲。

慧大爺和慧根兒嚴格的說來，是武僧一般的存在，論起超渡的本事，絕對不及覺遠，這一次是覺遠和他的師傅出手，這超渡的念力，是異常強大的。

可是小鬼不死不滅，也絕對不是可以渡化之物，可以說它整個靈體都是由怨氣構成的，消弭不了它心中的恨，任何的超渡都是無用。

但是，接下來的一幕，多少給了我一點資訊，小鬼原本快凝聚完成的身體，忽然靜止不動了，隨著經文的念誦，原本聚集在它身邊的紅色怨氣之團，也慢慢變得淡了起來。

這就是超渡的慈悲念力消融怨氣，這是真的有效果！

我鬆了一口氣，一屁股坐下了地上，可是我還沒來得及完全放鬆，就看見小鬼的神色變得扭曲而痛苦，那怨恨之氣更重，它慢慢地轉頭，一雙怨毒的眸子死死盯住了覺遠師徒。

而覺遠師徒恍若未覺，只是那充滿了慈悲的誦經之聲不絕於耳，這原本就是一處慘烈的戰場，我竟然看見剛才死去的人們，心中有怨的，未曾離去的靈魂，紛紛隨著那超渡之聲，靈魂變得潔白，然後慢慢走開，忽而就已不見……

可是這種慈悲感染不了小鬼，它忽然仰天發出了一聲類似於小孩子啼哭的聲音，忽然身邊的怨氣變得更為深重了一分，身體也開始快速地凝聚成形。

就是這樣的，我眼睛一下子瞪大了，師傅曾經說過，已經萬萬不可超渡之物，那就不要超渡，因為你的超渡與慈悲，只能引發它心中更深的恨意。

這覺遠師徒！難道我還是要出手助他們嗎？那邊，直升機的影子已經漸漸清晰，快趕到這個山谷的上空了……

而在這邊小鬼的身影已經完全凝聚成形，可是一腔仇恨已經快速轉移到了覺遠師徒身上，媽的，還是要出手，既然如此，也就不管了，燃燒靈魂，用瞬發的法術吧！

我這樣想著，可是這時一個女人的聲音突兀地響起在這個山谷：「點點，回來吧，點點，回來吧……」

好熟悉的聲音，我一下子愣住了，是誰？

可是，記憶力向來驚人的我，一下子就反應了過來，這個聲音我絕對聽過，我想起來了，是我和老回曾經在那個村子遇見過的一個人，是那個瘋瘋癲癲，癡癡傻傻的女人，就是她！

第一百零一章　你殺我吧

可是她來做什麼？難道她也是一個高人嗎？但是從她呼喊的聲音來看，我第一時間就敏感的察覺到了，這個女人身上根本就沒有法力的存在！

那這是什麼？瞎喊嗎？我有些疑惑地望向天空，卻驚奇地發現在天空中原本充滿了狠戾與怨氣的小鬼，表情變得異常奇特，那是一種痛苦與哀傷綜合起來的表情，中間還有質疑、不解和憤怒，但它就是這樣生生停下了進攻覺遠師徒的腳步，帶著這種表情，呆呆地立在天空！

於此同時，大陣中忽然響起了一聲憤怒的嚎叫，是魯凡明的聲音，魯凡明還沒死？我眼睛微微眯了眯，也好，就怕大陣徹底弄死了它，我沒有辦法手刃這個仇人！

不過，這個女人的出現，竟然引發了魯凡明如此的情緒，倒是一件兒「新鮮事兒」，我有一個感覺，或者這個女人就是小鬼唯一的制約？

很快，我的想法得到了證實，隨著小鬼停下了它那發洩怨氣的腳步，覺遠師傅更是加緊了超渡的步伐，這一次他們好像使用了什麼祕法，在天眼之下，我彷彿能看見他們口中念出的每一個經文都帶著淡淡的金色。

這樣的超渡，顯然又讓小鬼的情緒失控，但同時，那個女人手捧著一個盒子，帶著悲愴的表情，幾乎是連滾帶爬的走下山坡，她口中喊著：「點點，住手吧，點點……媽媽沒有不愛你，點點，回來吧，住手吧。」

這個瘋女人竟然是小鬼的媽媽？我一下子震驚了，魯凡明怎麼會犯這樣的錯誤？誰都知道，小鬼怨氣所在最深的，就是父母的拋棄，這是一種深刻的誤會，深入骨髓，如果小鬼的父母尚在，是真的能化解這種怨氣的，這其中有什麼故事嗎？

但震驚的同時，我的一顆心又落回了肚子裡，如果小鬼的媽媽在這裡，那麼這個小鬼真的有可能被徹底的渡化，化解怨氣而消失，就不用出動大規模的武力了。

果然，這個女人的呼喚又再次讓小鬼的情緒得到了安撫，讓覺遠師徒的超渡變得順利了起來！

可是，覺遠師傅這樣的超渡力度顯然是不夠的，和小鬼鋪天蓋地的怨氣比起來，他們超渡得太慢，剛剛化解一層怨氣，新的怨氣又生，就算有小鬼的媽媽在此牽制，這樣下去也是不行的，渡化不了小鬼！

要知道，要化解怨氣的根源，是要新的怨氣被徹底的壓制，這個女人才有機會徹底去化解怨氣的根源啊！

此時，直升飛機終於來到了山谷的上空，開始緩緩降落，而小鬼、小鬼的媽媽、覺遠師徒二人，依舊維持著這個情況，只是能勉強保持小鬼的情緒不再波動，也不再瘋狂！

直升機終於降落了，隨著艙門的打開，從直升機上下來了八、九個人，全是佛門中人，有大和尚，也有年老的尼姑，但是就是沒有一個道士，也沒有我熟悉的人，和我以為的高手出現。

「空靜、覺遠，你們師徒二人就在那邊超渡作為助力吧，我等幾人，在這邊擺上一個陣法，助你超渡。杜琴施主，也請妳儘量的用真情安撫妳那可憐的孩子，讓它不要再造殺孽，在很久以後，或許還有重新聚集，重入輪迴的機會。阿彌陀佛。」

開口說話的是那個年老的尼姑，她的眉眼和神態讓我不得不承認，她是我見過的，最讓人感覺悲天憫人的一個人，不過魂飛魄散之後，還有機會重新聚集，再入輪迴嗎？或者在佛門看來是如是，逸散的靈魂之力再次聚集，但那個時候可以說是一個嶄新的靈魂了，這種是算不得輪迴的，不過佛門中人看得通透，那是不在乎的，不像我道門中人，形而上是天生的執念。

我亂七八糟地想著，終於放心地坐下了，就坐在了那塊大石上，我和洪子曾經在戰鬥之前，在這裡抽過一枝菸，如今他死了，我還在，我心中說不上是什麼滋味，只能說他臨走前的那個笑容，是能給我的唯一安慰吧。

這行人沒有耽誤時間，很快就開始了新的一輪超渡，而那個叫做杜琴的女人，還在一步步的下山，一聲聲的呼喚著小鬼。

超渡進行得很是順利，而那個女人跌跌撞撞的樣子，竟也給她走下了山來，走到了山谷之中，她就那麼靜靜地站在小鬼的下方，抬著頭，開始聲聲地呼喚小鬼，開始了聲聲地訴說。

「點點，原諒媽媽吧！媽媽生你的時候十七歲，還是一個學生。那是好幾年前的事情了……」望著天空中的小鬼，那女人坐在了山谷之中，也不管大陣煙霧瀰漫，不管不遠處趴著的妖狼，在燈光的聚集處，她說開了來。

她的神情悲傷卻又木然，雙眼空洞卻又充滿了一種悲傷的愛，她陷入了回憶之中。

「那個時候，媽媽很小，還不懂事兒，但是卻對愛情是渴望的。然後，我遇見了你的爸爸，他是和我同班的同學，因為互相有好感，我們自然的就在一起了，我們背著雙方的家長約會，該做的和不該做的，也都做了，可是媽媽那時候小，也沒有什麼自我保護的意識，直到好幾個月了，才後知後覺地發現懷上了你。」

不管我願不願意聽，這個平淡得在生活中隨時都可能發生的故事還是傳入了我的耳朵裡，之後會是怎麼樣的一齣悲劇，我猜也能猜到，是的，愛情是沒有錯，發生在什麼年紀都是美好的，但它唯一錯誤的就是，你們的愛情不能對一個生命不負責。

也許，這是一個方向性的錯誤，家長往往在意的只是孩子不該早戀，影響學習，他們往往忘記了告訴孩子們，更應該尊重生命，你們的愛情有可能衍生出生命，在那個時候，不負責任，也負不起責任的態度才是最大的錯誤，才是人生最大的傷害與遺憾！

隨著點點媽媽的訴說，故事與我猜測的如出一轍，在這個年代的女孩子，哪裡有隨意打胎的地方，也沒有經濟能力去做這件事情，更不敢告訴家長，等到瞞不下去的時候，杜琴的肚子已經很大，加上她身體不好，也是不能引產了。

所以，點點，這個小鬼的前身在這種不被喜愛的環境下，成為一個不被祝福的生命出生了。

「點點，媽媽真的不是要拋棄你，媽媽那個時候也是身不由己，更沒有辦法撫養你，媽媽不能賺錢，還有周圍指指點點的眼光，都不允許我去撫養你。而那個該是你父親的人，他更負不起這個責任，可是我希望你也不要恨他，他也是身不由己，被家人轉學到了外地，媽媽再也沒有見過他。點點，後來在商量之下，你爺爺奶奶告訴我，你被送到了一個好人家，媽媽也稍微安心了一點兒，但也只是安心了一點兒……」杜琴說到這裡，說不下去了，哀哀的哭泣聲打斷了她的訴說。

我看見天空中的小鬼神情變了，哀傷、憤怒這兩種情緒彷彿是繃到了極點，就快要爆發了！

糟糕了！我夾著菸，杜琴的這番訴說不但沒有消磨小鬼的恨意，反而更激發了它的怨氣，我出神地看著，直到菸燙到了手，才察覺到！

而事情也如我所料，原本那一道道的念力變成了一條條金色的繩索，困住了小鬼，在杜琴哭泣的時候，那小鬼忽然發狂，開始狂躁地攻擊起來，這些念力所化的繩索竟然條條的碎裂開來！

負責超渡的佛門之人，趕緊加緊了超渡，但是這有用嗎？能輕易超渡也不是小鬼了，我甚至看見其中一個大和尚因為怨氣的反噬，竟然吐出了一口鮮血。

「杜琴！安撫它！」我大喝了一聲。

而這時，陷入回憶哀傷哭泣的杜琴才徹底反應過來，猛地抬起頭，看見的就是發狂的點點，畢竟母子連心，她作為一個普通人，竟然也能把小鬼看得清清楚楚。

「點點，住手！點點，你住手，如果你今天非得要殺，就殺死媽媽吧，我會擋在所有人的身前，你殺死我吧！是媽媽沒有機會去教育你，沒有機會告訴你什麼是對，什麼是錯！可是，我怕你再錯下去，我怕你再沒有機會存在於這個世間！所以，用我的命去換取你的一絲機會都可以，哪怕是很久以後，點點，要殺，你就殺我吧！殺我！」杜琴的情緒陡然激動了起來，這個時候的她顯然不再是那個軟弱的瘋女人，眼神中竟然流露出了不容置疑的堅定和絕不後退的決絕！

這，也是母愛嗎？我忽然有點兒想我媽媽了。

第一百零二章　渡化

顯然，杜琴是義無反顧，豁出去了，在此刻，她的身上終於閃爍出了一種叫母性的光輝，這種光輝你說它能撼動地球，我也是相信的。

杜琴的這番話，讓發狂的點點遲疑了，我以為這個小鬼除了說殺以外，是不會說話的，沒想到在杜琴說完這番話以後，它竟然開口說話了：「我殺了那個男人，我不殺妳，我要折磨妳，折磨妳。」

聲音依舊是帶著天真的童稚，可是話裡的內容卻那麼殘酷，仔細一咂摸，就能明白它說的是它殺了它的爸爸，留下杜琴這個媽媽，是用來折磨的。

這也就能解釋，為什麼杜琴會瘋瘋癲癲的出現在那個村子裡，為什麼那一天晚上我逃出來以後，原本是要被小鬼殺掉的，而杜琴一出現，小鬼就追隨杜琴而去了。

在它心中，原本沒有什麼比折磨杜琴來得更重要了，也許在一個新生命的心裡，媽媽的地位是如此的特殊，特殊到超越了一切，甚至是父親！所以它愛得有多深，在意得有多深，也就恨得有多深。

對於那個犯下了錯誤的男孩子，它很直接的用死亡來懲罰了他，對於杜琴，它不殺，它留著她，卻是要無盡的折磨她，從另外一個角度來說，或者它獨獨對杜琴殺不了！

這是屬於母子之間的一種特殊的感情，就如你深愛的人，你希望她是你唯一的溫暖，她負了你，你再恨她，可是你真的卻對她狠不下心。

這就是小鬼唯一的情感了！

可憐的孩子，望著天空中的小鬼，犯下了如此多殺孽的存在，甚至它還親手殺了它的父親，可是我卻厭惡不起來，因為我想起了魯凡明煉製小鬼的殘忍過程，在它變為小鬼，死掉之前，過的是比地獄還殘酷的日子啊，憶回比它幸運，有我和老回豁出性命去救他，而這個叫點點的孩子，有的只是無盡的絕望和被動的承受。

「那你就折磨我吧，如果你折磨我，你會覺得好受一點兒，開心一點兒，不會再錯下去，我一輩子讓你折磨又怎麼樣？點點，那是媽媽欠你的，就讓媽媽用一輩子來還你吧！我知道你不會相信我的話，可是我還是想說，媽媽錯了，這輩子最大的錯誤就是生下你，卻又不能對你盡到母親的責任，我不奢望你能原諒我，我只是想告訴你，你被送走以後，我很難過，很想你，想你在那邊有沒有吃飽，晚上會不會哭鬧，惹人家煩，就不好好對你，我還想你在生下來以後，有一次我抱著你哭，你用胖乎乎的小手拍在我臉上，就像是為我擦眼淚，我還想著，那時候的你好可愛啊，我一叫你點點，你就笑……我想你想得天天晚上都在哭，可是我什麼都做不了，就希望你在遠方能過好一點兒。」杜琴說話的時候，跪在了地上，完全已經是自言自語，那一跪，是後悔，是懺悔，還是心疼，我作為一個男人無從揣測，只是覺得心裡也酸酸的。

我看見旁邊的王武莫名的就紅了眼眶！

出奇的，這番話卻讓小鬼點點安靜了下來，它立在天空中，帶著一種就像孩子委屈的哭泣一般的表情望著杜琴，原本扭曲狠戾的表情也不見了，它好像很痛苦，痛苦得讓人憐惜，連微張的嘴，那一口顯得嚇人的獠牙也變得可憐了起來。

其實，孩子有什麼錯！我忍不住擦了擦鼻子，又點上了一枝香菸，它是被動的被人畫上了一筆筆的血腥啊！

「點點，如果我知道，你被送出去，遭受到了這樣的折磨，被人煉成了小鬼，我絕對不會同意把你送給別人的，絕對不會同意！這是媽媽這輩子以來，第二件後悔的事情！如果時光能倒流多好啊，如果我能提前知道這一切，我就會死死地抱著你，絕對不讓那一天來的人把你帶走，即使我被你爺爺奶奶趕出家門，即使周圍的人嘲笑我，即使我的日子過得再困難！我可以打工養活我們母子兩個的，只要餓不死就好，我還可以盼望你長大，看著你上學，看著你娶媳婦兒，看著你幸福，嗚嗚嗚……可是還能後悔嗎？你竟然被那些畜生煉成了小鬼，連輪迴的機會都沒有了，可我還能做什麼？嗚嗚嗚……」杜琴咽嗚的聲音在整個山谷迴盪，帶著無盡的悔意與心疼，可是時光能倒流嗎？不能的！

這個世界上最不能犯下的錯誤，就是對一個生命的不尊重，對自己的不負責！到最後，你就算有千般的無奈，萬般的後悔，你的命運也會無情的嘲弄你，這是因果，這是自己種下的因，結出了苦果你也得嚥下！

所以，師傅說得對，人活著，總是要有一點兒底線的，在底線之上，人做事，還得三思啊！而作為別人人生的引導者——父母，也不能本末倒置了，讓孩子不停的去追尋成績、榮譽，在這之上，你得教會他尊重生命，熱愛生活！

杜琴悲哀的敘述，此刻的真情流露，比任何的超渡都有作用，此刻，小鬼周圍的血色開始變得淡了起來，它竟然緩緩地從天空中落了下來，停在了杜琴的身邊，一雙小手伸了出去，又收了回來。

「點點，我的孩子啊……」杜琴開始放聲大哭，然後說道：「這些年，媽媽過得渾渾噩噩，都不清醒，可是我知道是你找到我了，因為我在瘋瘋癲癲的時候，總能聽見你在我耳邊哭泣。點點，媽媽沒有別的願望，只是希望還能抱抱你，就抱抱你。」

說完，杜琴帶著一種幾乎癲狂般的期待看著點點，點點卻在這時，恢復了正常孩子的大小，周圍依然捆綁著金色的念力鎖鏈，它伸出了手，放在了杜琴的臉上，忽然說了一句讓整個山谷的大男人都差點流淚的話：「媽媽，不哭。」

可是這一句話，讓杜琴瘋狂大哭，她伸出了雙手，小鬼點點，這個如此可怕的存在，竟然就這麼順從地爬上了杜琴的膝頭，靠在了杜琴的胸口，杜琴的雙手猛地就抱緊了自己的孩子！

點點是靈體，是不能被擁抱的，可在這種時候，杜琴就像有感應似的，雙手環抱著點點，是如此恰當地抱住了它。

「點點，如果有下輩子，給媽媽一次機會，讓我再當你的媽媽，我會給你最好的母愛……」杜琴斷斷續續的說著。

點點卻說道：「媽媽唱歌，想睡覺了。」

或者，在承受著無盡的折磨之時，這個孩子唯一的願望就是如此吧，媽媽溫暖的懷抱，輕柔的搖籃曲，他能靜靜睡去。

「你們超渡孩子吧。」杜琴抬起頭來，說了一聲之後，輕輕放下了手邊的那個盒子，那個盒子如果我猜測的不錯，應該是點點的骨灰盒，是上次點點的身體被我鎮壓以後，處理過後來的吧。

那應該是做最壞的打算，才帶上了它，小鬼不受限制，但是會受到自己肉身的限制，如果情況糟糕到了一定的地步，杜琴不能化解小鬼心中的怨氣，那就只能用祕法把小鬼限制在這骨灰盒中。

但只能至親之人日日安撫，否則還是有突破限制的可能。

現在看來是不需要了，小鬼點點像很疲憊似的，靠在杜琴的懷裡，第一次閉上了原本充滿了怨毒和恨意的雙眼，杜琴哼著輕柔的搖籃曲，抱著點點，在這雨紛紛的夜裡，卻如一幅最溫暖的畫面。

超渡之聲還在聲聲繼續，一片一片的怨氣紛紛被化解。

而於此同時，大陣終於停止了！煙霧散去，魯凡明是死掉了嗎？我站起來，任濕漉漉的頭髮貼在前額，也來不及抹一把臉上的雨水，帶著一種複雜的痛恨的心情，衝下了山頭！

第一百零三章 手刃魯凡明

大陣已經徹底停止，煙霧散盡，龍靈消失了，雷聲也消失了，只剩下雷擊過後的裊裊青煙飄蕩在這個山谷，伴隨著瀟瀟雨聲，山谷間橫陳的屍體，一切都那麼的淒涼。

我的腳步因為疲累有一些虛浮，踩在伴著泥濘的綠草之上，更是一路上狼狽地摔倒了幾次，可是這一切都不能阻擋我要手刃魯凡明的決心。

我的兄弟們到現在為止，除了我，沒有一個人是站著的，只有我能替他們完成這一個共同的願望。

大陣之中，幾個斗篷怪物的屍體就那麼橫陳在大陣之中，那邊，已經有幾個動作快的人，去把慧根兒找到了，正在抬上那架直升機，隨行而來的工作人員告訴大家，直升機上有緊急處理傷勢的藥物，還有隨行的醫生和護士。

幾個人抬著慧根兒，正好和要去手刃魯凡明的我擦肩而過，我停下腳步，看了一眼慧根兒，這孩子已經戰鬥成什麼樣子了啊？只要身體裸露在外的地方都是鮮血，結痂的，新鮮的，混合在了一起，如果不是從小被磨練得身體底子好，估計這一次他也很危險了。

我握住慧根兒的手，看著他還算平穩的呼吸，心裡多少也安心了一些：「慧根兒，我們贏了，小鬼也正在超渡，哥現在就去殺掉魯凡明，親自殺掉它，你好好的，好好的……」

說這話的時候，我眼眶有些泛紅，幾乎是不由自主地望了一眼那邊山頭，洪子的屍體還是那麼靜靜佇立在山頭之上，他也是在看著的吧？

我以為慧根兒不會有回應，卻不想這時的慧根兒忽然睜開了眼睛，很是吃力的微笑了一下，問道：「我……我們……贏了？」

我重重地點頭！

慧根兒的笑容再次深了一些，吃力地想要抬起右手，這時，我才注意到他的右手還緊緊的握著那把戒刀，我連忙扶住他的手，他望著我，眼中燃燒著一種憤怒和堅定，然後對我說道：「哥……用……這個……算我……我一份。」

我接過戒刀，放開慧根兒的手，用手輕輕拍了拍慧根兒的肩膀，然後轉身走向了大陣深處！

也不知道是不是因為巧合，魯凡明竟然在大陣的最中央處，一開始它明明不是在這裡的……

其餘的斗篷怪物都已經身死，唯獨魯凡明，我看見它還在掙扎著想要站起來。

周圍是充滿了慈悲的經文超渡之聲，那一邊，是點點和杜琴母子情終於得到圓滿的溫馨畫面，而我在這裡，卻是將要殺戮！可我固執的認為，這也是一份慈悲。

慧根兒那把沉重的戒刀被我托在手裡，刀尖劃過地面，一路上響起了「簌簌」的金鐵之聲，我的表情平靜，可是看著魯凡明的雙眼，卻似要噴出憤怒的火焰來！

魯凡明原本想掙扎著站起來，看見我來了，反而平靜地坐了下來，靜靜地看著我，彷彿是等待著我的到來！

我持刀立於魯凡明的身前，只是那麼靜默了一秒，就提起了戒刀，我不會讓它那麼痛快，一刀就死去，因為它欠我每個兄弟一刀。

我更不擔心它能反抗，經過了如此的雷擊，就算老村長也沒有反抗之力，何況是它？

「我總之都是要死的，你願意聽我幾句話嗎？總覺得，這麼沉默地死去，不是我魯凡明的態度，想聽嗎？關於昆侖的。」

我的刀停在了離魯凡明身體一寸的地方，它其餘的話，我都無動於衷，可是它竟然提起了昆侖，難道他們這些邪惡之人，也是心心念念著昆侖嗎？

我放下了刀，說道：「你還有兩分鐘的時間，兩分鐘之後，我會送你上路。」

魯凡明笑了，在那張已經屍化的臉上，這笑容是如此的猙獰恐怖，它還是努力地掙扎著，被雷已經劈到焦化的身體，竟然還是就這樣靠著樹站了起來。

「我——魯凡明，要死也只能站著死，因為我從來就沒對老天屈服過！我們在老天眼裡是什麼？就是螻蟻。修者呢？只不過是強壯一點兒的螻蟻，我們修到盡頭，所能得到的是什麼？還不是死！所以，我要拚，我要奮鬥，我覺得我們人類於老天來說其實就像……呵呵……就像你們華夏的養蠱人在養蠱，互相廝殺，最強壯的一隻，才能得到更多的資源，才能活下來！我有什麼必要去同情其他螻蟻的生命？」魯凡明依舊是那麼瘋狂。

他根本不會懂得生命的本質，活著，固然有苦澀的地方，死去，固然也是可怕，但是人的生命不正是一代代的累積，淨化著我們自身嗎？一顆善良、充盈而無憾的心靈有什麼可怕的？生亦何哀，死亦何苦？我快樂地活過，到我閉上雙眼的時候，我心無遺憾，那也是一種坦然啊！

在這個世界，無論有多少悲哀的事情，你不可否認正義和善良永遠是主流，總有一天，整個人類的族群也會走向一種乾淨的生命的本質，那才是老天創造輪迴，創造日升日落，生生不息的意義！

可惜，這些道理魯凡明永遠不懂，我也無意與它爭論什麼，我只是冷冷地望著它說道：「這些和昆侖有什麼關係？」

「當然有，這個圈子裡，只要是核心圈子的人都知道昆侖的存在，可是怎麼去？昆侖之路究竟在哪裡？不知道的依然不知道，知道的也諱莫如深，只是有一個說法，知道了也去不了！可是，我怎麼會甘心？和我一樣不甘心的人大有人在！所以，才有了C公司的存在，我們發現了一個祕密，你想要聽嗎？想要嗎？」魯凡明眯著眼睛帶著一種玩味的眼神望著我，我很討厭它那種眼神，這樣我想起了我和老回曾經在它那裡吃飯時的事情。

我也眯起了雙眼，提起了戒刀，說道：「昆侖對我很重要，祕密我也很想知道，可惜我不想讓你這樣的人渣，不，現在應該是屍渣，再多活在世界上一分鐘了！」

「刷」的一聲，戒刀劃過了魯凡明的身體，那已經被劈成了焦炭的身體，被鋒利的戒刀切割開來，一道長長的傷口，從胸口一直開到小腹！那撕裂開來的肉，就如魯凡明的人一樣，不是人類那種鮮紅的肉色，而是一種焦炭般的黑色！也更沒有血液流出！

這也好，鮮血這種人類才有的東西，魯凡明不配！

「這一刀，是我幫老回給你的！」我平靜地說道，接著又提起了戒刀。

「哈哈哈……你也不過只是螻蟻，你也去不了昆侖，你也去不了的……」這一刀反而激起了魯凡明的瘋狂，它大笑著狂吼道，這倒讓我想起了一個問題！

魯凡明這樣死，也太過便宜它了，殭屍這種東西是根本沒有痛覺的，想讓它們感受到受傷，只有充滿了陽氣的物件兒，就如糯米之類的東西，才能徹底讓它感覺到疼痛！

糯米我沒有，可是……我冷笑了一聲，用戒刀毫不猶豫的劃過我的中指，剛才才被劃破過一次的中指傳來了一陣疼痛，但中指血也成功的沾染上了戒刀的刀鋒！

魯凡明猜出我想幹什麼了，忽然望著我狂吼道：「陳承一，我是一個將死之人了，你用不著那麼卑鄙吧？」

「卑鄙？你覺得你配說這個詞嗎？剛才那一刀不算！這是我替老回重新給你的一刀！」說完，我照著剛才的傷口，又是狠狠的一刀下去。

魯凡明發出了痛苦的，撕心裂肺的嚎叫，眼神也變得絕望，它煉製小鬼的時候，做盡了殘忍之事，這一點兒它就受不了了？

可它本質上是一個瘋子，而且是一個殘忍的瘋子，它開始瘋狂地大喊：「陳承一，你讓我絕望？哈哈哈……罷了，我一開始也是讓你絕望的，你以為我不知道你在找你師傅？我告訴你，你去不了的，你找不到的，你知道那個祕密是什麼嗎？就是只有強大的生命體，強大到逆天了，才會被昆侖召喚，昆侖才不是什麼聖地，那是收容了無數可怕存在的地方！知道C公司為什麼存在嗎？因為那是用『別致』的辦法去到昆侖？哈哈哈……這就是最終的願望啊，總比死去了好！」

是的，魯凡明的話確實打到了我心裡最軟弱的地方，關於昆侖是這樣的說法，我是第一次聽見，我也知道很有可能是真的，那紫色蟲子的消失我都還記得……但是，我去找到師傅的執念，豈能因為它這一番話就退縮了？

我落刀不停，慧根兒的、強子的、小北的、洪子的……所有兄弟該給它的一刀，那些可憐小鬼的，那些無辜死去的人們的！

可笑，魯凡明還想站著死，那劇烈的疼痛，讓它已經徹底趴下了！

最後，我一刀砍落了魯凡明的腦袋，僵硬的殭屍身體，在雷擊以後已經不再強硬，這一刀乾脆俐落，魯凡明還帶著痛苦扭曲的腦袋，隨著這一刀，「咕嚕嚕」的滾到了一旁。

可，這是結束嗎？我拿出一件陰器，藉著僅剩的一點點能力，開始念動起了咒語！這個咒語很簡單，不過是一般的收魂咒，它有什麼資格享受在這裡的超渡？

它，沒有資格！

第一百零四章　這一種結束

裝置魯凡明的陰器，就放在地上，如果說我要去查閱一下祕法，殘忍地折磨它的靈魂，我或許做不到，它是個人渣，但是不能讓它影響到我的本質！

我打算在這邊超渡了以後，就放走它的靈魂，天道輪迴，天網亦恢恢，它最終的懲罰，不是我來做的，而我相信天道給它的懲罰，比我給它的懲罰來得更加公正！

而且我也犯不上為這種人渣背負上這麼大的因果，說難聽點兒，就是把人打得魂飛魄散，那是大因果！

坐在山頭上，我靜靜地聽著超渡之聲，再回到這個山頭以前，我特意去到了杜琴那裡，只是輕聲的說了一句：「讓點點放心吧，煉製它為小鬼的人渣，剛才已經被我殺掉了，死得不痛快，這算是為點點收一點兒利息。」

杜琴含淚，衝我感激地點了點頭，而點點始終沒有睜開它的眼睛，彷彿是疲憊了一萬年那麼久，只是靠在杜琴的懷裡，沉沉地，沉沉地睡著。

很多人的選擇和我一樣，都是坐在這個山頭，看著點點的最後結局，我的一眾兄弟原本已經被抬到了直升機裡，但最先恢復的強子和高寧還是選擇出來了，和我同坐於這個山頭。

我們三人靜靜地抽著菸，我給他們說了點點的故事，強子說道：「哥，我想現在所有的人都應該是為這個小孩子在祈禱吧？剛才明明還恨得要死，怕得要死，我也是一樣的。」

「這應該就是人的本心吧，心底的那一點兒善、無奈，總是要在自己特別安全，總是要在很多事情之後，才能流露出來！這說不上是自私，自私這層層的自我保護太重了。路，還很長，總歸會有一天，人類會變得不一樣一點兒吧？」我吐出了一口菸霧，平靜地說道。

其實，我自己又何嘗不是？一顆本心，總是要被別的情緒所掩埋，它應有的光輝總是被別的心思所掩蓋，練心，這是一輩子都不會停止的事情吧。

強子靜靜地站起來，從包袱裡拿出了幾張怪異的符，走到了洪子的身體面前，開始貼符，我們之間不需要太多言語，我明白他為什麼要這樣做，洪子還是會屍變的，與其那樣殘忍的對親兄弟動手，不如事前先處理一番吧，趕屍人的本事強子沒有丟下，至少短時間內壓制洪子「發瘋」，那是能做到的。

強子一邊做這些，一邊擦眼淚，或許是不能接受這樣吧，幾個小時以前還鮮活的兄弟，如今就快要屍變。

或者也是為了轉移注意力，強子對我說道：「哥，如果我以後的性格大變，你還當我是兄弟嗎？」

我眉頭微皺，問道：「強子，你這話是什麼意思？」

「我強制用了不該用的巫術，剛才只是脫力了，這個影響不算什麼，最大的影響是，是請神容易送神難，我不能完全把它送回去，我的性格在日後會受到我所請之圖騰的影響，我怕，我會變了。」強子說這話的時候，微微低下了頭，有些不敢面對我的樣子。

「變成啥樣？就算你變成魯凡明那個樣子，我也把你當成我兄弟，我會把你鎖在屋子裡，只要我有空我就看著你，沒空時，就讓別人看著你，不讓你為非作歹。但無論怎麼樣，絕對不能讓我不認你這個兄弟。」我幾乎沒有猶豫地說出了這番話。

強子有些憨厚地笑了，這是我記憶中最後一次看他露出這種憨厚的笑容，之後，強子就變了，他面對我的說辭，有些感動，但男人之間也不會肉麻，他就是那麼感動地望了我一眼，說道：「不會變成壞人的，那個圖騰一體雙面，既仁慈又……又火爆吧。我的性格以後會變得有些暴力和暴躁吧，如果被激到的話。」

只是這樣嗎？我鬆了一口氣，對強子比了一個鄙視的手勢，然後和高寧同時放聲大笑起來，如果只是這樣，算個事兒嗎？值得拿出來說嗎？

此時，下了快一夜的雨，終於要停了，一縷晨曦出現在天際，光明終於快要到來。

持續了幾個小時的超渡，就快到了結束的時候，小鬼點點身上的血色早已經不見，那純黑的眸子，尖厲的獠牙，也慢慢恢復了正常，它在這最後的時候，終於變成了正常的小孩子。

杜琴在幾個小時以內，一直保持著一個姿勢，跪坐在地上，抱著點點，溫柔地看著自己的孩子。

這應該就是母愛的力量吧，不要說抱一個普通孩子一整夜，保持一種姿勢都是很累的吧？何況杜琴，是在抱一個虛無的靈體！

我沒有看出她累，我只看出了她的不捨，每個人看著都有些心酸，因為點點的身形已經越來越淡，快要消失了，這是要魂飛魄散的前兆……終究是造下了大多的殺孽，逃避不過這樣的命運，就算魯凡明，等一下放它出來以後，也是同樣的命運吧，我是這樣猜測的，但是，它是在活著的時候，造下的殺孽，我也有些不肯定。

但天道只是規律運行的規則，我相信它的公平。

「嗚嗚嗚，留下孩子吧，留下一點兒希望，幹嘛要魂飛魄散啊？」王武竟然在我身邊哭了起來，我的身後也有抽泣的聲音，男人不哭，只是未到傷心的時候，這一幕，是人都會心底柔軟吧。

我的鼻子也有些發酸，因為我看見點點開始一點一點的散去了，杜琴的眼淚滴落下來，穿過點點虛無的身體，掉落在自己的身上。

它還是想伸出小手，去撫摸一下杜琴的臉，就算撫摸不到，也是一種安慰吧？它在此刻終於睜開了眼睛，帶著溫和和小孩眼眸特有的濕潤的感覺，就這樣看著杜琴……只是可惜，它的手還沒有伸到杜琴的臉上，就已化為了點點的光點散去！

靈魂消散是最為殘酷的，可惜偏偏又美得不像話，一點點的光點飄散，如同天際中最閃亮的蒲公英，我在年少時候曾經看過一次，那一次是李鳳仙的離開，這一次是點點，為什麼每一次都如此的讓人心碎？

無力去阻止什麼！這是天道，天道無情，它的無情就是最大的有情吧，這樣才能做到絕對的公平，人，永遠不是用這一生來衡量公平的，那是生生世世的衡量。

終於快是要消失了，杜琴咬著嘴唇哭泣，她可能不想哭出聲音來，她可能還想給點點一個最好的微笑，她努力地笑著，咬破的下唇，流出了絲絲的鮮血。

可是無論這一幕是有多麼的難得，多麼的寶貴，終究時間是不會停留的，最終，點點消失了，只是讓我奇怪的，有一個光點，很大的光點，大概有手掌那麼大，卻沒有像其他的光點那樣散於空中，而是在杜琴身旁徘徊了幾圈，然後才漸行漸遠地不見了。

杜琴終於放聲悲泣，而這時，已經誦經完畢的那個老尼忽然大聲開口了：「天道終歸是絕對公平的，留下了一點孩子的魂種，如有機緣，還是可重聚靈魂，再入輪迴的。」

這聲音在山谷裡迴盪，在悲泣中的杜琴就如抓住了什麼希望似的，忽然抬頭望著老尼問到：「需要我為孩子做什麼嗎？我會盡心去做的，我欠了它太多太多啊！求求妳，告訴我……」

「阿彌陀佛，多行善是一切的根本，心懷慈悲為孩子日夜祈禱，也是可行的。施主，也不必過於執著，只需記住保持一點善念，就是為孩子最大的修行。」老尼平靜地說道。

而杜琴卻忽然深深地朝著老尼，朝著大家磕了一個頭，沒人能阻止，因為山谷中就她一個人，也沒人想要阻止，就算承受不起，這是一種母愛的發洩吧，我們受著，也算是一種成全。

一切都塵埃落定了，此時，一股悠揚的怪異樂聲在山谷中響起，是小霍為他犧牲的狼群們吹響了祭奠的哀曲，幾頭「妖狼」，靜靜地趴在小霍的身邊，伴隨著這悠揚的哀樂，仰天長嚎起來，是在為死去的同族哭泣嗎？

一縷晨光，終於照亮了整個山谷，我默默站起身來，最後一次把手搭在洪子的肩膀上，望著山谷中犧牲的戰友，望著那代表著希望的晨光，我知道，這一戰終究是結束了。

沒有勝利的歡呼，沒有放肆的慶祝，有的，只是一抹淡淡的哀傷，為這裡的每一個犧牲的英雄默哀！

是的，我們終於是勝利了，可是，如果可以，能不能每個人喜樂平安的生存在這片天空之下，我不要勝利，想要的無非只是人世間那淡淡的溫暖。

就算，我常常只是一個徘徊在路邊，看著萬家燈火亮起的人，想念著我失去的人們，那何嘗又不是一種幸福呢？

（《城中詭事(4)》完）

高寶書版集團
gobooks.com.tw

DN 171
我當道士那些年 II（卷四・城中詭事）
作　　者　仐三
編　　輯　蘇芳毓
校　　對　黃芷琳
排　　版　趙小芳
美術編輯　宇宙小鹿
出　　版　英屬維京群島商高寶國際有限公司台灣分公司
　　　　　Global Group Holdings, Ltd.
地　　址　台北市內湖區洲子街88號3樓
網　　址　gobooks.com.tw
電　　話　(02) 27992788
電　　郵　readers@gobooks.com.tw（讀者服務部）
　　　　　pr@gobooks.com.tw（公關諮詢部）
傳　　真　出版部　(02) 27990909　行銷部 (02) 27993088
郵政劃撥　19394552
戶　　名　英屬維京群島商高寶國際有限公司台灣分公司
發　　行　希代多媒體書版股份有限公司/Printed in Taiwan
初版日期　2014年2月

國家圖書館出版品預行編目(CIP)資料

我當道士那些年 II（卷四・城中詭事）／仐三著
-- 初版. -- 臺北市 :高寶國際出版 :
希代多媒體發行, 2014.2
面；　公分. -- (戲非戲171)

ISBN 978-986-185-960-6(卷四 : 平裝)

857.7　　102027160